古典詩歌研究彙刊

第二十輯

龔鵬程 主編

第 **17** 冊

日本五山文學《濟北集》
對中國詩文的接受（上）

梁姿茵 著

國家圖書館出版品預行編目資料

日本五山文學《濟北集》對中國詩文的接受（上）／梁姿茵
著 — 初版 — 新北市：花木蘭文化出版社，2016〔民 105〕
目 4+250 面；17×24 公分
（古典詩歌研究彙刊 第二十輯；第 17 冊）
ISBN 978-986-404-838-0（精裝）
1. 中國文學 2. 日本文學 3. 文學評論
820.91　　　　　　　　　　　　　　　　　105015109

ISBN-978-986-404-838-0

9 789864 048380

古典詩歌研究彙刊
第二十輯　第十七冊　　　　ISBN：978-986-404-838-0

日本五山文學《濟北集》對中國詩文的接受（上）

作　　者　梁姿茵
主　　編　龔鵬程
總 編 輯　杜潔祥
副總編輯　楊嘉樂
編　　輯　許郁翎、王筑　美術編輯　陳逸婷
出　　版　花木蘭文化出版社
社　　長　高小娟
聯絡地址　235 新北市中和區中安街七二號十三樓
　　　　　電話：02-2923-1455／傳眞：02-2923-1452
網　　址　http://www.huamulan.tw 信箱 hml810518@gmail.com
印　　刷　普羅文化出版廣告事業
初　　版　2016 年 9 月
全書字數　312591 字
定　　價　第二十輯共 18 冊（精裝）新台幣 28,800 元　版權所有·請勿翻印

日本五山文學《濟北集》
對中國詩文的接受（上）

梁姿茵　著

作者簡介

梁姿茵，國立高雄師範大學國文系博士，現爲兼任助理教授，任教於高師大、高應大、海科大等校，曾開設大學國文、應用文與習作、應用修辭學等課程。研究領域爲古典詩詞、文學批評。曾參與高師大《古典文學精選》一書之編撰。近年擔任教育部 104 年度「『精進閱讀書寫，深化生命教養』——高應科大『大一國文』課程推動與革新計畫」之執行教師。

提　　要

　　本研究旨在探討日本五山文學《濟北集》對中國詩文的接受。因此，中日交流傳播影響與虎關師鍊對中國詩文接受與解讀之情形爲本研究之目的。

　　本研究以比較文學、接受美學以及誤讀理論爲研究方法，探究虎關因國情、語言、文化思想等差異，在接受中國詩文之後，因爲「誤讀」而「再現」與中國詩文相類或獨特之詩文觀。是故，根據研究目的與方法，本研究之結果分爲六章，內容摘錄如下：

　　第一章「緒論」，敘明問題意識、目的、範疇、方法與限制，兼及近人研究成果述評。

　　第二章「虎關師鍊詩學形成背景」，則從中日文化交流傳播對日本漢文學發展之承與變爲開展，進而探討虎關學習中國文學乃源自於家學背景，爾後則受元僧一山一寧與宋代詩文觀之啟發與影響。

　　第三章「論虎關師鍊《濟北集》之詩文主張」，則見虎關認爲詩文內容必須「適理」，詞義必須「嚴密」、「風雅」，眞正好的詩文應「雅俗共賞」，同時強調「才力」之重要。

　　第四章「虎關師鍊詩學與中國詩話（一）：論詩及辭」，本章及第五章都聚焦於〈濟北詩話〉，以此探討虎關與中國詩評者對於詩歌章法形式與品評意趣之異同。

　　第五章「虎關師鍊詩學與中國詩話（二）：論詩及事」，乃自中國詩人、評歌之軼事爲要，析論虎關與中國詩評者對孔子、陶淵明、唐玄宗等人所提出批評之比較。

　　第六章「結論」，綜合前述內容歸納爲三大要點：首先爲中日交流傳播促進五山文學盛行，其次爲虎關師鍊《濟北集》詩文主張之要略，最後則爲《濟北集》對中國詩文接受之比較與展望。

　　總之，《濟北集》與〈濟北詩話〉，在中日詩文對話中，使五山文學不再爲文學界之孤兒，其相關論題與研究相繼受到關注，五山文學乃至江戶時期之詩話，值得後學進一步研究，期能將中日詩文之觀點，產生更多元之激盪與視野交融之契機。

目

次

第一章　緒　論

　　日本漢文學的發展，主要分爲四個時期：第一期，緣起於以皇室、
貴族爲主體的平安時期（西元 794～1192），屬於中古文學，相當於
中國的唐德宗至南宋光宗時期；第二期，發展於以五山禪僧爲創作主
體的鎌倉、室町時期（西元 1192～1603），屬於中世文學，相當於中
國的南宋光宗至明神宗；第三期，鼎盛於以儒者爲主體的江戶時期（西
元 1603～1868），屬於近世文學，約當於中國的明神宗至清穆宗；第
四期則是進入明治時期（西元 1868～1911）階段，西學東漸，漢文
學遭遇衝擊與面臨檢討之時期，屬於近代文學，相當於中國的清穆宗
至清末。〔註1〕依上文所述，整理成表 1-1-1 如後。

〔註 1〕本論文的漢文學分期，主要參考：
　　　　(1)所謂日本文學的「上代」，依學者小島憲之的定義是：日本本身有
　　　　文學意識之興起，藉由漢字，產生的文學作品，歷經沒有文字之時代，
　　　　至四世紀後半，異國文化（中、韓）傳入後，與日本本身的文學意識
　　　　結合，一直到九世紀初，踏入平安初期之漢風謳歌時代的文學作品。
　　　　詳參（日）小島憲之：《上代日本文學と中國文學——出典論を中心
　　　　とする比較文學の考察—》（東京：塙書房，1965 年），頁 6。
　　　　(2)（日）青木正兒：〈國文學と支那文學〉，收入《青木正兒全集》
　　　　第 2 卷（東京：春秋社，1969 年），頁 347～392。
　　　　(3)日本漢文體文學創作之盛期有三：第一期爲奈良時代官僚貴族之
　　　　作；第三期爲江戶時代的儒者文人之作；介此之間，於鎌倉室町時代。
　　　　興盛於五山派禪僧間的五山文學即爲第二期。第一期的漢文體創作具

表 1-1-1：日本漢文學發展一覽表

歷程	時 期	時 代	創作主體	日本史分期	對應中國朝代	共計
緣起	平安時期	西元 794～1192	皇室、貴族	中古文學	唐德宗至南宋光宗	398 年
發展	鎌倉、室町時期	西元 1192～1603	五山禪僧	中世文學	南宋光宗至明神宗	411 年
鼎盛	江戶時期	西元 1603～1868	儒者	近世文學	明神宗至清穆宗	265 年
衰落	明治時期	西元 1868～1911	儒者、西學	近代文學	清穆宗至清末	43 年

梁姿茵製表

　　日本漢文學在平安時期已受關注，嵯峨天皇（西元 786～842）提倡「文章經國之大業」的政治思想，再加上淳和、仁明兩朝共同努力下，敕撰漢詩集《凌雲集》（嵯峨弘仁五年，西元 814）、《文華秀麗集》（嵯峨弘仁九年，西元 818）、《經國集》（淳和天長四年，西元 827）合稱「敕撰三集」，「敕撰三集」的問世，說明漢文學在當時已成爲皇室、大臣、貴族必備之修養。到了鎌倉時期，幕府政權模仿中

有官廳公文書之性格；第三期則有動輒附會儒家道德之嫌；惟有第二期五山文學最自由且最具純文藝特色，是最能體會中國文藝核心的創作橫溢時代。
原文：いったい日本人の漢文体による文学の創作が盛んであった時期が三期ある。その第一期は奈良時代の官僚貴族によるものであり、第三期は、江戸時代の儒者文人によるものであり、その中間に介在して、鎌倉室町時代に、五山派禪僧によって興起された、この「五山文学」の隆昌期が、その第二期に当り、第一期が官庁の公文書作成の余波としての性格を有ち、第三期が儒教道徳という窮屈な裏附が動もすれば附纏うのに対して、この第二期の五山文学は最も自由に最も純文芸的に、そして最も中国的性格の核心を体得して創作された作品の橫溢充満した時代であり。
詳參（日）玉村竹二：《五山詩僧》，收入《日本の禪語錄》第 8 卷（東京：講談社，1978 年），頁 13。
本論文將漢文學分期之內容製成表 1-1-1，以參見其變化。

國南宋禪宗寺院體制，建立了「五山・十剎」之官寺制度，爲此奠定五山禪僧的主導地位。

「五山」之原意，是指禪宗的五大寺院，此爲中國南宋末之制，最初爲私議性質，後成爲官制，形成中國禪林官寺的最高級寺院之名稱。之後，五山之下又訂出「十剎」，選列次於五山規模的十間寺院，底定年代不明，而「十剎」下又設「甲剎」，「甲剎」爲「一州之甲」的意思，即各州列出一寺爲代表，此即「五山・十剎・甲剎」的三階級，是中國禪林官寺寺格之制。

此制度約於鎌倉時代被導入日本，亦定出日本的五山，包含「建長寺」及「南禪寺」在內的同時，究竟哪些寺院被列入五山之中，目前已難完整判斷。惟最初於建武年間制定下來的定制中，五山爲「南禪寺」、「建仁寺」、「東福寺」、「建長寺」、「圓覺寺」，爾後，「天龍寺」、「相國寺」依次新建而成，列入五山之規則，亦開始有變化。例如，能列位五山之寺數雖增加，但往往不足五寺，而「五山」亦由原爲五大寺院之意，變成「五階級之寺」。

「南禪寺」位於「五山之上」，而後五山第一是「天龍寺」、「建長寺」；第二爲「相國寺」、「圓覺寺」；第三是「建仁寺」、「壽福寺」；第四是「東福寺」、「淨智寺」；第五爲「萬壽寺」、「淨妙寺」，計十一寺院，依此底定後，即未再異動。

而「十剎」即日本引入中國之制度，惟當中不拘泥於以「十」爲數，有時列位近二十餘寺，另有「關東十剎」，故總計近三十餘寺。「甲剎」之制在中國是一州一寺，日本則是採「諸山」之制，在每個諸侯國中，多爲二寺以上列位，因此，全日本總數近一百八十餘寺。承前，「五山・十剎・諸山」三階段寺格之禪寺，共二百多寺，屬「室町幕府」管轄之「官寺」，幕府設置僧錄並管理住持之任免，僧階之昇進，寺領之進退等，「五山派」方得有資格任持官寺門派，而「五山文學」即「五山派」禪僧創作之漢文學作品。〔註2〕江村北海在《日本詩史》

〔註2〕（日）玉村竹二：《日本禪宗史論集》（京都：思文閣，1988年），頁

說：

> 蓋古昔文學，盛于弘仁、天曆（唐憲宗元和五年——南唐
> 李璟保大十四年，西元 810～956），陵夷于延久、寬治（北
> 宋神宗熙寧二年——北宋哲宗元祐八年，西元 1069～
> 1093），泯沒于保元、平治（南宋高宗紹興二十六年～南宋
> 高宗紹興二十六年，西元 1156～1159）。於是，世所謂五山
> 禪林文學，代而興之。〔註3〕

江村北海所指之「古昔文學」，即指漢唐古註的經學研究爲主，而進
入中世之後，五山禪林文學則代之而興。〔註4〕另外，鄭樑生則從日
本禪林世俗化與漢文學之間的關係作討論，他說：

> 隨著禪林之世俗化而肯定詩文本身之價值時，這個文學肯
> 定論，也就提高了他們對中國禪僧之外集與一般文人之詩
> 文集，從而使他們沉溺於鑽研作詩爲文，終於形成所謂「五
> 山文學」，在日本漢文學史上，造成有別於昔日王官貴族所
> 主宰，以漢唐古註爲主之另一個高峰。〔註5〕

　　誠然，五山文學在日本漢文學發展中，具有上承平安時期文學，

1025～1026。

〔註 3〕（日）江村北海：《日本詩史》卷 2，收入（日）池田四郎次郎：《日
本詩話叢書》第一卷（東京：文會堂書局，1920 年），頁 199。

〔註 4〕本論文探究以詩學爲主，惟散文部份，虎關師鍊《濟北集》卷 9〈答
藤丞相〉當中提及：「本朝之文，用四六者，蓋我遣唐使，入大學受
業，此時唐文未復古文……諭明主，使天下學古文，斥四六，跨漢唐，
階商周，寧非文明之化興于當代乎」。依芳賀幸四郎的研究，虎關雖
表示對於古文復興的支持，惟由其所著之〈禪儀外文集〉，以及諸多
法語，「疏」等作品，皆仍有四六文的形式存在，亦即，在一時代文
學氛圍影響，一時難以轉變，亦可見當時日本接受中國散文的部份，
在五山文學之初，禪僧創作散文的部份，駢文仍十分廣泛。詳見虎關
師鍊《濟北集》卷 9〈答藤丞相〉；而芳賀幸四郎：《中世禪林の學問
および文學に關する研究·第二篇中世禪林の文學》（東京：日本學
術振興會，1956 年），頁 363～365。

〔註 5〕鄭樑生：《朱子學之東傳日本與其發展》（臺北：文史哲，1999 年），
頁 87。

下啓江戶時期文學之重要階段。

第一節　問題意識

　　中日文化交流與傳播，自日本寬平六年（唐昭宗乾寧元年，西元894）菅原道眞（西元845～903）以出航所費不貲，加之唐朝衰落等因素，提出終止派遣使節之議，日本才終止遣唐使之派遣。廢除遣唐使制度後，赴唐者多由學問僧取得交流。在鎌倉、室町時代，五山禪僧與中國禪僧、文人交往頻繁，返國時亦將中國文化與書籍帶回日本。鈴木大拙言及：「鎌倉時期，爲了學禪而前往中國的日本僧侶，他們的行囊，除了禪典之外，全被儒、道兩教的書籍所塡滿。」〔註6〕

　　當時促使中日交流再盛者，爲由元赴日的「一山一寧」〔註7〕（西元 1247～1318）。木宮泰彥《中日佛教交通史》提及：「弘安（西元1278～1287）以來，幾乎斷絕之中國留學，所以能再盛者，全由一寧刺戟而成。」〔註8〕而五山禪僧中，虎關師鍊（西元 1278～1346）、

〔註 6〕（日）鈴木大拙：《禪與儒教在日本》，收入張曼濤編：《現代佛教學術叢刊》第 81 冊中〈中國佛教關係研究〉（臺北：大乘文化出版社，1976 年），頁 359。

〔註 7〕依《五山詩僧傳・一寧一山》所記，一山一寧，宋代台州人，俗姓爲胡，特賜妙慈弘濟大師，享壽 71。幼年求學，鄉黨之人讚其英敏，稍長，投靠鴻福寺，從無等融公就學兩年，此後於普光追隨處謙和尚學習經典，此後兩年即受戒剃度。然對於究竟一山爲號？還是一寧爲號？在《元史》中僅記「江浙釋教總統補陀僧『一山』」，未言及一山爲號或爲名。又據上村觀光〈一寧一山〉載「師名は一山，一寧と號す。」但虎關師鍊《濟北集・一山國師行狀》又記：「師諱一寧，號一山。大宋國台州臨海縣胡氏。」故，本文依一山的門生虎關所載，以其名一寧，號一山，而爲「一山一寧」。以上資料詳參（日）上村觀光：《五山詩僧傳・一寧一山》，收入（日）上村觀光編：《五山文學全集》別卷（京都：思文閣出版社，1992 年），頁 45；（明）宋濂等修：《元史》（臺北：藝文印書館，1988 年）卷 20〈成宗本紀〉，頁242～243；虎關師鍊《濟北集・一山國師行狀》收錄自（日）上村觀光編：《五山文學全集》第一卷，頁 218。

〔註 8〕（日）木宮泰彥撰，陳捷譯：《中日佛教交通史》（臺北：華宇出版社，1985 年），頁 249～250。

雪村友梅（西元 1290～1346）、夢窓疎石（西元 1275～1351）皆爲一
山一寧之追隨者，學法於禪師，其中虎關師鍊在五山文學發展的初
期，有著重要代表性。

　　是故，本論文以虎關師鍊《濟北集》爲研究對象。因此，本章節
先概述「五山文學」之歷史發展，再凸顯虎關師鍊及其《濟北集》在
五山文學之重要性，並檢視可深究之研究問題。五山文學既在日本漢
文學發展中，佔有舉足輕重之地位，而被稱爲日本五山文學之祖的虎
關師鍊（西元 1278～1346），何以能得此讚譽？又《濟北集・詩話》
在日本詩話中有何重要性？

一、「五山文學」歷史發展及界說

　　上村觀光在《五山文學小史》提及，五山文學是鎌倉時代末期至
足利幕府時代〔註9〕，藉臨濟宗五山碩學僧侶之手，集體的創作而逐
漸發達的文學作品，其範圍涵蓋漢詩、漢文，乃至於當代的日記、隨
筆等，實爲我國（日本）文明史上大放光彩的時代。〔註10〕而玉村竹
二則說：

　　　　五山文學爲曾盛行於日本之漢文學的其中一種。時間主要
　　　　爲鎌倉時代末期至整個室町時代，爲受宋、元、明禪林風

〔註9〕足利尊氏進入京都後，幽禁後醍醐天皇，而後足利尊氏在「京都」室
　　　　町創設幕府，是爲「室町幕府」或稱「足利幕府」。後醍醐天皇逃至
　　　　「吉野」，主張自己皇位爲正統。自此後的 57 年，日本朝廷分爲「京
　　　　都」的「北朝」與「吉野」的「南朝」，謂之「南北朝時代」。
　　　　詳參（日）賴山陽：《日本政記・卷十二》元弘二年（西元 1332）三
　　　　月，唐物町（大阪）：河內屋吉兵衛刊本，1861 年，早稻田大學圖書
　　　　館藏，頁7。
〔註10〕（日）上村觀光：《五山文學小史》，收入（日）上村觀光：《五山文
　　　　學全集》別卷（京都：思文閣出版社，1992 年），頁3～4。
　　　　原文：稱して五山文學と云ふ即ち鎌倉の末より足利時代を通じ
　　　　て，臨濟五山碩學僧の手によりて，漸次發達しれる文學にして。
　　　　其の範圍は漢詩、漢文，乃至その時代の日記，又は隨筆等に限ら
　　　　るのも。我が中世の文明史上に一道の光彩を放つべさ特長を有す
　　　　る者れり。

氣影響的日本禪僧。亦即隸屬於五山派教團之禪僧所創作
及鑑賞之漢詩文。〔註11〕

　　且俞慰慈：《五山文學の研究》亦有言：

活躍於「五山十刹」諸禪寺之禪僧所創作漢詩文的文學作
品，相對於「平安朝漢詩文」及「江戶漢詩文」，而又名爲
「中世漢詩文」。其文學内容不限於五山禪林内的詩文集、
語錄、四六駢儷文、日記等等，甚而同時期五山以外的公
家、僧侶、儒家、武家等之漢詩文亦常被涵蓋在五山文學
之中。〔註12〕

由是而觀，「五山文學」時間之界定，大抵在鎌倉、室町時期（西元
1192～1603）；在創作主體上，以五山禪寺之僧爲主，不排除五山外
之公家、僧侶、儒家、武家等對象；在内容方面，則包含漢詩、漢文、
語錄、四六駢儷文、日記、隨筆等多元形式；又爲與「平安朝漢詩文」
及「江戶漢詩文」作區別，故稱爲「中世漢詩文」。

二、虎關師鍊之生平、論著及其在五山文學的關鍵地位

　　虎關師鍊（以下簡稱「虎關」），本姓藤原，號虎關，法名師鍊，
日本京都人，世稱「海藏和尙」，敕號「虎關國師」、「本覺國師」。虎
關生活的年代相當於中國南宋趙昺祥興元年（西元1278）至元惠宗至

〔註11〕　（日）玉村竹二：《五山詩僧》，收入《日本の禪語錄》第8卷（東
　　　　　京：講談社，1978年），頁13。
　　　　　原文：五山文學とは，日本において行われた漢文學の一種で，主
　　　　　として鎌倉時代末から室町時代を通じて，宋・元・明の禪林の気
　　　　　風影響を受けた日本の禪僧──それも五山派といわれる教団に属
　　　　　する禪僧によって創作され鑑賞された漢詩文の事を意味するので
　　　　　ある。
〔註12〕　俞慰慈：《五山文學の研究》（東京：汲古書院，2004年），頁14。
　　　　　原文：五山・十刹・諸山の禪寺で活躍した禪僧の漢詩文を中心と
　　　　　するもので，平安朝漢詩文、江戶漢詩文に對應していえば，中世
　　　　　漢詩文といえると主張。その文學の内容は，五山禪林内の詩文集、
　　　　　語錄、四六駢驪文、日記だけでなく，五山以外の公家、僧侶、儒
　　　　　家、武家などの漢詩文も含みものでめると幅廣く規定する。

正六年（西元 1346）。十歲出家，爲日本佛教禪宗「臨濟宗」〔註13〕
之僧，曾師事「一山一寧」（西元 1247~1318）修習儒佛，爲「五山
文學」代表作家。正和二年（元皇慶二年，西元 1313）於京都「濟北
庵」專心著述，著作頗豐，尤以佛學專書爲主，計有《佛語心論》十
八卷、《禪餘或問》二卷、《禪戒規》一卷等，其中《元亨釋書》三十
卷，乃日本最早的僧侶集傳兼佛教史的著作。是書以編年爲題，分傳、
表、志、集，錄推古朝至元亨時期七百年間高僧傳記而成，爲日本「紀
傳體史書」之濫觴〔註14〕，其中包含對佛教制度、宗派、寺院、勤行

〔註13〕日本榮西禪師（西元 1141~1215）曾於西元 1168 及西元 1191 年間
至中國遊學，且將中國禪宗的臨濟派傳回日本，其著作《興禪護國
論》中有「宗派血脈門」之記錄，其載「此宗自六祖以降，漸分宗
派。法周四海，世泊二十，脈流五家，謂一法眼宗，二臨濟宗，三
溈仰宗，四雲門宗，五曹洞宗也。今最盛是臨濟也。」詳見（日）
榮西：《興禪護國論》（東京：株式會社講談社，1994 年）卷中，頁
221。
〔註14〕關於《元亨釋書》之編排卷一至卷十九依次爲傳智、慧解、淨禪、
感進、忍行、明戒、檀興、方應、力游、願雜等十科；志分學修、
度受、諸宗、會儀、封職、寺像、音藝、拾異、黜爭、序說十類，
末附略例、智通論二文。
中嚴圓月在《東海一漚集》對《元亨釋書》之評曰：「居閑細讀《元
亨釋書》，多有所獲，心目朗然，忻慰無量，素以本朝諸名僧行實，
及其所由者未嘗見聞，故注意於此。先取其傳并年表披閱之，然至
讀贊論志等之文，所得更多，出於素望之外，幸甚，實是國朝之至
寶也，豈翅可爲吾釋家席上珍而已。孔子《十翼》，擅美於《周易》；
今之〈度總論〉，不可多讓也。班固九流垂光於《藝文》；今之諸宗
『志』，當有所加也，其諸贊詞，則玉轉珠回，議論精密，實非洪覺
範琇石室之能可詣也。至于以十波羅密，支而配之十傳，則道宣贊
寧之輩，於史才者末也之論亦達矣，惜乎吾國無好事者，而如斯文
不見廣流布也。」又儒學者林羅山在《羅山林先生文集》卷二十六
〈元亨釋書辯〉中則亦有此評，其言：「《元亨釋書》者，東福寺海
藏院師鍊虎關禪師之所撰也，其書三十卷。其立『傳』也，則于《史
記》；其著『贊』『論』也，則于班（班固）、馬（司馬邊），其分類
而首『傳智』，次『慧解』、『淨禪』等之類，則于〈序卦〉；其〈度
摠論〉者則于〈繫詞〉；其『資治表』則于《春秋》；其凡例者則于
左（《左傳》）、公（《公羊傳》）、穀（《穀梁傳》）；其『志』者則于兩
漢書，寔本朝僧史權輿乎」。

之解說，並以「贊曰」之方式論評人物。〔註15〕名畑崇於《『元亨釋書』の研究》中則特別提及《元亨釋書》於顯密佛教中的地位，以及《元亨釋書》與國家的神祇觀、民俗間之相關性。〔註16〕有關《元亨釋書》之體例範本可參「附錄四」。

　　另外，虎關亦著有《聚分韻略》一書，為日本第一部韻書。虎關門生令淬《海藏和尚紀年錄》中記載虎關呈《聚分韻略》予一山，他說：

　　師（虎關）一日自携《韻略》呈山，山繙看數過，欽服妙製，因跋其後，有「明物察倫聖賢之事也」之語。又以書與師，其略曰：「承見示《聚分韻略》序文，披味之餘，駭動心目，語奇意高，何敢妄議云云。」〔註17〕

由此以知，一山對於虎關所撰著的《聚分韻略》有所佩服，特於書後作跋，如圖 1-2-3「一山一寧為《聚分韻略》作跋之書影」所示。而辜玉茹在〈中近世における日本の韻書の利用——和漢聯句、漢和聯句のための韻書——〉中提及，《聚分韻略》是以中國《廣韻》為底本而改編而成，在日本辭書史上佔有重要地位。〔註18〕「後世廣為流行，苟作詩者無不據之，由此視之，虎關於我國（日本）文學界之功，實為大矣。」

以上由中巖圓月與林羅山二人對《元亨釋書》之評論中，可得知虎關之紀傳體例之編排，乃仿中國經史之分類與體例而為之。詳參（日）中巖圓月：《東海一漚集》卷3〈又海藏有答書載于紀年錄〉，收入（日）上村觀光：《五山文學全集》第二卷（京都：思文閣出版社，1992年），頁968；（日）林羅山：《羅山林先生文集》卷二十六（京都：平安考古學會編，1918年），頁302。

〔註15〕（日）虎關師錬：《元亨釋書・提要》，收入《域外漢籍珍本文庫》第三輯第十八冊（北京：人民出版社，2012年）。

〔註16〕（日）名畑崇：《『元亨釋書』の研究》，京都大谷大學文學博士論文，1992年。

〔註17〕（日）令淬編：《海藏和尚紀年錄》，收入（日）塙保己一、太田藤四郎：《續群書類從・第九輯下》（東京：續群書類從完成會，1957年），頁466。

〔註18〕辜玉茹：〈中近世における日本の韻書の利用——和漢聯句、漢和聯句のための韻書——〉，《通識教育學報》第10期，2006年12月，頁27～49。

〔註19〕本論文「附錄五」有《聚分韻略》之體例範本可參酌。

　　至若涉及文學思想者惟《濟北集》二十卷，當中卷十一《濟北集・詩話》專論詩學內容，學者稱為〈濟北詩話〉〔註20〕。至若虎關在五山時期關鍵地位及其文學相關著作《濟北集》及其〈濟北詩話〉之意義，青木正兒嘗提及：

> 最初開五山文學風氣者，為虎關的《詩話》，當中論及李白、
> 杜甫、韋應物、韓愈等人之詩作。因受宋人詩話之影響，
> 醉心於白居易詩作之際，而仰望能得致李、杜之境界而不
> 可得，相較於平安中期評詩者之主張，差異甚大。〔註21〕

青木正兒從一代有一代文學之觀點，認為虎關〈濟北詩話〉區分了平安時期宗白居易的熱潮，轉而在宋詩話影響下開始關注李白、杜甫、韋應物、韓愈等人的詩作，於此說明虎關為日本崇尚中國詩人之轉向，開啓新視角。

　　虎關除了著有〈濟北詩話〉批評詩人與詩作外，其於《濟北集》卷一至卷六亦有賦、詩、偈贊之創作，惟展示於美國紐約「大都會博物館」虎關之墨跡〈糖〉，則未收錄於《濟北集》中，可參閱「附錄

〔註19〕（日）足利衍述：《鎌倉室町時代之儒教》（東京：日本古典全集刊行會，1932 年），頁 223。
原文：又《聚分韻略》に至りては，後世に流行し，苟も詩を作る者は之に據らざるなし。是に由りて之を觀れば，虎關の我國文學界に於ける功も，亦大なりど謂ふ可し。

〔註20〕有學者以為「濟北詩話」當用書名號，而為《濟北詩話》，亦有學者以為「濟北詩話」取自《濟北集》之一卷，故應用篇名號，為〈濟北詩話〉。然本論文因以《濟北集》為研究對象，而《濟北集・詩話》為其中之一卷，故統一採用〈濟北詩話〉。惟「引文」之原文，若其以「書名號」為之，本論文則依原文內容呈現者，不在此限。

〔註21〕（日）青木正兒：〈鎌倉室町期〉，收入《青木正兒全集》第 2 卷（東京：春秋社，1969 年），頁 366。
原文：先づ五山文學の風氣を開いた一人でめる虎關は《詩話》を著して李白、杜甫、韋應物、韓愈等の詩に言及して居る。是は宋人の詩話の影響に因るものでめるが，白詩に心醉して李杜の高きを仰ぎ得なかつた平安中期以後の詩眼に比すれば甚しい懸隔でめる。

「八」之圖示。

　　然而，虎關創作之評價究竟如何？與其作爲五山文學之祖中間，是否有所關聯？久須本文雄引其師福島俊翁批評虎關詩作曰：

　　虎關其實無詩人之資格，其詩皆嘲戲滑稽之詞，無風雅實語，此説絕非酷評。《濟北集》詩部，實可改題爲《噴飯集》更爲恰當。〔註22〕

此評實爲太過，全然否定虎關之著作，筆者以爲久須本文雄之評論較爲中肯且合宜，其言：

　　虎關詩作從少年期到老成期，總共有八百四十多首，因此欲以幾首詩就論定其是否爲詩人，實難首肯。〔註23〕

是故，詩人創作有階段性，由生澀及至成熟，蓋爲不可忽視之歷程。除此之外，尚有北村澤吉《五山文學史稿》之評價，他説：

　　（虎關寫詩）技巧有失纖巧，而詩句應用未臻妙處。……體格又不齊整，句式堅硬而未得適切，離精熟之境尚遠，但偶爾不無奇警清健之言。〔註24〕

　　又，足利衍述《鎌倉室町時代之儒教》「虎關」條提及：

　　虎關且能詩文，雖未臻渾厚圓熟之境，亦未能與義堂周信

〔註22〕（日）久須本文雄：〈虎關師鍊の中國文學觀〉，《禪文化研究所》十二號，1980年3月，頁115。
　　　原文：虎關は到底一詩人の資格がなく，其の詩は悉く嘲戲滑稿の詞で，風雅の實語が絶えて無いと酷評を下し，《濟北集》中の詩の部は題を改あて《噴飯集》といふを適當とすると述べ。
〔註23〕（日）久須本文雄：〈虎關師鍊の中國文學觀〉，《禪文化研究所》十二號，1980年3月，頁116。
　　　原文：虎關の詩は少年期既に老成の風ありとされ，なお凡そ八百四十首という夥しい數の詩を作つていることからしても，蓋しこの評は容易に首肯し難いといえる。
〔註24〕（日）北村澤吉：《五山文學史稿》（東京：富山房，1942年），頁154～155。
　　　原文：特に意を技に用るしものは纖巧に失し眞に詩句運用の妙に到らず。……體格未だ齊整せず，句硬に語妥ならず，精熟の境に遠し，但間奇警清健の者なしとせぎる也。

（西元 1325〜1388）、中巖圓月（西元 1300〜1375）並駕
齊驅，但其博大之見，能言所欲言而無滯澁，也不失爲一
作家。〔註25〕

北村澤吉和足利衍述雖然對虎關詩作的評價都不高，但仍認爲其博學
能見之內涵，偶有佳句之肯定。儘管虎關的詩作並非臻於圓熟且受到
批評，但其立足於五山文運之初，仍有其重要意義。北村澤吉《五山
文學史稿》認爲：

虎關以學問及文章見長，然詩不足稱，但因其時代立於五
山文運之初，時值風氣未開之緣故。〔註26〕

北村澤吉在文學史脈絡之下，討論文學興、變之間，虎關居於重要關
鍵，因此，將其視爲開啓五山文學之先聲。除了時機適當，虎關獨特
的批評觀點與學識，亦是重要因素。久須本文雄即認爲，虎關對於儒、
釋、道三家思想，學識博深，對於文學評論的態度嚴正敏銳。〔註27〕
而蔭木英雄亦言：

縱觀我國（日本）中世禪林，在虎關之前雖然有許多能創
作優秀詩文的禪僧，然這些禪僧，不過如同宋元大陸禪林
文學之延伸，不若虎關所帶來的重要轉變。何以如此稱道？
正因爲其有鮮明的文學批判精神。〔註28〕

〔註25〕（日）足利衍述：《鎌倉室町時代之儒教》（東京：日本古典全集刊
行會，1932 年），頁 223。
原文：虎關又詩文を能くす，されど渾厚圓熟の境に達せず，中巖・
義堂ど并鑣する能はずど雖，博大の見能く言はんど欲する所を言
ひ些の澁滯なし，亦一作家たるを失はず。

〔註26〕（日）北村澤吉：《五山文學史稿》（東京：富山房，1942 年），頁
154〜155。
原文：虎關に於て最も見るべきは其の學問及文章也，詩は甚だ稱
するに足らず。然れども是れ寧ろ五山文運の初頭に立ちて風氣未
開の際自然の數とすべきのみ。

〔註27〕（日）久須本文雄：〈虎關師鍊の中國文學觀〉，《禪文化研究所》十
二號，1980 年 3 月，頁 116。

〔註28〕（日）蔭木英雄：《五山詩史の研究》（東京：笠間書院，1977 年），
頁 143。

　　綜上所述，虎關師鍊能成爲五山時期位居文學的關鍵地位，並非因詩歌創作爲人稱道，而是在於虎關所處的時代背景，正值日本詩風興發之際，即便虎關詩作未純熟，尚且有立意之功；然在論著上，由於《元亨釋書》爲日本「紀傳體史書」之濫觴，而《聚分韻略》又爲日本第一部韻書，至於《濟北集・詩話》則是日本第一部以「詩話」爲「專名」的詩學著作，目前學界以爲〈濟北詩話〉以後，直到江戶寬文八年（清康熙七年，西元 1668）才出現具有完整體式與內容的詩話，即爲林梅洞（西元 1643～1666）《史館茗話》〔註29〕。因此，〈濟北詩話〉在「日本漢詩」〔註30〕研究部份，有其關鍵鍵性，此其重要原因之一。

　　然而，《濟北集・詩話》雖是第一部以「詩話」爲「專名」的著作，但是否因此被認肯爲日本第一本詩話之價值？在〈濟北詩話〉之前，尚有兩部漢詩文的論著，包括日本平安初期釋遍照金剛（西元774～835）的《文鏡秘府論》和平安晚期大江匡房（西元 1041～1111）

　　原文：中世の我が禪林を見渡す時，虎關以前にすぐれた詩文をものした禪僧は多いが，それらの多くは宋元の大陸の禪林文學の延長のようなもので，これに大きな轉換をもにらしたのは，外ならぬこの虎關師鍊であつた。何となれば，彼は後述の如き強い文學批評精神を有し。

〔註29〕趙鍾業詳考中韓日三國詩話之流變，亦有此說。詳參：（韓）趙鍾業：《中韓日詩話比較研究》（臺北：學海出版社，1984 年），頁 446～468。

　　　　關於《史館茗話》之內容，參（日）林梅洞：《史館茗話》，收入（日）池田四郎次郎：《日本詩話叢書》第一卷（東京：文會堂書局，1920年），頁 317。

〔註30〕所謂「日本漢詩」，係日本人用古代漢語和中國舊體詩的形式創作出來的文學作品。漢詩是日本文學，特別是日本古代文學重要的有機組成部份。中日兩國，語言雖異，但文字部份卻是相同的，因而中國古典詩歌這種藝術形式，在日本長期得以風行。另，儒家傳統的詩教思想，早在三世紀就隨著中國的《論語》傳到日本，五世紀時，日本人民開始用漢字作爲表達記敘的工具，並借用漢字作日語標音，即「萬葉假名」。「萬葉假名」的產生，爲中日文化交流打下了堅實的基礎。參李寅生：《論宋元時期的中日文化交流及相互影響》（成都：巴蜀出版發行，2007 年），頁 178～179。

的《江談抄》。雖然龍宿莽在《比較詩話學》中獨列《文鏡祕府論》
爲「日本詩話之宗」〔註31〕；而譚雯《日本詩話的中國情結》在論及
「日本詩話發展史」時，仍以《文鏡祕府論》爲開篇，其次才是虎關
的〈濟北詩話〉。〔註32〕但是，《文鏡秘府論》主要摘錄唐代詩法、詩
格、論詩技巧等內容，大抵是研究唐代《詩格》、《詩議》、《唐朝新定
詩格》、《詩髓腦》等書編纂而成，鮮有自己創見，亦無詩歌本事。若
依據蔡鎭楚認爲「詩話」之體，可分爲兩個進程：

> 一曰「話」，以「記事」爲主，重在詩歌本事，屬於狹義的
> 詩話。
>
> 二曰「論」，以「詩論」爲主，重在詩歌評論，屬於廣義的
> 詩話。〔註33〕

承此而論，在詩話的評定上，《文鏡祕府論》未有「論詩及事」內容，
故本論文未將其列爲研究範疇。

　　至於大江匡房所著《江談抄》，由大江匡房口述，弟子藤原實兼
（西元 1085～1112）筆錄的一部「語錄體」〔註34〕。根據李育娟考
察《江談抄》詩話與北宋詩話之關係，以爲該書是日本最早受到宋代
文學影響的作品，雖無詩話之名，卻有詩話之實。〔註35〕然而，《江
談抄》在體裁、書寫形式方面，雖然大多已符合宋詩話特色，惟在日
本僅被歸類爲「漢詩文說話」之「說話文學」。

〔註31〕龍宿莽：《比較詩話學》第九章第二節（北京：北京圖書館出版社，
　　　　2006 年）。
〔註32〕譚雯：《日本詩話的中國情結》（北京：中國社會科學出版社，2007
　　　　年），頁 3～5。
〔註33〕蔡鎭楚：《詩話學》（湖南：湖南教育出版社，1992 年），頁 30。
〔註34〕所謂「語錄」，乃是一種文體，以記錄某人言論。舊時語錄多爲問答
　　　　口語，文辭質樸，不尚修飾，故名。參蔡鎭楚：《詩話學》（湖南：
　　　　湖南教育出版社，1992 年），頁 38。
〔註35〕李育娟：〈《江談抄》詩話與北宋詩話〉，《漢學研究》第 28 卷第 1 期，
　　　　2000 年 3 月，頁 101～123。李育娟：《《江談抄》與唐、宋筆記研究
　　　　——論平安朝對北宋文學文化之受容》（臺北：文史哲，2013 年），
　　　　頁 5～7。

　　要之，關於「詩話」爲何？此先見中國「詩話」之名始自北宋歐陽脩《六一詩話》，其卷首載明「居士退居汝陰，而集以資閑談也。」〔註36〕故能知詩話最初概念建立在「以資閑談」上。若詩話之特色，誠如蔡鎮楚所言：「宋詩話主要是沿著歐陽脩所開拓的『以資閑談』的路線發展。」〔註37〕而宋人詩話受禪宗語錄影響，「每一部詩話都由一條一條內容互不相關的論詩條目連綴而成，長短隨宜。……語錄又多爲問答式。」〔註38〕誠然，若依李育娟考辨之內容，筆者同意其歸納之結論，然而，若再深究，則是論者對於《江談抄》之研究範圍，僅以「卷4-6與詩文相關的內容爲主」〔註39〕，此卷4-6所載內容，見下圖1-1-1。循此而論，就李育娟所擇選論述之範圍而言，《江談抄》的確是符合「詩話」之定義。

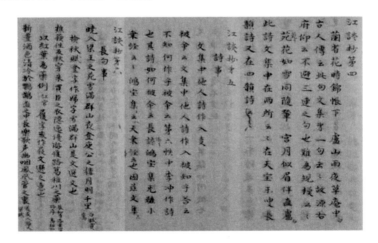

圖 1-1-1：《江談抄》卷 4-6 之題名

資料來源：早稻田大學圖書館藏寫本，書寫年不明。

〔註36〕（宋）歐陽脩：《六一詩話》，收入（明）毛晉輯：《津逮秘書》第五集（崇禎中刊）國立國會圖書館藏，頁1。

〔註37〕蔡鎮楚：《中國詩話史》（長沙：湖南文藝，1998年），頁50。

〔註38〕蔡鎮楚：《詩話學》（湖南：湖南教育出版社，1992年），頁40。

〔註39〕李育娟：〈《江談抄》詩話與北宋詩話〉，《漢學研究》第28卷第1期，2000年3月，頁105。

　　惟《江談抄》之內容除了《江談抄‧第四》、〈第五‧詩事〉、〈第六‧長句事〉與詩文相關之外，《江談抄‧第一‧公事》、〈第二‧雜事〉、〈第三‧雜事〉〔註40〕則偏重記述事件本身的記錄，敘事簡略而片斷，如圖 1-1-2。

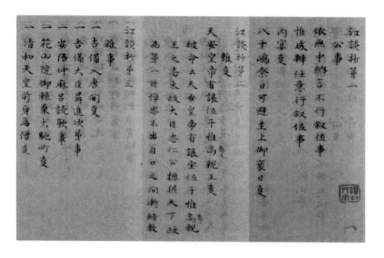

圖 1-1-2：《江談抄》卷 1-3 之題名

資料來源：早稻田大學圖書館藏寫本，書寫年不明。

　　日本後藤昭雄《《江談抄》解說》一文即認為，《江談抄》言談語錄性質內容較重，對於日常談話，相談世事等場合，資料的記錄較多。〔註41〕例如：《江談抄》卷二〈堀川院崩御運叶天度事〉中記：

　　　　此事秘事也。披露無由。匡房欲隱居，足下令仕朝，亦可
　　　　預朝議之人也。可得其心也云云。〔註42〕

〔註40〕（日）大江匡房【談】：藤原實兼【記】：《江談抄》第 1～6 卷，早稻田大學圖書館藏寫本，書寫年不明。

〔註41〕（日）大江匡房：《江談抄》，收入（日）後藤昭雄、池上洵一、山根對助校注《江談抄‧中外抄‧富家語》（東京：岩波書局，2005 年），頁 593～601。

〔註42〕（日）大江匡房：《江談抄》，收入（日）後藤昭雄、池上洵一、山根對助校注《江談抄‧中外抄‧富家語》（東京：岩波書局，2005 年），

此爲大江匡房晚年囑咐弟子「實兼」之語，已見其純爲記錄言語之資料，無關乎詩之內容與評論。蔡鎮楚認爲，「語錄」對「詩話」有影響，但二者又有不同，其中「內容」可作爲區別，其言：

> 詩話作爲一種詩歌評論樣式，其基本內容在於論詩，詩歌是它的論述對象和研究對象，離開了詩歌這一特定的對象，詩話就失去了存在的意義。即便是以「記事」爲主的詩話。〔註43〕

據此而論，《江談抄》在卷4至卷6的確如李育娟所探究具有詩話之實，但筆者以爲卷1至卷3因偏重記錄語言與記事，不符合詩話之定義。因此，若以《江談抄》卷1至卷6整體而言，在本質內容方面，部份可謂爲詩話，然若於詩話應呈現之形式、體例方面則未能盡合詩話之條件。因此，本論文暫不將其歸結爲日本第一部詩話，留待爾後學者有更多仁智互見之討論再形成共識。

　　至於〈濟北詩話〉在「內容」部份，各條目之間的論述與批評，彼此不相關，且內容涵蓋駁雜，亦在評詩、論詩、述本事等內容時，往往以「可笑」〔註44〕二字出之，筆者以爲乃因虎關將〈濟北詩話〉作爲「以資閑談」隨筆之作；在「形式體例」部份，則長短不一，偶以問答方式呈現，都與宋人詩話體式相發明〔註45〕，筆者整理〈濟北詩話〉後總計29條。〔註46〕

頁486。

〔註43〕蔡鎮楚：《詩話學》（湖南：湖南教育出版社，1992年），頁42。

〔註44〕如〈濟北詩話〉第4條則，有「俗子不知，只以誇大句語爲佳，定可笑也」。又11條則：「蓋此二句，襃贊公精頭陀，諸氏以青豆解之，可笑。」12條則：「注者以『七佛』爲『七祖』，可笑也」之屬。

〔註45〕中國詩話和日本詩話之間相異處，可參看（日）船津富彥：《中國詩話研究》（東京：八雲書店，1977年），頁235～236。

〔註46〕本論文依段落文意，將內容分爲29條。至於各家分則之說法，除了譚雯是根據〈濟北詩話〉原文的分段，而非以段落文意分段的方式外，其餘分段之說，皆未言明分則之由，詳參以下資料。
(1) 段麗惠：〈〈濟北詩話〉的「立異」與儒家價值理念〉，《船山學刊》，第3期，2009年3月，頁102，則作31條。

　　虎關雖然未對「詩話」之名提出界說，然其汲取、融合中國詩話的內容、形式體例，而與中國詩話有了相同的旨歸。〔註47〕因此，本論文以爲虎關《濟北集・詩話》專以評論與詩相關之詩句、注解、考證與述本事等內容，又其形式與體例都與宋詩話「以資閑談」、「長短隨宜」及「語錄問答形式」相似，故以爲〈濟北詩話〉當具有日本第一部詩話著作之價值。而足利衍述亦說：

> 如其（虎關）詩話，品評歷代詩文之概要，不只能被尊爲
> 我國（日本）最初之詩話，其與德川時代作家之詩話互比，
> 亦毫不遜色。〔註48〕

　　綜前之論，虎關在文學批評中能展現獨到的見解，都爲肯定虎關之所以能爲五山文學之開山之祖且具重要關鍵地位的原因。是故，虎關嚴正批評精神與敏銳的批判能力，以及不沿襲前人之批評內容而有創見之處，展現在虎關詩學論著〈濟北詩話〉之中，此正是本論文探究之處。

---

(2) 黃峨：〈論宋代詩學思想對日本〈濟北詩話〉之影響〉，《船山學刊》，第 2 期，2009 年 2 月，頁 162，僅言 20 餘首。

(3) 譚雯：《日本詩話的中國情結》（北京：中國社會科學出版社，2007年），頁 4，作 27 條。

(4) 高文漢：〈日本中世文論〉，《解放軍外國語學院學報》，第 27 卷第 4 期，2004 年 7 月，頁 96，作 20 條。

〔註47〕日本詩話受中國詩話影響，除了內容、形式體例之外，尚有「以資閑談」之說。日本江戶時期的學者菊池桐孫《五山堂詩話》〈序〉嘗謂：「話詩賦者，詩人樂事也。話也者，非論、非議、非辨、非彈也，平常說話也。」因此，菊池桐孫和中國詩話相同，亦將「詩話」作爲「以資閑談」之樂事。（詳參（日）菊池桐孫：《五山堂詩話》，載於蔡鎮楚編：《域外詩話珍本叢書》第 2 冊（北京：北京圖書館出版社，1807 年），頁 381。）

〔註48〕（日）足利衍述：《鎌倉室町時代之儒教》（東京：日本古典全集刊行會，1932 年），頁 223。
原文：(虎關)其詩話（《濟北集》卷十一）の如きはど歷代を品評して奔馬空を行くの概あり、啻に我國人最初の詩話どして尊重すべきのみならず、德川時代作家の詩話に比して毫も遜色なき大作なり。

三、〈濟北詩話〉內容對中國詩人與詩作之概述

　　〈濟北詩話〉對中國詩人及詩作之評論與考證，詩話觀點的後設批評，以及〈濟北詩話〉引用之書籍等內容，本論文分別整理成表1-1-2、表1-1-3、表1-1-4，進而將表1-1-2與表1-1-3合論，表1-1-4則單獨討論如下。

表1-1-2：虎關〈濟北詩話〉中提及之詩人

時代	詩　　人	總計
唐前	周公、孔子、宋玉、王右軍、陶淵明	5人
唐代	李白、杜甫、王維、嚴維、李商隱、齊己、岑參、元稹、白居易、薛令之、賈至、孟浩然、韋應物、韓愈、曹松、鄭谷、王梵志、「大曆十才子」：李端、盧綸、吉中孚、韓翃、錢起、司空曙、苗發、崔峒、耿湋、夏侯審	27人
宋代	石敏若、謝逸、劉貢父、黃山谷、蘇東坡、林和靖、歐陽脩、梅聖俞、王荊公、柳永、王文海、楊誠齋、韓子蒼、劉克莊、朱淑貞	15人
總　　計		47人

梁姿茵製表

表1-1-3：虎關〈濟北詩話〉中提及詩人之次數

排名	詩　　人	出現次數
1.	（唐）杜甫9、10、11、12、13、20、25	7次
2.	（唐）李白7、8、14、25	4次
3.	（唐前）孔子1、2、25 （唐）白居易13、22、25 （宋）王荊公21、22、23、黃山谷18、20、21	3次
4.	（唐前）周公1、2 （唐）元稹13、25、王維9、13、20〔註49〕	2次

〔註49〕本論文以虎關師鍊〈濟北詩話〉中提及詩人次數作歸納，雖然「王維」於〈濟北詩話〉中出現三次，然考「柳塘春水慢，花塢夕陽遲。」之作者應爲唐代「嚴維」非「王維」，而《古今詩話》亦本作「嚴維」，

排名	詩　　人	出現次數
	（宋）蘇東坡 17、18、林和靖 20、23、楊誠齋 25、26	
5.	（唐前）宋玉 4、陶淵明 6、王右軍 8 （唐）李商隱 5、齊己 10、鄭谷 10、岑參 13、賈至 13、大曆十才子 13、薛令之 14、孟浩然 14、韋應物 15、韓愈 16、曹松 17、王梵志 18 （宋）石敏若 7、謝逸 16、劉貢父 17、歐陽脩 20、梅聖俞 20、王文海 21、柳永 22、韓子蒼 25、劉克莊 27、朱淑貞 27	1 次

梁姿茵製表

註：羅列在詩人後的數字，係相對應於「附錄六〈濟北詩話〉原文」之「筆者分斷條目」的條目數字。

根據表 1-1-2、表 1-1-3 所歸納之現象，〈濟北詩話〉中提及唐前詩人 5 人，唐代詩人 27 人，宋代詩人 15 人，約莫 47 人，以「唐代詩人」居高，唐代詩人中，則以「杜甫」出現次數最多，共 7 次，以「李白」次之，共 4 次。這個現象顯示，在平安時期，雖然唐代文學已傳入日本，然當時宗白居易詩者眾多，真正對於杜甫、李白的推崇，則從虎關〈濟北詩話〉開啟。此結果正印證前述引青木正兒之言：「最初開五山文學風氣者，為虎關的《詩話》……而仰望能得致李、杜之境界而不可得，相較於平安中期評詩者之主張，差異甚大。」〔註 50〕

由此可知，虎關對於唐宋之前詩人及其文學作品有相當的認識，雖然偶有涉及日僧之詩，但為數不多；另一方面，虎關對詩歌品評及

是故，王維實際僅出現 2 次。詳參孫通海、王海燕編：《全唐詩》（北京：中華書局，2005 年）卷 263〈酬劉員外見寄〉，頁 2908，以及（宋）李頎：《古今詩話》，收入《宋詩話輯佚》卷上（臺北：華正書局，1981 年）〈杜甫詩勝嚴維〉，頁 151。

〔註 50〕 （日）青木正兒：〈鎌倉室町期〉，收入《青木正兒全集》第 2 卷（東京：春秋社，1969 年），頁 366。
原文：先づ五山文學の風氣を開いた一人でめる虎關は《詩話》を著して李白、杜甫、韋應物、韓愈等の詩に言及して居る。是は宋人の詩話の影響に因るものでめるが，白詩に心醉して李杜の高きを仰ぎ得なかつた平安中期以後の詩眼に比すれば甚しい懸隔でめる。

本事又得以提出己見，爾後開啓日本漢學對於宋詩的關注。據此，〈濟北詩話〉對於詩文喜好與批評風氣的轉向，有著承先啓後之意義。

　　至於，虎關〈濟北詩話〉中所引用之書籍，除了文學方面有「詩話類」、「集部」之外，亦涉及「佛典類」，此亦是虎關爲僧人無可避免之內典，其他則尚有「經書」與「史書」等類別。

表 1-1-4：虎關〈濟北詩話〉中引用之書籍

類別		書　　　名	共計
詩話類	唐代	《詩式》22〔註51〕	1
	宋代	《苕溪漁隱叢話》21、《邈齋閑覽》23、《詩人玉屑》7、《古今詩話》20、《誠齋詩話》25、《滄浪詩話》13、17	6
佛典類		《梵網經》11、《廣燈錄》19、《感山雲臥紀談》19、《靈苑集》24、《起世經》24	5
其他	經書	《詩》（三百篇）1、25、《書》、《易》25、《孔氏傳》5	4
	史書	《虞書》5、《晉書》5、唐史（即《新唐書》）14	3
	集部	《集千家注分類杜工部集》9、10、11、12、《唐宋千家詩選》27、《後村集》27	3

梁姿茵製表

註：羅列在詩人後的數字，係相對應於「附錄六〈濟北詩話〉原文」之「筆者分斷條目」的條目數字。

　　根據表 1-1-4，〈濟北詩話〉中引用唐宋詩話方面：唐代有《詩式》，宋代則有《苕溪漁隱叢話》、《邈齋閑覽》、《詩人玉屑》、《古今詩話》、《誠齋詩話》以及《滄浪詩話》，以「宋詩話」居多；至若佛教典籍，則論及《梵網經》、《廣燈錄》、《感山雲臥紀談》、《靈苑集》、《起世經》等共 5 部。另外，虎關對於經部《詩》、《書》、《易》、《孔氏傳》；史書《虞書》、《晉書》、《新唐書》，集部《集千家注分類杜工部集》、《唐

〔註51〕〈濟北詩話〉中雖未言明皎然《詩式》，然虎關的「三竊」說，即是在皎然《詩式》「三偸」之基礎上而提出批評理論。

宋千家詩選》、《後村集》等中國書籍亦多有涉獵。就此而論，虎關學識博大與豐厚，又其身處日本中世紀五山文學之始，漢文學的流傳情形，於此亦可見盛況。

就此脈絡總體而論，首先，五山文學之歷史意義，在日本漢文學發展中，對於文風、創作主體等方面，蓋爲上承平安，下開江戶時期的重要轉折關鍵；其次，虎關爲五山文學開山之祖，其在創作方面雖未成氣候，然處在詩風未盛之際，而有創見之作，如《聚文韻略》爲日本第一部韻書，而〈濟北詩話〉則爲日本第一本詩話，於批評處有獨到見解，不亦步亦趨，更是開始關注盛唐文學如李白、杜甫及宋文學如蘇軾、黃庭堅等的重要關鍵者。至於〈濟北詩話〉內容，無論是對於中國詩人、詩作、經、史、集、佛典等書籍，多有涉獵，以見其學問之博大，亦由中得見當時漢文學的流行盛況。

第二節　研究範疇、方法與限制

本論文以《濟北集》爲研究對象，因此，本論文要先說明版本的使用及相關內容之義界，對於五山時期之時空繫年所使用的版本亦一併說明，於此，方能依據文本梳理脈絡；再者，研究方法的使用，因爲本論文是中日文學比較研究，因此涉及比較文學法、接受美學和誤讀理論等內涵；最後則論述研究限制部份。以下即針對「研究範疇：版本與義界」、「研究方法」、「研究限制」分述說明之。

一、研究範疇：版本與義界

（一）《濟北集》版本依據

1.「中野是誰」版與《五山文學全集》

有關《濟北集》之版本，目前所見古籍刊刻《濟北集》者，爲「慶應義塾大學」與「日本東京大學」圖書之館藏，即慶安庚寅（西元1650）京都「中野是誰」刊本的《濟北集》20 卷並目錄 1 卷，計 11

冊，其刊記爲「慶安庚寅暮秋吉旦書林中野氏是誰刊」。〔註 52〕依據日本國文學研究資料館調查之資料顯示，目前所見古刊本的《濟北集》幾乎皆屬此慶安庚寅年刊本〔註 53〕，例如：筑波大學附屬圖書館館《濟北集》20 卷並目錄 1 卷，計 11 冊，有「泉龍主人」、「宗信」兩枚印記，其刊記亦爲「慶安庚寅暮秋吉旦書林中野氏是誰刊」，屬同版本，如圖 1-2-1 調查資料卡所示：

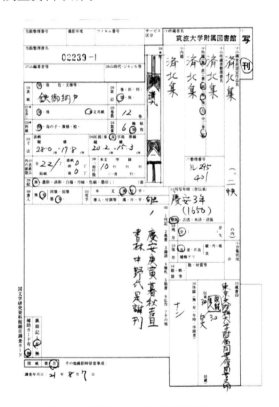

圖 1-2-1：日本國文學研究資料館調查卡（2009 年）

資料來源：http://base1.nijl.ac.jp/

〔註 52〕 （日）安江良介發行：《國書總目錄》（東京：岩波書店，1989～1991年）。

〔註 53〕 參「日本國文學研究資料館」的「日本古典資料調查データベ―ス」：2015 年 3 月取自 http://base1.nijl.ac.jp/

此外，大阪女學院大學圖書館館藏《濟北集》10 冊；愛媛縣大洲市立圖書館矢野玄道文庫館藏《濟北集》11 冊〔註 54〕；美國哈佛大學燕京圖書館館藏《濟北集》11 冊等，皆署爲「慶安庚寅年由中野是誰刊行」之版本。

又愛知縣刈谷市中央圖書館村上文庫館藏之《濟北集》11 冊，作者亦爲釋氏鍊撰，然無序跋足以辨識版本。惟石川縣立圖書館川口文庫館藏之《濟北集》11 冊，同爲 20 卷，其爲貞享元年（西元 1684）刊本，刊記爲：「貞享元歲舍甲子五月上旬新梓伏見屋藤五郎藏板」，其時代已晚於慶安庚寅（西元 1650）京都中野是誰刊本。

依據日本國文學研究會的考證，目前現存《濟北集》以慶安 3 年（西元 1650）爲最早的善本，本論文即以慶應義塾大學圖書館館藏的「慶安庚寅暮秋吉旦　書林中野是誰刊本」作爲研究文本，如圖 1-2-2。

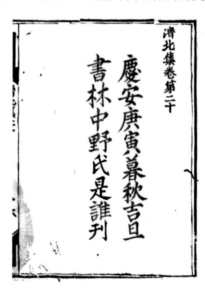

圖 1-2-2：《濟北集》京都「中野是誰」刊本

資料來源：日本慶應義塾大學圖書館藏慶安庚寅三年（西元 1650）版

〔註 54〕「矢野玄道文庫館藏」的《濟北集》另有「弘文學館」藏書印。

　　至於，上村觀光編撰《五山文學全集》所收錄的《濟北集》，乃為明治38年（西元1905）所刊行的版本，目前學界普遍以此為研究文本。《五山文學全集》首次成書時間為1906年，由東京市裳華房出版社出版，而本論文所採用的為1992年的復印本，《濟北集》則收錄在第一卷。〔註55〕

　　上村觀光《五山文學全集》資料出處，依其於〈緒言〉所自陳，其版本多搜羅自「南禪、天龍、建仁、相國、東福」等寺之善本，且向京都帝國大學圖書館藏以及金閣寺、天龍寺住持所藏之善本，收錄於《全集》中。《全集》第一卷與《濟北集》同列者如：天岸惠廣《東歸集》有元祿癸未仲夏之跋文，本源禪師《鈍鐵集》有延文四年之序文，清拙正澄《禪居集》則有泰定元年之跋文，皆依善本所排印。〔註56〕

　　上村觀光編纂《五山文學全集》的動機及其重要性，誠如為其作序的井上哲次郎所言：

>　　五山文學譬猶生於深谷的幽蘭之花，自開自萎，世之學者鮮少顧慮，實為不幸。其大半已歸於無聞，或已至埋滅之境遇，上村觀光氏早慨於此，乃百方搜索，苦心慘憺，遂集詩文集110種，日記25種，語錄58種，總計483卷。因其編次詩文集為先，故以「五山文學集」為名，分為五集，逐次公佈於世，以資學者參考。余深贊其舉，述余所見，因以為序。〔註57〕

〔註55〕（日）上村觀光：《五山文學全集》（京都：思文閣出版社，1992年），頁39〜366。

〔註56〕（日）上村觀光：《五山文學全集》〈緒言〉（京都：思文閣出版社，1992年），頁2〜3。

〔註57〕（日）上村觀光：《五山文學全集》〈敘〉（京都：思文閣出版社，1992年），頁4〜5。

該文為井上哲次郎於「明治38年（西元1905）11月25日」為此書所著之「敘」。

原文：五山文學は譬へば猶ほ幽蘭の花の深谷中にありて自ら開き

　　另外，日本學者玉村竹二《五山文學新集》序中亦爲補充說明《五山文學全集》出版後的意義：

> 五山文學如同文學界之孤兒。……在此前後，忽現一鬼才，即爲上村觀光居士。江戶時代爲儒教全盛期，完全無視於異教徒之學問與文學的存在，故世人近乎忘了五山文學之際，讓世人再度知道五山文學存在的先覺者，即爲上村氏……上村觀光在京都諸寺尋訪五山文學之古寫文，同時編纂《五山文學小史》、《五山詩僧傳》等著作，成爲大正時期之名著。之後付梓《五山文學全集》遂使義堂、絕海等僧之名再度廣爲人知。〔註58〕

就此觀之，上村觀光慨五山文學如幽蘭之花，故「百方搜索，苦心慘儋」，雖然《五山文學全集》無法盡收禪僧著作，然卻重新開啓後人對五山文學的關注與重視。

自ら萎むが如く、不幸にして世の學者の爲あに顧慮せられず。其大半は已に無聞に歸し、或るものは全く埋滅せんとすろの境遇にありき。上村觀光氏蓋に此に慨すろあり。乃ち百方搜索、苦心慘儋、遂に詩文集百拾種、日記二十五種及び語錄五十八種、總計四百八十三卷を得たり。因りて先づ其詩文集を編次して題して之を五山文學全集と名づけ、分ちて五集となして、逐次之を世に公にし、以て博く世の學者の參考に資せんす。余深く其舉を賛し、偶偶見ろ所を述べて以て之が序となす。

〔註58〕　（日）玉村竹二：《五山文學新集》第一卷（東京：東京大學出版，1967～1981 年），頁 5～6。

原文：五山文學は、全く文學界の孤兒でめり……これと相前後して、忽焉として世に現はれた鬼才がある。それは上村觀光居士である。江戶時代の儒教全盛時代には、異教徒の文學として無視され、世から忘れらた五山文學を再び甦らせ、天下にその存在を知らしめた先覺者である。……獨學で地步を築き、京都の諸寺に埋もれてる五山文學の古寫本古版本を漁り。五山文學組織の研究に先鞭をつけ、通史として《五山文學小史》、五山文學僧の傳記集として《五山詩僧傳》を著述し、共に大正時代の名著として。それが實現したのが《五山文學全集》四卷である。この全集の出現により、五山文學は、ひろく天下の人士の目に觸れ、義堂、絕海の名は兒童走卒の稱するところとまでなつたのである。

　　虎關《濟北集》二十卷中，以第十一卷〈濟北詩話〉爲虎關詩論的核心主張，因此，本論文在「附錄三」附上《濟北集》封面、目錄、體例範本樣式，而在「附錄六」則著錄〈濟北詩話〉全文，以方便研究者瞭解與概覽。

　　〈濟北詩話〉內容，除了收在《濟北集》外，又被獨立編入《日本詩話叢書》第六卷。〔註59〕雖然有學者提及韓國趙鍾業嘗對《日本詩話叢書》加以重編〔註60〕，易名爲《日本詩話叢編》〔註61〕，然筆者在全國書目、中央研究院圖書館藏及日本圖書查詢系統中，皆未見藏書。若取池田四郎次郎編著《日本詩話叢書・濟北詩話》和上村觀光《五山文學全集・濟北集・詩話》〔註62〕作比較，筆者在翻檢《日本詩話叢書・濟北詩話》之內容中，發現部份文字呈現闕漏〔註63〕、模糊〔註64〕、錯誤〔註65〕等情況，雖然《五山文學全集・濟北集・詩

〔註59〕　（日）池田四郎次郎：《日本詩話叢書》（東京：文會堂書局，1920年）。

〔註60〕　筆者翻檢相關文獻中，〈濟北詩話〉內容是提及或引用趙鍾業《日本詩話叢編》版本者，有張伯偉：《域外漢籍研究論集》（北京：北京大學出版社，2011年），頁243～245。徐毅：〈〈濟北詩話〉的詩學價值〉，《文化研究》，第2009卷第3期，2008年7月，頁217、232。段麗惠：〈〈濟北詩話〉的「立異」與儒家價值理念〉，《船山學刊》，第3期，2009年7月，頁102～105。黃威：〈論宋代詩學思想對日本〈濟北詩話〉之影響〉，《船山學刊》，第2期，2009年2月，頁162～164。此三人中，徐毅指陳出處爲趙鍾業編《日本詩話叢編》，1992年版，然段麗惠和黃威同樣引用1992年趙鍾業所編的日本詩話，但二人所寫的書名卻爲《日本詩話總編》。在此，徐毅和張伯偉所引書名同爲《日本詩話「叢」編》，而段麗惠與黃威則同爲《日本詩話「總」編》，惟因筆者未查見此書，無法實論此書。然因學者張伯偉在「域外漢籍」研究領域編著甚豐，用功至深，故本文仍取其所提及書名爲《日本詩話叢編》。

〔註61〕　（韓）趙鍾業編：《日本詩話叢編》（漢城：太學社，1992年）。筆者能查詢到的資訊僅是出版資訊。

〔註62〕　（日）虎關師錬：〈濟北詩話〉（京都：中野是誰刊行，西元1650）日本慶應義塾大學圖書館藏。（以下所引，僅寫作者、書名。）

〔註63〕　如第22條目取樂天「東碖水流□潤水」之「□」應爲「西」。

〔註64〕　如(1)第14條目，「不才明主所棄」之「明」字 (2)第17條目，「蓋富

話》亦有訛字之處〔註66〕，卻不礙文脈之連貫，然《日本詩話叢書・濟北詩話》模糊之字過多，有礙文意之解讀，故兩書相比較，《五山文學全集・濟北集・詩話》顯得周延。

要之，本論文使用之慶安三年（西元 1650）「中野是誰」刊本，其與《五山文學全集・濟北集・詩話》互為參照，以釐清目前學界所引用的《五山文學全集》與「中野是誰」刊本之間，是否有所差異，以致有不同解讀。

表 1-2-1：慶應義塾大學圖書館藏「中野是誰」刊本與上村觀光《五山文學全集》版本之參照表

編號	條目	慶應義塾大學圖書館藏「中野是誰」版本本論文簡稱「中野版」	上村觀光《五山文學全集》版本本論文簡稱「五山版」	修改版	筆者按
1	7	緣愁「若」「个」長	緣愁「若」「箇」長	緣愁「似」「箇」長	「个」同「個」同「箇」三者同；又「若」「似」意近，依《李太白全集》之原文〔註67〕

貴之貴」之「富」字 (3)第 18 條目，「三大老皆未到」之「三」字 (4)第 23 條目，「鬢撚黃金危欲墮」之「墮」字

〔註65〕如(1)第 10 條目引「杜詩題〈己上人茅齋〉」之「己」應為「巳」。

(2)第 14 條目引薛令之詩「羹稀節易寬」之「節」應為「筋」。

(3)第 20 條目中所引「柳塘春水慢，花塢夕陽遲。」之作者應為唐代「嚴維」非「王維」。

證一：此條虎關引《古今詩話》之說。然查閱《古今詩話》原作「嚴維」，非「王維」。參（宋）李頎：《古今詩話》，收入《宋詩話輯佚》卷上（臺北：華正書局，1981 年）〈杜甫詩勝嚴維〉，頁 151。

證二：參孫通海、王海燕編：《全唐詩》（北京：中華書局，2005 年）卷 263〈酬劉員外見寄〉，頁 2908。）

(4)第 22 條言「白家衣詩自荊公始」之「白」應為「百」等。

〔註66〕表 1-2-1 為慶應義塾大學圖書館藏「中野是誰」版本與上村觀光《五山文學全集》版本之參照。

〔註67〕（唐）李白撰；（清）王琦集注：《李太白全集》（臺北：臺灣中華，

編號	條目	慶應義塾大學圖書館藏「中野是誰」版本 本論文簡稱「中野版」	上村觀光《五山文學全集》版本 本論文簡稱「五山版」	修改版	筆者按
2	9	洞庭在「軋」坤之內（×）	洞庭在「乾」坤之內（○）	洞庭在「乾」坤之內	「中野版」筆誤，「五山版」爲是
3	10	禪書中，「往往」而見焉	禪書中，「往往」而見焉	禪書中，「徃徃」而見焉	二者同，遵原文
4	11	《梵「綱」經》（×）	《梵「綱」經》（×）	《梵「網」經》	二者皆非，經書之名應爲「網」
5		北宗祖「号」	北宗祖「號」	北宗祖「号」	二者同，遵原文
6	12	「『干』部生此時」（×）	「工」部生此時（○）	「工」部生此時	「中野版」概因手寫筆順之故，「五山版」爲是
7		「乱」藤高竹水聲深	「亂」藤高竹水聲深	「乱」藤高竹水聲深	二者同，遵原文
8		「齋」沐暫思同靜室（○）	「齊」沐暫思同靜室（×）	「齋」沐暫思同靜室	「中野版」爲是
9	13	清贏「巳」覺助禪心（×）	清贏「己」覺助禪心（×）	清贏「已」覺助禪心	二者皆非，依詩作原文爲「已」
10		世「号」大曆十才子	世「號」大曆十才子	世「号」大曆十才子	二者同，遵原文
11		夏「侯」（○）	夏「候」（×）	夏「侯」	「中野版」爲是
12	14	文才「官」職也（○）	文才「宮」職也（×）	文才「官」職也	「中野版」爲是

1955 年）卷 8〈秋蒲歌〉其十五，頁 3。

編號	條目	慶應義塾大學圖書館藏「中野是誰」版本 本論文簡稱「中野版」	上村觀光《五山文學全集》版本 本論文簡稱「五山版」	修改版	筆者按
13	16	不覺「舉」頭雙眼明	不覺「舉」頭雙眼明	不覺「舉」頭雙眼明	二者同，遵原文
14		多因嬖倖欲封「侯」 （○）	多因嬖倖欲封「候」 （×）	多因嬖倖欲封「侯」	「中野版」爲是
15	17	吾「末」之如何 （○）	吾「未」之如何 （×）	吾「末」之如何	自前文「此輩盈寰宇」來看，應解釋爲「吾『末』之如何」爲當
16		立邊号者	立邊號者	立邊号者	二者同，遵原文
17		每人喫一个	每人喫一箇	每人喫一个	「个」同「個」同「箇」三者同，遵原文
18	18	無常鬼饕「饕」 （○）	無常鬼饕「餮」 （×）	無常鬼饕「饕」	「中野版」爲是
19		「个个」好滋味	「箇箇」好滋味	「个个」好滋味	「个」同「個」同「箇」，遵原文
20		只解警世人而「已」 （○）	只解警世人而「己」 （×）	只解警世人而「已」	句末語助詞爲「已」
21	19	故「号」金剛體	故「號」金剛體	故「号」金剛體	二者同，遵原文
22		猶或「恕」焉 （○）	猶或「怒」焉 （×）	猶或「恕」焉	「中野版」爲是
23	20	梅聖俞愛「王」維 （×）	梅聖俞愛「玉」維 （×）	梅聖俞愛「王」維	二者言「王維」皆非，原詩「柳塘春水慢，花塢夕陽遲。」應作「嚴維」

編號	條目	慶應義塾大學圖書館藏「中野是誰」版本 本論文簡稱「中野版」	上村觀光《五山文學全集》版本 本論文簡稱「五山版」	修改版	筆者按
24	22	一連雙偶「并」取	一連雙偶「并」取	一連雙偶「并」取	二者同，遵原文
25		天聖紀「號」	天聖紀「號」	天聖紀「號」	二者同，遵原文
26	24	「秖」恐月宮知	「秖」恐月宮知	「秖」恐月宮知	《增廣字學舉隅》中載，古「秖」、「秪」相通，遵原文
27		大「氐」詩之作也	大「抵」詩之作也	大「氐」詩之作也	二者同，遵原文
28	25	恐陷僻邪之「坃」（○）	恐陷僻邪之「坑」（×）	恐陷僻邪之「坃」	「中野版」為是。說明：「坃」不等同「坑」。「坃」為「壎」之異體字。《集韻》、《類篇》皆以「壎塤壦坃」，樂器也。
29	29	雖蹇澀「卦」拙（×）	雖蹇澀「卦」拙（×）	雖蹇澀「朴」拙	「五山版」依「中野版」原來的字謄寫，但「中野版」原字之誤，就文意來看，應為「朴」
30		皆是「計」較之過也（○）	皆是「討」較之過也（×）	皆是「計」較之過也	「中野版」為是

　　綜觀表 1-2-1，慶應義塾大學圖書館藏「中野是誰」刊本與上村觀光《五山文學全集》版本之比對後，對於前後文意之解讀與原詩的判讀結果，「中野是誰」刊本在編號 2、4、6、9、23、29 有誤，其餘大抵文句皆合宜，然「中野是誰」刊本可能原書寫過程疏忽，

以致影響筆順之結構等，未必眞的有誤，如杜「工」部多了下面一豎而爲「干」，虎關喜好杜甫，又豈會不知「杜工部」。至若《五山文學全集》版本，則有較多疏忽錯誤之字，如編號 4、8、9、11、12、14、15、18、20、22、23、28、29、30，本論文整理而爲「修改版」，以茲參考。

2.「虎關師『鍊』」之正名

有關虎關師鍊之「鍊」字，學界大抵有三種寫法，除了「鍊」之外，尚有「煉」與「練」。

首先以「煉」爲之者，多爲大陸學者所用。如馬歌東〈論虎關師煉陶淵明「傲吏說」〉﹝註 68﹞；朱志鵬《虎關師煉與《濟北集》賦篇研究》﹝註 69﹞；張伯偉《域外漢籍研究論集‧日本詩話與中、韓詩話的關係》行文中即以「虎關師煉」爲之﹝註 70﹞，然因其皆未言明「煉」之依據未何，故本論文不再深究其由。

而以「練」爲之者，如上村觀光《五山文學全集》。然上村何以用「練」字？大抵緣於文字書寫時，判讀不同而致，如日本慶應義塾大學圖書館藏寬永十六年（西元 1639）的《聚分韻略》，一山一寧爲虎關作跋附於書末，其中草書筆法之「鍊」字即「形似」「練」字，如圖 1-2-3 第一行下；然而如何證明此「鍊」指的是虎關，可參圖 1-2-4 第一行下，此爲天文十六年（西元 1547）之棹雪寫本，同是一山一寧爲《聚分韻略》作跋之內容，其以正楷書寫「鍊公」，方能明確判斷「鍊公」即指「虎關師鍊」是也。

﹝註 68﹞ 馬歌東：〈論虎關師煉陶淵明「傲吏說」〉，《陝西師範大學學報（哲學社會科學版）》第 35 卷第 3 期，2006 年 5 月，頁 28～34。

﹝註 69﹞ 朱志鵬：《虎關師煉與《濟北集》賦篇研究》，浙江工商大學，日語語言文學碩士論文，2013 年。

﹝註 70﹞ 張伯偉：《域外漢籍研究論集》（北京：北京大學出版社，2011 年），頁 258。

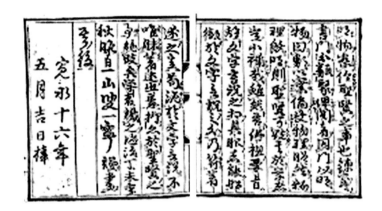

圖 1-2-3：一山一寧為《聚分韻略》作跋之書影（刊本）

資料來源：慶應義塾大學圖書館藏寬永十六年（西元 1639）刊本

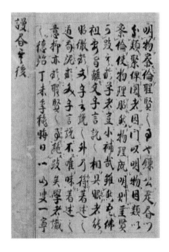

圖 1-2-4：一山一寧為《聚分韻略》作跋之書影（寫本）

資料來源：國立國會圖書館藏天文十六年（西元 1547）棹雪之寫本

　　本論文則依虎關善本書之名而以「虎關師『鍊』」為正名。所依據的版本以二書為例，圖 1-2-5 為《元亨釋書》書影，為日本早稻田大學圖書館藏日本慶長四年（西元 1599）洛陽（京都）如庵宗乾刊本，元亨二年（西元 1322）師鍊上表文。圖 1-2-6 則為《正修論》書

影，出自日本慶應義塾大學圖書館藏寬文六年（西元 1666），中野是誰刊行。

圖 1-2-5：《元亨釋書》的「師鍊」之引證

資料來源：早稻田大學圖書館藏慶長四年（西元 1599）洛陽如庵宗乾刊本

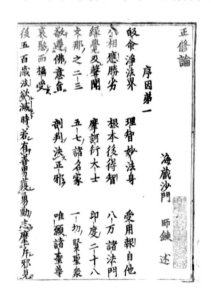

圖 1-2-6：《正修論》的「師鍊」之引證

資料來源：慶應義塾大學圖書館藏寬文六年（西元 1666）中野是誰刊本

3. 〈清言〉中「師曰」為虎關非一山之引證

　　關於〈清言〉中有所謂的「師曰」，所指並非爲虎關之師「一山一寧」，而是虎關門生記其所說之內容，故有所指稱。然而，本論文何以特地釐清〈清言〉中提及「師曰」非爲虎關之師，蓋因虎關在《濟北集》卷九〈上一山和尚書〉中即以「師」稱「一山一寧」，是故，爲避免混淆，方提出此辨析。

　　關於〈清言〉中之「師曰」非「一山一寧」，可參《濟北集・通衡之一》的序文，其言：

> 師每披百家編，遇有褒貶之可寓，或長篇累幅，或折簡片
> 紙，欹書斜寫而投于几側，扁曰：「通衡」。歷居諸失于紙
> 撚案拭者，不可數矣，加以甲戌（按：戌）火散亂燼亡，
> 十無一二。今之纂緝者拾遺也耳，又諸議論皆通衡之各篇
> 也，隨類移于前焉。〔註71〕

依據久須本文雄考證，「建武元年甲戌（西元1334），虎關五十七歲，東福寺發生大火，虎關相關文件因此散佚。」〔註72〕雖然《濟北集》之內容多爲虎關自撰，然〈清言〉中的「師曰」，則是學生記虎關的言論。因此，全書合併自撰與學生的記錄，於此序中可得見。

　　筆者承久須本文雄之考證，將〈清言〉所呈現的思想內容，加以考察，大致能找到與其他篇章思維主張的一致性。例如：

　　其一：關於「浮矯」一詞，〈清言〉有「浮矯是虛病之源也」〔註73〕。而〈濟北詩話〉則「漢魏以降，人情浮矯多作詩矣」〔註74〕，另〈通衡之五〉有「我常惡儒者，不學佛法漫爲議。光之朴眞猶如此，

〔註71〕（日）虎關師鍊：《濟北集》卷16〈通衡之一〉。
〔註72〕（日）久須本文雄：〈虎關師鍊の中國文學觀〉，《禪文化研究所》十二號，1980年3月，頁87。
　　　　原文：に徵してみると，建武元年甲戌（一三三四），彼五十七歲の時に於ける東福寺の大火などによつて，散逸したものがあつたことが知られる。
〔註73〕（日）虎關師鍊：《濟北集》卷12〈清言〉。
〔註74〕（日）虎關師鍊：《濟北集》卷11〈濟北詩話〉。

況餘浮矯類乎？」〔註75〕

其二：關於「漢魏」詩，瑣碎浮矯之說。〈清言〉載「虞夏商周之有言也，典謨誓誥而已，故其文淳厚，降至漢魏瑣碎甚矣。」〔註76〕；而〈濟北詩話〉有「世實有浮矯而作詩者矣。然漢魏以來，詩人何必例浮矯耶。」〔註77〕，又〈通衡之五〉則云「降逮于魏晉，其道委薾」〔註78〕。

其三：關於「不活」一詞，〈清言〉有「始滯中停終綴，字體不活。」〔註79〕。在〈濟北詩話〉評杜甫詩時亦有「蓋言洞庭之闊，好浮乾坤也，如註意此句不活」之證。

緣此，〈清言〉與其他篇章，在詩學主張與思想幾近一致的情況下，筆者同意久須本文雄之考證結果。

（二）論文題目之範疇及義界

1. 以《濟北集》為研究對象之說明

虎關師鍊《濟北集》共二十卷，然而，《濟北集》之內容十分駁雜，包括卷一至卷六收錄虎關詩作及偈贊；卷七至卷十載各種文體，如「記」、「銘」、「序」、「跋」、「書」、「傳」、「表」、「疏」等，然各文體內容則偏重佛教思想與政治觀點之表述等；卷十一為〈詩話〉；卷十二有佛教觀點與文學看法；卷十三為祭文；卷十四論述禪宗的優越性；卷十五評論中國歷史人物，如李斯、蕭何、漢文帝、武則天、姚崇等人；卷十六至卷二十為〈通衡〉五卷，除佛教相關論述外，亦有儒釋相參之看法，而文學觀偏重於〈通衡之四〉與〈通衡之五〉。

承此，《濟北集》內容既為駁雜，何以本論者要以其為研究對象？事實上，本論文之研究對象主要乃以《濟北集》第十一卷之〈濟北詩話〉為核心脈絡，以探究虎關之詩學觀點。然而，筆者以為，若要探

〔註75〕（日）虎關師鍊：《濟北集》卷20〈通衡之五〉。
〔註76〕（日）虎關師鍊：《濟北集》卷12〈清言〉。
〔註77〕（日）虎關師鍊：《濟北集》卷11〈濟北詩話〉。
〔註78〕（日）虎關師鍊：《濟北集》卷20〈通衡之五〉。
〔註79〕（日）虎關師鍊：《濟北集》卷12〈清言〉。

究虎關對中國詩文之接受，又不應僅偏狹於〈濟北詩話〉中的批評觀，仍必須考慮虎關於其他卷數中所論及「詩文觀」之內容，如是，方能多方參看以舉證論述，同時對於〈濟北詩話〉中未記載之詩人或獨到之見解，亦能於行文之中與其交流互涉。

緣此，本論文以《濟北集》為題目，而非以〈濟北詩話〉為題目，正是考慮到論文寫作之際，能較為周延地探究虎關之「詩文觀」，而非只是「詩話」之範疇。惟不置可否之處，本論文仍聚焦在〈濟北詩話〉，故於第四章、第五章便以「論詩及辭」和「論詩及事」分論詩話脈絡；若其他章節，則除〈濟北詩話〉內容外，亦涵攝《濟北集》中「詩文觀」之內容。

整體而論，本論文以卷十一〈濟北詩話〉作為詩歌批評探究之主要材料，若其他詩文觀部份，則主要雜見於卷十二《濟北集・清言》、卷十九〈通衡之四〉和卷二十〈通衡之五〉。總之，本論文以〈濟北詩話〉為主，而以《濟北集》之相關資料，如〈清言〉、〈通衡〉等內容，作為交互引述論證之觀點。

2. 以「中國詩文」為範疇之說明

本論文研究目的之範疇，主要以《濟北集》對「中國詩文」之接受為要。然而，何以不單就「中國詩話」作為比較觀點？此原因誠如前文，乃以《濟北集》中詩文為對象，而非僅以〈濟北詩話〉為對象，如此方能多元參看與舉證。

另外，虎關既為禪僧，其詩歌創作自然反映「文字禪」〔註80〕之內容，如《濟北集》卷五、卷六皆為「偈贊」之作，然因虎關之創作非本論文之核心，因此，本論文不深究「文字禪」之意義，亦不評

〔註80〕蕭麗華對於「文字禪」之解釋為：「文字禪」又稱「葛藤禪」，是北宋禪風在士大夫知識分子向禪後，對文字解釋的需求，以及禪學自身發展到通過對古代公案的註解、詮釋乃至繁瑣的考證之下，所形成的禪風。
詳參蕭麗華：《「文字禪」詩學的發展軌跡》(臺北：新文豐，2012年)，頁2。

論「文字禪」與虎關創作之間的關聯性。

是以，本論文希冀能於探究虎關詩文觀與中國詩文觀之比較時，不受限於詩話視角，方能較周延地涉獵散文之內容，另則，亦不旁涉「文字禪」之創作內涵，使本論文能聚焦於中日兩國論點之比較，以虎關作爲日本禪僧，對於中國詩文接受、誤讀，如何產生創造性校正。

（三）虎關師鍊時空繫年相關說明

1. 虎關師鍊年譜及作品繫年相關說明

在「附錄一」附上「虎關師鍊年譜及作品繫年」，對於虎關生平及重要著作有基本認識。本論文依據的內容以虎關門生令淬所編纂《海藏和尚紀年錄》一書爲主，目前學界普遍以（日）塙保己一、太田藤四郎編纂的《續群書類從・第九輯下》所收錄的《海藏和尚紀年錄》爲使用版本。〔註81〕而玉村竹二《五山禪僧傳記集成》〔註82〕和北村澤吉《五山文學史稿》〔註83〕中皆有虎關之傳記，本論文將其彼此參照，表列於附錄。另「附錄二」則附上虎關門生夢巖祖應（西元？～1314）所作之〈虎關和尚行狀〉〔註84〕，以茲參考。

2. 鎌倉、室町時期中日歷史紀年對照表之概說

本論文在中日兩國時間對照年表的使用，包括「附錄七」之「五山時期（鎌倉、室町時期）中日歷史紀年對照表」，皆是依據學者鄧洪波編輯之《東亞歷史年表》爲要。〔註85〕該《年表》在學者方詩銘的《中國歷史紀年表》〔註86〕、陳垣的《中西回史日

〔註81〕 （日）釋令淬編：《海藏和尚紀年錄》，收入（日）塙保己一、太田藤四郎：《續群書類從・第九輯下》（東京：續群書類從完成會，1957年），頁458～495。

〔註82〕 （日）玉村竹二：《五山禪僧傳記集成》（京都：思文閣出版，2003年），頁203～210。

〔註83〕 （日）北村澤吉：《五山文學史稿》（東京：富山房，1942年）。

〔註84〕 （日）夢巖祖應：《旱霖集》卷3，收入（日）上村觀光：《五山文學全集》第一卷（京都：思文閣出版社，1992年），頁865～734。

〔註85〕 鄧洪波：《東亞歷史年表》（臺北：臺大出版中心，2005年）。

〔註86〕 方詩銘：《中國歷史紀年表》（上海：上海辭書，1982年）。

曆》〔註87〕，以及藤島達朗與野上俊靜所編的《東方年表》的基礎
上，增編調整內容與體例，使該書呈現較爲周全。其於年代編排方
面，兼及東亞的中國、朝鮮、琉球、日本、越南五國歷史紀年通檢；
同時並列農曆、西曆、回曆、佛曆、道曆等方式，以方便筆者對照
各國歷史紀年與釐清時序。

二、研究方法

　　本論文主要先蒐集探討中日文學交流傳播、五山文學、虎關師
鍊、《濟北集》、〈濟北詩話〉等文獻，從國別文學的角度，以「放送
者」、「接受者」、「傳遞者」三方面進行比較分析，故採「比較文學法」；
而《濟北集》對中國詩文之接受爲本論文之核心，則採用「接受美學」，
進行「文本—讀者」之間互爲主體性的詮釋與分析；另外，又因虎關
解讀中國詩文之際，會因其所處之社會、文化、語言、身分等背景，
產生對文本詮釋過程中的誤讀，如是而言，誤讀作爲一種創造性的校
正，爲文本閱讀之必然，故本論文亦參諸「誤讀理論」，作爲中國詩
文於異文化中，經由虎關誤讀，所存在之價值與創發。以下即分述之。

（一）比較文學法

　　「比較文學」意指通過一個以上的國別文學的視野來研究文學現
象，從中闡明國別文學關係的性質、特點和基本規律的科學。〔註88〕
主要在研究國別文學的作家和作品在「淵源」、「借代」、「模仿」、「影
響」、「改編」等方面的事實聯繫和平行發展。〔註89〕而提格亨（Paul
Van Tieghem，西元 1871〜1948）則以爲，思想、主題、風格、文體
藝術形式等，從一國文學到另一個文學的過渡，是照著種種形態通過

〔註87〕陳垣：《中西回史日曆》（北京：中華書局出版，1962 年）。
〔註88〕本文「比較文學」之引用，主要以（法）提格亨（Paul Van Tieghem，
　　　　西元 1871〜1948）撰，戴望舒譯：《比較文學論》（臺北：臺灣商務
　　　　印書館，1966 年）爲主，以下若引此書，僅以作者名、書名及頁數
　　　　呈現。
〔註89〕劉介民：《比較文學方法論》（天津：天津人民出版，1993 年），頁 1
　　　　〜2。

去，在其類中，皆可以一一加以考驗。〔註90〕

若就本論文以中、日文學彼此影響關係，提格亨以「放送者」、「接受者」、「傳遞者」三者爲譬，其言：

考察那穿過文學疆界的經過路線底起點：作家、著作、思想，這便是人們所謂「放送者」。其次是到達點：某一作家，某一作品或某一頁，某一思想或某一情感，這便是人們所謂「接受者」。可是那經過路線往往是由一個媒介者溝通的：個人或集團，原文的翻譯或模倣，這便是人們所謂「傳遞者」。一個國家的「接受者」，在另一個說起來往往擔當著「傳遞者」的任務。〔註91〕

因此，本論文的研究對象是日本五山文學《濟北集》，其詩文之形成，受到中國詩話及文學觀之影響，故以中國文學爲宗，爲「放送者」，日本文學則爲「接受者」，而於「放送者」、「接受者」之間，又有「傳遞者」作爲媒介。在本論文第二章，以中日文化交流傳播及日本漢學對中國文學的承與變等，正是在「傳遞者」與「接受者」之間的動態關係。

除此之外，比較文學者還應該詳知所研究對象之時代背景，包括政治、社會、哲學、宗教、科學、藝術和文學的主要關係是什麼？最有效的媒介是什麼？那些批評家和讀者對於另一個國家的語言和過去或現在的文學，有什麼樣的認識？能和「放送者」的出版物有接觸，能散播其知識並促發其影響的是那幾個區域和城市或對象？〔註92〕

是以，本論文在比較文學法部份，期能藉以瞭解：

其一，比較中日之詩話批評，故得詳知知識文本之傳播，禪僧在五山時期同時擔負「放送者」、「接受者」、「傳遞者」的角色，中國僧

〔註90〕（法）提格亨（Paul Van Tieghem）撰，戴望舒譯：《比較文學論》，頁64～65、74～75、92～93。

〔註91〕（法）提格亨（Paul Van Tieghem）撰，戴望舒譯：《比較文學論》，頁170。

〔註92〕（法）提格亨（Paul Van Tieghem）撰，戴望舒譯：《比較文學論》，頁70～71。

與日僧彼此互動交流等，都使知識取得更爲直接與豐富。虎關雖然未前往中國取得知識﹝註93﹞，然其師承中國高僧一山一寧，亦受其影響和啓發，而虎關又爲五山禪僧，蓋因五山禪僧當時受到幕府庇護，擁有知識權力之關係。因此，就資源取得便利而言，對其文學思想之關係爲何，值得本論文深究。

其二，以中日兩國文學的視野來研究文學現象，在中日文化交流及中國文學傳播的影響，透過研究日本虎關師鍊之《濟北集》文學思想，來考察其與中國文學之間，在思想、主題、文體藝術形式的淵源、模仿、影響等方面的聯繫關係，自同源而分流之際，有何相異處及其可能因素。根據上文之內容，繪製如圖 1-2-7：

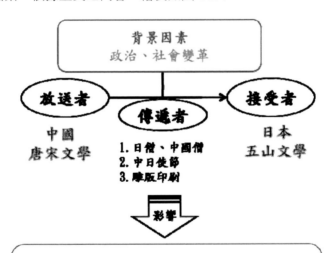

圖 1-2-7：中日比較文學關係圖（梁姿茵製作）

﹝註93﹞俞慰慈於〈五山文學の作者群に關する考察〉中別列一節爲「未留學詩僧について」，其中即包含「虎關師鍊」。詳參俞慰慈：《五山文學の研究》（東京：汲古書院，2004 年），頁 135～137。

（二）接受美學

接受美學理論將注意力從「作家與文本」關係，轉而關注「文本與讀者」聯繫，其強調文學存在於讀者閱讀之後，作品之審美特質方能於過程中產生意義，如德國康士坦次大學教授沃爾夫岡‧伊瑟爾（Wolfgang Iser，西元 1926～2007）從「文本與讀者的反應」理論，認為閱讀包含「文學作品」與「接受者」之間的交互作用。作品的「意義未定性」與「意義空白」賦予讀者參與作品意義建構的權利。易言之，「意義」透過讀者循著文本內容進行解讀，亦可用某種方式依個人的詮釋填補空白，使文本產生歧異的詮釋差異。

伊瑟爾以現象學的理論認為「未定性」是語言與文學傳播中的必要因素，當「文本」與「讀者」之間的失衡（asymmetry），造成文本在解讀時存在差異的空間，而讀者在其閱讀時，即是以「填補空白」的方式，進行「詮釋」。

誠然，文學傳播而言，「未定性」即促使讀者涉入文本，同時對文本產生反應。一旦讀者掌握文本後，藉著閱讀文本過程，有意無意地投射自己之思想、偏好，即產生詮釋的多元性。當閱讀與詮釋的方式，使讀者的主體性與作者的主體性之間相互交流，則為伊瑟爾所謂「互為主體性」。要之，每個讀者以「先期理解」（pre-understanding）閱讀文本，其於互動過程，一方面引領讀者，一方面又創造文本之詮釋，因此，閱讀過程可以說是帶著「虛幻地詮釋性」（virtually hermeneutic）性質。

伊瑟爾對「閱讀」與「文本」之間關係的分析，使讀者面對文本時，亦面對「文本的閱讀」，進而成為分析之對象，此時詮釋學即為批評研究法之方式。〔註94〕關於批評行為中的「評點」，王瓊玲說：

〔註94〕關於接受美學理論之研究，參見羅勃 C‧赫魯伯；董之林譯著：《接受美學理論》（臺北：駱駝出版社，1994 年）；金元浦著：《接受反應文論》，濟南：山東教育出版社，2002 年；王瓊玲：〈評點、詮釋與接受——論吳儀一之《長生殿》評點〉，《中國文哲研究集刊》，第 23 期，2003 年 9 月，頁 76。

評點在詮釋策略的特徵，最顯著的就是其時間性、「散漫性」
（randomness）與視點游移性，以及正文與評點兩者結合對
讀者產生的效應。

又說：

這些評點由於產生自特定的歷史、社會、文化脈絡，故其
所表現出的批評原則，若不是符合當時的文化氛圍、文化
環境，就是呈現出一種意欲指引、教導評點者心目中的讀
者如何從事文學鑑賞的企圖。〔註95〕

王璦玲指出「閱讀」與「文本」之間，「評點」往往隨著特定的時代
性與審美意趣，因著不同讀者之視角觀點之詮釋，甚而受到正文與評
點批評之影響，使詮釋意義有所生發。綜合上述內容，將「接受美學」
中所關注的「文本」與「讀者」之關係，以圖 1-2-8 呈現如下。

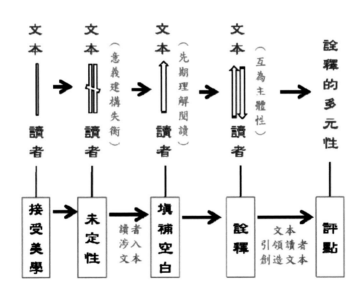

圖 1-2-8：「接受美學」之「文本」與「讀者」之關係圖（梁姿
茵製作）

〔註95〕王璦玲：〈評點、詮釋與接受——論吳儀一之《長生殿》評點〉，《中
國文哲研究集刊》，第 23 期，2003 年 9 月，頁 76。

緣此，本論文對於「接受美學」理論部份，將「虎關」接受「中國文學」之關係說明，以圖 1-2-9 說明之。

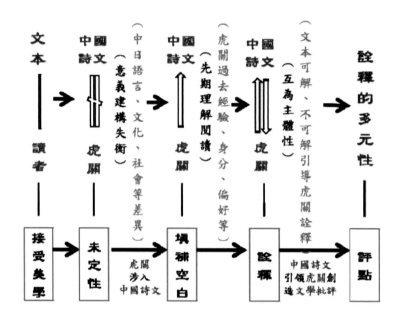

圖 1-2-9：「中國詩文」（文本）與「虎關」（讀者）之關係圖（梁姿茵製作）

根據圖 1-2-9 可知，「中國詩文」作為「文本」與「虎關」作為「讀者」（接受者）之存在，其中間因中日國情不同，在語言文字、思想、社會文化、歷史背景等之差異，產生不確定的詮釋可能，因此使文本與讀者之間產生「未定性」，造成二者的失衡。

然而，正因有此「未定性」，方可引發文本對讀者之召喚，使讀者涉入文本，當「虎關」以讀者的角色閱讀「中國詩文」，會以「先期理解」之方式（即虎關受到過去閱讀經驗、師承、交游、禪僧身分、審美偏好、當代社會、文化、政治之影響）去「填補空白」（即解讀之差異），進行「詮釋」。

因為中國詩文中，往往有隱晦的表達方式呈現，因此產生如明代

謝臻於《四溟詩話》提出「詩有可解、不可解、不必解」〔註96〕之概念，而「中國詩文」以此方式引導促使「虎關」在閱讀之後，以讀者自己解讀之詮釋內容，進行對文本之「評點」，彼此互為主體性。

　　最後，「虎關」對於「中國詩文」之接受作後設批評，產生與中國詩文相同或相異的詮釋觀點，終而產生「詮釋的元多性」。因此，本論文即欲從「虎關」對於「中國詩文」之接受的歷程與詮釋中，探究其在接受過程中，受到「先期理解」與對中國詩文內容所產生「可解」、「不可解」、「不必解」之概念，同時與中國詩文看法相比較。

（三）誤讀理論

　　美國文學理論家哈羅德・布魯姆（Harold Bloom，西元 1930～）於《影響的焦慮》中通過對傳統影響導致的焦慮感的闡發，提出了「詩的誤讀」理論，名之為「對抗式批評」，即理論界所謂的「影響詩學」，亦稱「誤讀理論」或「焦慮法則」。〔註97〕

　　布魯姆認為作家之間有相互影響之關係，正因此影響的存在，便無可避免地使後輩詩人感到「影響的焦慮」，然而，如何擺脫此焦慮？布魯姆以為必須透過「誤讀」，一種「創造性的誤讀」。此之謂「誤讀」，乃包括後輩詩人對前輩詩人之誤讀，亦含括其作品之間的相互誤讀。然而，「誤讀」和「影響」彼此相依存，其言：

> 影響，正如我所思考的那樣，意味著沒有文本，而只有文本間的關係，這種關係依賴於誤讀或輕視的批評行為。〔註98〕

又說：

> 詩的影響——當它涉及到兩位強者詩人，兩位真正的詩人

〔註96〕（明）謝榛：《四溟詩話》（北京：中華書局，1985 年）卷1，頁1。
〔註97〕（美）哈羅德・布魯姆（Harold Bloom）著；徐文博譯：《影響的焦慮：詩歌理論》（臺北：久大發行，1990 年），頁5～6。
〔註98〕Harold Bloom: A Map of Misreading, New York: Oxford University Press, 1975, p3。

時——總是以對前一位詩人的誤讀而進行的。這種誤讀是
一種創造性的校正，實際上必然是一種誤釋。〔註99〕
此時的「誤讀」、「誤釋」或「輕視的批評」，主要乃欲擺脫「影響」
之方式，進而作為一種「創造性的校正」。要之，「詩的影響」其實
只是「詩的有意誤讀」（misprision），惟有借由對前輩詩作的誤讀、
誤釋，才能創造出合乎需要的空間，使後輩詩人自身價值凸顯出來
〔註100〕，「使詩人更加富有獨創精神」〔註101〕。

　　另一方面，布魯姆認為「詩的歷史是無法和詩的影響截然區分
的。因為，一部詩的歷史就是詩人中的強者為了廓清自己的想像空間
而相互『誤讀』對方的詩的歷史。」〔註102〕易言之，詩人既是接受
者又是創造者，最終展現主體意志，使其於閱讀歷程或創作過程，能
得到充分發揮。

　　因此，詩人與作家之間為克服影響所帶來之焦慮，故以「誤讀」
為之，然如何落實？布魯姆於《影響的焦慮》中闡釋六種「修正比」
（ratio）之策略。〔註103〕

　　1.「克里納門」（Clinamen），即對詩的誤讀或有意誤讀。此於詩
人自身之詩篇裡體現出一種校正運動，此種校正意謂：後輩詩人在閱
讀前輩詩作時發生了「偏移」，意即為擺脫前輩詩人之影響束縛，所

〔註99〕（美）哈羅德・布魯姆（Harold Bloom）著；徐文博譯：《影響的焦
　　　　慮：詩歌理論》（臺北：久大發行，1990年），頁30。
〔註100〕（美）哈羅德・布魯姆（Harold Bloom）著；徐文博譯：《影響的焦
　　　　慮：詩歌理論》（臺北：久大發行，1990年），頁6。
〔註101〕（美）哈羅德・布魯姆（Harold Bloom）著；徐文博譯：《影響的焦
　　　　慮：詩歌理論》（臺北：久大發行，1990年），頁6。
〔註102〕（美）哈羅德・布魯姆（Harold Bloom）著；徐文博譯：《影響的焦
　　　　慮：詩歌理論》（臺北：久大發行，1990年），頁3。
〔註103〕（美）哈羅德・布魯姆（Harold Bloom）著；徐文博譯：《影響的焦
　　　　慮：詩歌理論》（臺北：久大發行，1990年），頁13。
　　　　關於六種「修正比」之闡釋，除引用布魯姆《影響的焦慮：詩歌理
　　　　論》之譯文外，亦參考陳昭吟：《宋代詩人「影響的焦慮」研究》，
　　　　國立中山大學中國文學系博士論文，2007年之論述。

採取之校正運動，能讓後輩詩人看到自己詩歌之發展。然而，後輩詩人誤讀之方式爲：先揭示前輩詩作之想像力之侷限，再利用前輩詩作之缺失和弱點來否定之，並將此否定存放於後輩詩作之內。因此，「克里納門」之修正比，可爲詩歌誤讀之開端。

布魯姆認爲，對詩歌精確解讀爲不可能之事，乃因對詩歌閱讀與接受（包括創作），大抵都會存在或多或少之誤讀，故而，每一次之閱讀，都使詩歷經一次新的「克里納門」。

2.「苔瑟拉」（Tessera），即「續完和對偶」。此爲後輩詩人不能完全擺脫前輩詩人之影響，故彼此必須保留一定之關係，然而又同時使前輩詩人之詩發生轉變，即保留原詩的詞語，卻使它們別具它義，以續寫方式完成前輩之作。若「對偶式」則是用平衡對仗的結構、短語或詞語把相對的意義并置在一起。換言之，後輩詩人發現詩歌之創作空間已被前輩詩人佔去，那麼，便將原本語義發生新的轉向，在自己的詩歌空間發揮想像，方能使前輩詩人之成就逐漸淡出。

3.「克諾西斯」（Kenosis），「克諾西斯」是一種粉碎他物的工具，類似於我們的心智用以抵制重複的自衛機制。後輩詩人表面上放棄創作靈感，放棄其想像力之神性，打斷與前輩詩人之間的聯繫，然而，此種「衰退」（ebbing）卻是和前輩詩人的成就綁定在一起，遂使前輩詩人的靈感和神性亦被傾倒一空，然而使後輩詩人之詩並非顯得絕對的空空如也。易言之，後輩詩人之發展，若要離開前輩詩人之影響，便必須將此影響驅逐出去，惟透過後輩詩人打破與前輩詩人之聯繫，方能凸顯後輩詩人之傑出創作。

4.「魔鬼化」（Daemonization），即朝向個人化的「逆崇高」之運動，是對前輩詩人的「崇高」之反動。然於「魔鬼化」之運動過程，彷彿有一種非人非神之神奇力量，依附在後輩詩人身上，此即爲超越前輩詩人而存在之力量。因此，後輩詩人在自己詩作裡，將這種力量和前輩詩作的關係固定化，從而歸於一般之方式，抹煞前輩詩作中的獨特性，使前輩詩作趨於平凡，完成魔鬼化運作。要而言之，此修正

比目的爲創造自己才能之時刻，此非人非神之神奇力量，即爲詩人之創作靈感，此力量之開展，使前輩詩人逐漸虛弱，走入平凡，而後輩詩人則能擁有獨創之特色。

5.「阿斯克西斯」（Askesis），即一種旨在達到孤獨狀態的自我淨化運動。後輩詩人在此經歷一種縮削式之成長方式，目的爲完全摒除前輩詩人之影響，使新的詩作具獨特性，形成後輩詩人之「詩的意志」，此「詩的意志」將使自己詩歌之力量變得更強大，使前輩詩人之影響於此愈來愈淡出，從而將自己和前輩詩人一一分離，重新確立自己之詩和前輩詩作的某種關係。

6.「阿波弗里達斯」（Apophrades），即死者的回歸。此時後輩詩人承認自己爲前輩詩人的一部份，乍看以爲回到歷史原處，回到後輩詩人被前輩詩人之光輝所淹沒的學徒期，此後其詩才借助於修正顯示出自己的力量，因而產生了奇妙之效果，意即：新詩的成就，由後輩詩人寫出了前輩詩人頗具特色之作品。換言之，前輩詩作中的部份章節，應歸功於後輩詩人之成就，透過後輩詩人成就，反而成就了前輩詩作之輝煌。

承前所論，後輩詩人必須透過六種「修正比」來消除自己的焦慮和對「影響」之負擔。要之，「影響」並非被動之繼承，而是主動對前人作品之修正、改造和誤讀，若依「修正比」之意義，樂黛雲於《比較文學原理新編》中之歸納，大抵能描繪出較爲清晰之概念，其言：

> 布魯姆在他的專著《影響的焦慮》一書中指出作者企圖從前人影響的陰影下擺脫，有六種抗拒的方法，即：故意誤讀前人；補充前人之不足；切斷與前人的連續；青出於藍，更甚於藍；澡雪精神，孤芳自賞，以與前人不同；孤芳自賞久之，使人誤解藍出於青。〔註104〕

樂黛雲將六種「修正比」，作爲六種擺脫前輩詩人陰影之方法，有層

〔註104〕樂黛雲：《比較文學原理》（湖南 ：湖南文藝出版社，1989 年），頁 58～59。

次地解析。本論文依此為概念，以圖 1-2-10 示之。

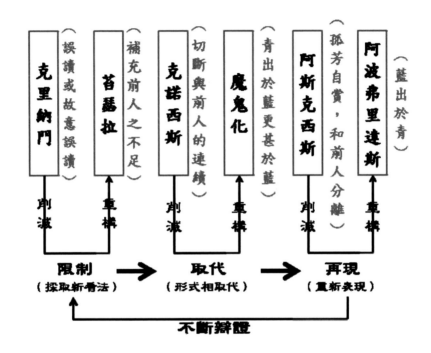

圖 1-2-10：布魯姆闡釋六種「修正比」（ratio）之誤讀策略圖（梁
　　　　姿茵製作）

　　在圖 1-2-10 可見六種「修正比」中以兩兩為一個小循環，透過
「削減」、「重構」；「削減」再「重構」；「削減」又「重構」之歷程，
將後輩詩人與前輩詩人之間產生有意的削減，進而再重構新的解釋；
若整體而言，修正之三個階段，便以「限制」、「取代」、「再現」之間，
不斷地辯證，使創造性之校正觀點，得以循環而延續。

　　然則，虎關作為日本禪僧，其於解讀中國詩文之際，自然會以異
文化之視角、背景來閱讀，卻又無法全然擺脫中國詩人之影響，因此，
必然產生「誤讀」、「誤釋」或「輕視的批評」現象，如虎關於品評詩
文中，對於批評未能合於理者，點評出「可笑」二字，大有「輕視的

批評」之意味。

　　就整體而言，在「限制」概念中，虎關有意採取新看法，對於中國詩文批評者的論述，補充表達自己之意見，進而以品評之視角、立場與形式之論點「取代」中國詩文家之說法，最後以「再現」之概念，凸顯虎關作為跨文化之批評者，以異文化之視角與禪僧之身分，展現自我獨特之見解。簡言之，虎關接受中國詩文時，為尋求自價值及其消解焦慮與衝突，必須重新削減對中國詩人之依賴，以重建屬於虎關自己的看法，最後再現自己獨特的見解，如此歷程經由不斷辯證而為之，若依布魯姆六種「修正比」策略與虎關解讀中國詩文之辯證歷程，則如圖 1-2-11。

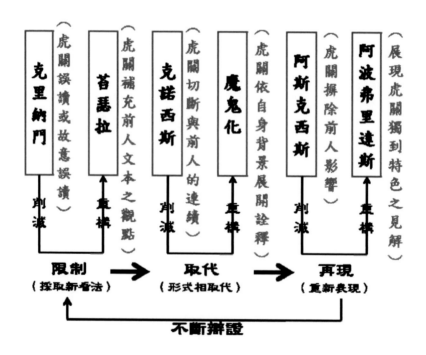

圖 1-2-11：虎關通過六種「修正比」（ratio）之誤讀策略圖（梁姿茵製作）

　　總之，布魯姆通過此六種修正比，使後輩詩人成功地偏離前輩詩人之成就，而對前輩詩作產生創造性誤讀，產生自己獨特之作品。然而，此種誤讀之根本在於創新，故對前輩作品閱讀之際，便不能一味讚揚，布魯姆以爲，任何新作欲成爲經典，必須具有反經典的東西，其將文學經典之本質，歸結於審美創造性與陌生化。是以，虎關於《濟北集》及其〈濟北詩話〉中即有此體現，不一味讚揚中國詩人與詩作，同時反映出通過「誤讀」或「有意的誤讀」或「輕視的批評」來展現自我的獨特性及創造性。

　　綜合上述，本論文以「比較文學」、「接受美學」和「誤讀理論」作爲研究方法。於「比較文學」部份，乃從國與國之間的宏觀角度來探究，以「放送者」、「接受者」、「傳遞者」角色之間的互動情形，包括中日兩國文化、社會、政治、宗教等背景，以及中日使節、學問僧、雕版印刷傳播之間，得以關注日本文學對中國文學的接受情形。然於「接受美學」方面，則是從微觀角度來探究「文本─讀者」之關係，以虎關《濟北集》爲例，考察探究其如何批評中國詩文，是接受？或是產生自我意念之創發？最後產生多元詮釋之意義。至於「誤讀理論」，則是在讀者與文本之關係互動中，將跨文化閱讀之過程，以創造性的誤讀爲之，亦因此種誤讀，方使跨文化之評點產生新的可能性，以凸顯主體性，藉由虎關之品評之策略與概念，歸納出屬於虎關之修正比。

三、研究限制

　　在日本文學發展史之進程，五山文學長達 411 年，虎關僅是五山十刹中的其中一位創作者，研究其文學觀點，尚無法縱觀整個五山時期文學變化消長之情形，故在研究題目之範疇，有其侷限性。

　　另外，於研究對象之界定，爲能較周全地探究虎關之詩文觀，因此以《濟北集》爲對象。事實上，本論文主要仍聚焦於〈濟北詩話〉，無法綜論《濟北集》之內容，乃如前述，《濟北集》主題內容所涉廣

泛，然筆者才力與時間之限，故無法盡全。惟期能將「詩」與「文」
交互參酌、對話與舉證，故以《濟北集》爲對象，方能較爲客觀與周
延地論述虎關之詩文論點。

第三節　近人研究成果述評

近年來「域外漢籍」研究受到重視﹝註105﹞，學者張伯偉在《域
外漢籍研究論集》中將其視爲嶄新的學術領域﹝註106﹞，論者於〈導
言〉中提及「域外漢籍」意指：

> 存在于中國之外或域外人士用漢文（主要是古漢文）撰寫
> 的各類典籍。具體地說，可以包括三個方面，即 1.歷史上
> 域外人士用漢文書寫的典籍，這些人包括朝鮮半島、日本、
> 琉球、越南、馬來半島等地的知識人，以及 17 世紀以來歐

﹝註105﹞ 臺灣大學 2002 年成立「東亞文明研究中心」，其兩大研究方向爲「儒
學與東亞文明」及「東亞教育與考試制度」；2013 年則有「東亞跨
國界文化傳釋計畫執行方法」中，以進行研討會、專題演講、參訪
與學術交流等規劃。成功大學中文系在 2009 年標竿計畫爲「東亞
漢文學與民俗文化之調查、整理與研究」，目標之一即是發掘越南、
韓國、日本之漢文學與民俗文化的新材料。中研院「中國文哲研究
所」下設有「經學文獻研究室」，對於經學研究目錄方面，編輯了
日、韓、越南資料書目；而 2014 年執行的研究計畫，則有「共相
與殊相：十八世紀前東亞文化意象的匯聚、流傳與變異」，係從文
化史層面探討東亞諸國的交流互動及其相關的文化生產。臺北大學
古典文獻與民俗藝術研究所之古典文獻組，其歷年研究計畫亦有涉
及中韓往來之漢文學之研究等。至於大陸地區，南京大學 2000 年
成立「域外漢籍研究所」。上海師範大學在 2005 年也成立「域外漢
文古文獻研究中心」。復旦大學則有域外講座學術交流，如 2012 年
與韓國梨花女子大學文學院共同舉辦的「中韓語言文學研究的新進
展」、「東亞近代知識形成與文化翻譯」等學術研討會，而 2014 年
有臺灣師範大學吳聖雄教授演講「日本漢字音對漢語音韻史研究的
意義」，日本九州大學教授靜永健主講《日本白居易學發微》等內
容。

﹝註106﹞ 張伯偉：《域外漢籍研究論集》（北京：北京大學出版社，2011 年），
頁 1、9。其自言 1992 年以還，多次親赴日、韓、越南等地收集資
料，並在 2000 年在南京大學成立「域外漢籍研究所」。

美的傳教士；2.中國漢文典籍的域外刊本或抄本，比如大量
現存的中國古籍的和刻本、朝鮮本、越南本等，以及許多
域外人士對中國古籍的選本、注本和評本；3.流失在域外的
中國漢文古籍。〔註107〕

承此界定觀之，「域外漢籍」乃以中國爲中心，凡在中國之外，使用
漢文字的各類書籍，即稱之。若以此定義而言，筆者以爲範圍廣泛，
足以囊括諸多地域，旁涉之處相對駁雜；又因主要關注漢籍本身，易
忽略域外人士解讀中國古籍之看法，此與本論文以虎關爲主體性，在
接受漢籍之後，進而詮解中國詩文之界定有別，故而，本論文不以「域
外漢籍」爲之。

要之，本論文所涉僅爲日本之地域，故聚焦在東亞地區，且以漢
字爲載體，亦有其自身解讀中國漢籍的主體性，而有「漢字文化圈」、
「東亞文化共同圈」之稱，然而二者又該如何界定？

近代學者提出「漢字文化圈」之專有名詞，如溝口雄三等編著的
《漢字文化圈の歷史と未來》〔註108〕、福井文雅《漢字文化圈の思
想と宗教》〔註109〕，以及石源華、胡禮忠主編的《東亞漢文化圈與
中國關係》〔註110〕等皆有所論。

然而，關於其形成要素爲何，日本學者西嶋定生界定「漢字文化
圈」是以「漢字文化、儒教、律令制、佛教」〔註111〕作爲中日韓的
文化共同指標，故在「儒教」〔註112〕、「律令制」與「佛教」的傳播，

〔註107〕 張伯偉：《域外漢籍研究論集》（北京：北京大學出版社，2011 年），
頁 1。
〔註108〕 （日）溝口雄三、富永健一、中嶋嶺雄、濱下武志：《漢字文化圈
の歷史と未來》（東京：大修館書店，1992 年）。
〔註109〕 （日）福井文雅：《漢字文化圈の思想と宗教》（東京：五曜書房，
1998 年）。
〔註110〕 石源華、胡禮忠主編：《東亞漢文化圈與中國關係》（北京：中國社
會科學出版社，2005 年）。
〔註111〕 （日）西嶋定生：《中國古代國家と東アジア世界》（東京：東京大
學，1997 年），頁 399。
〔註112〕 一般在理解西方學者所稱的「confucian」一詞時，亦譯爲「儒教」，

都以「漢字」為載體，將其視為「漢字文化圈」的範疇，此外，臺灣學者高明士則認為應當增加「科技」〔註113〕一項，作為共同的文化指標。

惟漢字在這些國家使用的發展上而論，日本後來自行發展「平假名」及「片假名」已與中世時期完全使用漢字不同，而韓國有「訓民正音」韓文，而越南則有「字喃」〔註114〕，因此，為精準統攝相關東亞中日韓越的文化共同現象，故有「東亞文化共同圈」〔註115〕之說法，以下自二個面向來界定：

其一，從「地理上」界定：以「中國」為中心，而中國周邊國家，包括日本、韓國、越南等地構成整體範疇。

其二，「文化上」界定：則以「中國文化」〔註116〕為主要成分，

例如（美）約瑟夫・列文森（Joseph R.Levenson）的著作 Confucian China and Its Mordern Fate 即譯解為《儒教中國及其現代命運》，詳見（美）約瑟夫・列文森：《儒教中國及其現代命運》（桂林：廣西師範大學出版社，2009年）。而高明士，定義「儒教」為：「以孔子學說為中心的儒家思想，包括國家的統治原理及社會倫理，在東亞世界廣泛地流通，成為諸國統治原理的指導方針及社會生活的行為準則，其有形的指標便是儒家的經典。」高明士：《唐代東亞教育圈的形成——東亞世界形成史的側面》（臺北：臺灣國立編譯館，1984年），頁35。

〔註113〕此所謂「科技」：「特指中國固有的天文、曆學、算學、醫學、陰陽學等，隨著東亞世界的形成，而流傳到此等地區」詳見高明士：《唐代東亞教育圈的形成——東亞世界形成史的側面》（臺北：臺灣國立編譯館，1984年），頁44～52。

〔註114〕除了近代本國的文字出現外，相關諸國本身，為解讀漢字，本身亦會發展出不同的解讀，例如高明士即認為：「各國為便於解讀漢文，後來各自發展適合其社會的解讀法，例如日本有所謂萬葉假名的出現，韓國有吏讀、越南有字喃等的出現。」詳參高明士：《唐代東亞教育圈的形成——東亞世界形成史的一側面》（臺北：國立編譯館，1984年），頁34。

〔註115〕詳參甘懷真：《東亞歷史上的天下與中國概念》（臺北：臺大出版中心，2007年），頁4。
蕭麗華：《東亞漢詩及佛教文化之傳播》（臺北：新文豐出版，2014年），頁1。

〔註116〕其中提及「中國文化，涵蓋的範圍，並不限於中國境內，實指以中

韓國、日本、越南幾乎是同文字、同文化的生命共同體，使用相同的漢字典籍，有相近的律令制度與儒學或佛學思想。

誠然，無論是「漢字文化圈」、「東亞文化共同圈」其界定之標準，大抵都以「漢字」爲必備條件，「文化」方面則以「中國」爲中心，向朝鮮、日本、越南等地進行交流與傳播而產生的交互影響。

除此之外，邇來，又有朝鮮裔日本學者金文京於〈漢文文化圈の提唱〉一文中提出「漢文文化圈」之概念，其提出「漢文文化圈」原因有四：〔註117〕

第一，若相對於基督教文化圈、伊斯蘭文化圈而言，東亞文化並非以宗教爲中心。

第二，基督教文化圈、伊斯蘭文化圈之共同語言爲拉丁語及阿拉伯語，其皆以神聖的神之語言視之，而漢字並未代表特定之宗教。

第三，使用漢字的國家，除了中國以外，其他日本、韓國、越南等，無法以漢字爲口語直接溝通，必須透過「筆談」方式，因此，日、韓產生特有之訓讀方式以解讀中文。是以，所謂的「東亞文化圈」乃源於地理、政治之理由，又爲與近代西洋文明對比而產生之詞語，然而，使用漢字之國家，自古即鮮有處於共同文化圈之自我意識。

第四，「漢字文化圈」衍生出各民族自身的文字亦多，例如日本的假名，又如與漢字同原理而作的西夏、契丹、女眞、越南字喃等，因爲文體複雜，如今若用漢字統名，則未能全面。

是故，基於前述四點之理由，金文京以爲現代用「漢字文化圈」或「東亞文化圈」一詞有其侷限，故而提倡「漢文文化圈」方能符合現階段東亞國家之共通性及複雜性。

綜合而論，有關「域外漢籍」、「漢字文化圈」、「東亞文化共同圈」，

國爲中心，日韓越各國受其光芒輻射而形成的一大文化圈。」詳參朱雲影：《中國文化對日韓越的影響》（臺北：黎明文化事業公司，1981 年），頁 263。

〔註117〕（日）金文京：〈漢文文化圈の提唱〉，收入（日）小峯和明：《漢文文化圈の說話世界》（東京：竹林舍，2010 年），頁 12～18。

以及「漢文文化圈」之提出，乃基於時代變遷而產生不同之概念。承此，筆者以爲「域外漢籍」一詞之使用，範圍過於廣泛，又忽略讀者詮釋之主體性；至於「漢文文化圈」則因考慮近代使用漢字國家已有屬於自己的語言，故若以「漢字」統名，的確未能全面。然而，因爲本論文研究對象爲《濟北集》，而《濟北集》乃爲「日本中世時期」之著作，使用「全漢字」爲載體，亦以日本禪僧虎關爲主體，其於接受中國漢籍之後，產生新的詮釋與見解。因此，本論文以爲使用「漢字文化圈」、「東亞文化共同圈」作爲中日文化指標之界定較爲適切。

另外，關於「中日文化交流」之議題，尚可延展出不同研究面向，如思想、文學、藝術、建築、交通等領域，而本論文將重心放在文學領域中的「詩文」方面。因此，於近人研究之文獻述評中，本論文先關注「中日文學的研究」面向，進而瞭解「五山文學」、「虎關師鍊《濟北集》和〈濟北詩話〉」之相關研究。惟筆者在處理研究文獻之際，先採各別分述的方式，再「綜合評論」以提出「研究問題與目的」。

一、綜合評論

（一）中日文學的研究面向

中日文學的交流，本節擬從三方面來探討，包括「文學史」、「傳播」和「接受」方面。

1. 文學史方面

一般以爲漢字在三世紀前半葉，已成爲東亞地區通用的國際文字。〔註 118〕然漢文學發展之興衰始末，學者的分期及其討論要點各異。

（1）專書部份

日本小島憲之於《上代日本文學と中國文學──出典論を中心と

〔註118〕高明士：《唐代東亞教育圈的形成──東亞世界形成史的側面》（臺北：臺灣國立編譯館，1984 年），頁 44〜52。

する比較文學的考察——》以比較文學的研究方法，並以「出典論」
爲中心，考察及比較中國文學（亦包含朝鮮半島文學於其中）與日本
上代文學之間的關聯，其所謂的「出典論」即探求日本上代文學「直
接出典」的源頭。而所謂的日本「上代」，依作者定義是，日本本身
有文學意識之興起，藉由漢字，產生的文學作品，歷經沒有文字之時
代，至四世紀後半，異國文化（中、韓）傳入後，與日本本身的文學
意識結合，一直到九世紀初，踏入平安初期之漢風謳歌時代的文學作
品。內容計分四篇，分別是「漢籍的傳來」、「《古事記》的記述」、「《日
本書紀》的述作」、「《風土記》的述作」，對日本上代文學出典自中國
《昭明文選》、史書、唐詩等源頭，予以辨證。〔註119〕

　　而青木正兒則於〈國文學と支那文學〉中提及對於漢詩文沿革之
記載，有江村北海《日本詩史》，松下見林《本朝學原浪華鈔》與伊
地知季安《漢學紀源》等著作，雖然皆涉及此研究議題，然無法貫通
古今；至於岡田正之氏有《近江奈良朝の漢文學》和《日本漢文學史》
二書，亦觸及這些問題，惟僅寫到室町時代。〔註120〕因此，青木正
兒即從「奈良朝及び其の前後」爲始，順此而爲「鎌倉、室町期（後
鳥羽—後陽成、南宋孝宗—明神宗）」，終至「江戶期」，其以時間爲
脈絡探討每個時期於更迭之際，文學亦有承繼與反動之變化，在此提
供筆者對不同時期文學流變有較爲全面的瞭解。

　　大陸學者張曉希以「文體」作分論，其《日本古典詩歌的文體與
中國文學》中將「文體」分成口傳文學時代的歌謠、和歌、連歌、俳
句等古典詩歌形式。〔註121〕此類書籍可以概覽中日古典詩文的形式，
而這些文體形式的產生，則是在中日詩文交流中，吸收吐納的結果。

〔註119〕（日）小島憲之：《上代日本文學と中國文學——出典論を中心と
　　　　する比較文學的考察——》（東京：塙書房，1965年）。
〔註120〕（日）青木正兒：〈國文學と支那文學〉，收入《青木正兒全集》第
　　　　2卷（東京：春秋社，1969），頁345～393。
〔註121〕張曉希編著：《日本古典詩歌的文體與中國文學》（天津：南開大學
　　　　出版社，2010年）。

另外，張曉希的《中日古典文學比較研究》一書，則從「時代」著手，分爲上代、中古、中世、近世文學，而篇章中各舉三個主題作比較，如「中世文學」中有「『幽玄論』與『神韻說』的比較研究」、「中日隱逸文學的比較研究」等內容。〔註122〕其雖屬歷時性研究，但因主題章節各有偏重，故在漢文學發展脈絡而言有其限制。

（2）期刊部份

大陸學者高文漢〈日本古代漢文學的發展軌跡與特徵〉，文中提及日本漢文學發展有四次高峰：繁榮於平安初期，復興於鎌倉、室町時期，全盛於江戶時期，鼎盛於明治時期。論者對於日本漢文學發展之興衰有詳實的陳述，尤其肯定五山漢文學是禪宗精神的具體體現，而且「幽玄」、「古雅」、「閑寂」等美學理念，在五山漢文學及禪的精神作用下逐漸形成。〔註123〕該文以宏觀的角度看日本漢文學發展，而其對五山文學興起至消歇的歷程，提供筆者從中日文學作爲切入的面向時，可以有較全面的觀照。

而高文漢另一篇〈日本中世文論〉，則縮限至「中世時期」，即鎌倉、室町時代。該篇文章早於〈日本古代漢文學的發展軌跡與特徵〉，故對於幽玄、冷、瘦、寂等美學觀有著相同基調；其中特別介紹虎關、義堂周信、絕海中津，肯定虎關爲五山漢文學開拓者，亦認爲義堂周信和絕海中津將日本中世漢文學推向巔峰。〔註124〕該文站在中世時代來論述，可作爲本論文探究時代背景時參考。

2. 傳播方面

在中日文學傳播部份，四篇皆爲「期刊」文獻。

首先，由印刷文化影響爲研究者，如臺灣學者張高評在〈海上書

〔註122〕張曉希等著：《中日古典文學比較研究》（天津：南開大學出版社，2009年）。

〔註123〕高文漢：〈日本古代漢文學的發展軌跡與特徵〉，《解放軍外國語學院學報》，第4期，2005年7月，頁97～101。

〔註124〕高文漢：〈日本中世文論〉，《解放軍外國語學院學報》，第27卷第4期，2004年7月，頁93～97。

籍之路與日本之圖書傳播——兼論五山、江戶時代之日本詩學〉一
文，探討平安後期、五山、江戶時期，面對雕版印刷崛起，與寫本、
抄本並駕爭輝的情形，對於日本詩話中所謂唐音宋調之論述，必有影
響。〔註 125〕而大陸學者羅江文〈從雲南大學圖書館所藏日本古籍看
中日印刷文化的相互影響〉一文中，考察日本在中國印刷術的影響
下，其印刷的漢籍部份傳到中國，而雲南大學圖書館現藏有日本線裝
古籍一百餘種，其中刻本 62 種，活字本 4 種，鉛印本 22 種，石印本
16 種，珂羅版 6 種，以見中日印刷相互影響的軌跡。〔註 126〕是以，
二篇期刊皆從中國印刷術的發明與文本傳播效應之關係為研究，對於
本論文在探討中日文化交流與日本漢文學對中國詩文承與變的影
響，提供更周延的面向。

　　除了印刷傳播之功外，禪僧往返中日之間，亦有推動中日文化形
成和發展的重要貢獻。臺灣學者覺多在〈一山一寧禪師對中日文化交
流的貢獻和影響〉一文，以元朝使節一山一寧為對象，認為其對於傳
播禪宗文化與恢復中日兩國的友好關係有助益外，對於宋學、文學、
書法等領域，都做出了關鍵性的貢獻。〔註 127〕而大陸學者張曉希則
於〈中國文化的傳播者——日本的五山禪僧〉一文，提及五山禪僧禪
宗和宋儒理學兼修，學養極高。在中日交流過程中，有求法於中國，
或渡日傳法之禪僧，會帶回大量佛典及外典、銅錢、香藥、唐畫等，
對當時的宗教、思想、文學、藝術、建築等文化傳入日本，進而轉化
成自己民族特色的本體文化。〔註 128〕此二篇研究，無論是僅論述一

〔註 125〕張高評：〈海上書籍之路與日本之圖書傳播——兼論五山、江戶時
　　　　　代之日本詩學〉《人文與社會研究學報》，第 45 卷第 2 期，2011 年
　　　　　10 月，頁 97～118。
〔註 126〕羅江文：〈從雲南大學圖書館所藏日本古籍看中日印刷文化的相互
　　　　　影響〉，《雲南師范大學學報（哲學社會科學版）》，第 6 期，2012 年
　　　　　7 月，頁 128～134。
〔註 127〕覺多：〈一山一寧禪師對中日文化交流的貢獻和影響〉，《佛學研
　　　　　究》，第 1 期，2009 年 8 月，頁 228～236。
〔註 128〕張曉希：〈中國文化的傳播者——日本的五山禪僧〉，《日語學習與

山一寧，或是以五山禪僧爲對象，其研究結果都說明禪僧對佛學、文學、思想之文化傳播有裨益，值得參考。

3. 接受方面

日本對中國詩人、作品、時代文學氛圍接受情形，以下分類探討之。

（1）陶淵明

「期刊」部份有丁國旗〈陶淵明の「虛」と「實」：岡村繁氏の「淵明觀」をめぐって〉一文，其整理近代日本學者對陶淵明的評論。例如 1950 年代，斯波六郎以「孤獨感」爲詮釋中心，以爲陶由孤獨的生活中，湧現無法與社會調和的孤獨。而吉川幸次郎則認爲，陶的作品於矛盾當中，可以體現其文學作品之高貴，故以「誠實矛盾」爲陶詩的核心。論者同時整理一海知義的「虛構」說與岡村繁的「世俗與超俗」之見解，匯整出學者對陶淵明的共同認知，即在其「矛盾性」，亦針對岡村繁對陶詩有過度解釋及誤讀部份，予以辨證，歸結出理解陶淵明必須超越「儒或道」、「超俗或世俗」的二元對立法，才能一窺陶詩的精髓。〔註 129〕

（2）白居易

在「專書」部份，日本學者岡村繁在《日本漢文學論考》中，雖然集中研究近世九州的漢學、漢詩，但在第一編亦關注白樂天詩賦與日本王朝詩賦之關係。論者將白樂天〈性習相遠近賦〉和菅原道眞的〈未且求衣賦〉進行比較，在詩文對句創作方法方面，白氏多以自然見長，道眞則攙雜不和諧之形式；其次，對詩賦解釋過程，白詩賦的文意易於理解，道眞則因欠缺主語而不易明瞭，蓋與日語與漢語句子語法差異之故；最後在自我主張方面，道眞較白氏爲淡

研究》，第 1 期，2013 年 8 月，頁 85～91。

〔註 129〕丁國旗：〈陶淵明の「虛」と「實」：岡村繁氏の「淵明觀」をめぐって〉，《神戶女學院大學論集》，第 52 期，2006 年 3 月，頁 1～21。

薄。〔註 130〕

　　雋雪豔、日本高松壽夫主編的《白居易與日本古代文學》，對於盛行於平安時期的白詩，有更深刻的探討，均值得筆者參考。該書爲早稻田大學與中國清華大學外文系共同主辦學術研討會論文總集，主要探討白居易與日本和文學相關研究，如《枕草子》與白居易的詩文，亦探究白居易與日本漢文學關係的論文，如〈日本平安時代文人與白居易──以島田忠臣和菅原道眞與渤海使的贈答詩爲中心〉等。〔註 131〕

　　「期刊」部份，大陸學者劉芳亮〈大沼枕山對白居易詩歌的接受〉一文，以爲江戶後期詩人大沼枕山受《甌北詩話》對白詩評價的影響，吸收、攝取白氏創作技法如和韻形式，亦將日本本土傳說故事整合於歌行體中，實現漢詩日本化。〔註 132〕。

（3）王維

　　「期刊」部份，大陸學者尙永亮，黃超〈日本漢詩對王維詩之空寂、幽玄美的受容──兼談「漢詩日本化」的形成過程〉。論者對王維詩的空寂、幽玄的風格作爲接受對象，從簡單模仿到對神韻的領悟與攝取，最終發展屬於日本自身漢詩之境界。〔註 133〕

　　而日本內田誠一〈從古代中國舶來日本的《王維集》版本初探──兼論《三體詩幻雲抄》中的《題崔處士林亭》一詩〉，文中以五山禪僧月舟壽桂的《三體詩幻雲抄》，其中收錄王維詩的注釋，以見

〔註 130〕　（日）岡村繁著，俞慰慈、陳秋萍、韋海英等譯：《日本漢文學論考》，收入《岡村繁全集》第柒卷（上海：上海古籍出版社，2009年）。

〔註 131〕　雋雪豔、（日）高松壽夫主編：《白居易與日本古代文學》（北京：北京大學，2012年）。

〔註 132〕　劉芳亮：〈大沼枕山對白居易詩歌的接受〉《信陽師範學院學報（哲學社會科學版）》第 31 卷第 1 期，2011 年 1 月，頁 108～111。

〔註 133〕　尚永亮，黃超：〈日本漢詩對王維詩之空寂、幽玄美的受容──兼談「漢詩日本化」的形成過程〉，《江西社會科學》，第 2009 卷第 8 期，2009 年 8 月，頁 130～134。

15 世紀到 16 世紀日本五山禪林流傳王維集版本的情況。〔註 134〕

（4）杜甫

「期刊」部份，大陸學者馮雅、高長山〈日本的杜甫詩研究——以五山、江戶時期爲例〉。該文探討杜詩東漸後受到關注的情形，其以爲杜詩在平安時期傳入日本，五山時期受到重視，而江戶時期受到追捧。〔註 135〕文中特別提及五山時期解讀杜甫詩有獨到見解者，即爲「虎關師鍊」。

另，王京鈺之〈概論日本漢文學中的杜甫受容〉〔註 136〕和〈試論五山句題的新特點——以典出杜甫《夜宴左氏莊》句題爲例〉〔註 137〕，以及〈義堂周信詩文中的「江雲渭樹」——日本五山文學杜甫受容的一個側面〉〔註 138〕三篇文章，同時都是針對杜甫詩在日本接受的情況。〈概論日本漢文學中的杜甫受容〉一文之敘寫方式，與馮雅、高長山皆以時間爲序，從平安、五山、江戶三時期，探討杜詩在日本漢詩中接受狀況，惟二篇著眼點不同，馮雅、高長山以詩人爲橫切面，而王京鈺則側重在用語詞彙、形式題裁，以及內容表現等爲要。因此，從王京鈺分析詩作之面向來看，其〈試論五山句題的新特點——以典出杜甫《夜宴左氏莊》句題爲例〉和〈義堂周信詩文中的「江雲渭樹」——日本五山文學杜甫受容的一個側面〉

〔註 134〕（日）内田誠一：〈從古代中國舶來日本的《王維集》版本初探——兼論《三體詩幻雲抄》中的《題崔處士林亭》一詩〉，《運城學院學報》，第 4 期，2014 年 9 月，頁 1～4。

〔註 135〕馮雅、高長山：〈日本的杜甫詩研究——以五山、江戶時期爲例〉，《外國問題研究》第 4 期，2012 年 7 月，頁 43～47。

〔註 136〕王京鈺：〈概論日本漢文學中的杜甫受容〉，《遼寧工業大學學報（社會科學版）》，第 1 期，2005 年 7 月，頁 35～38。

〔註 137〕王京鈺：〈試論五山句題的新特點——以典出杜甫《夜宴左氏莊》句題爲例〉，《常熟理工學院學報》第 11 期，2011 年 7 月，頁 91～94。

〔註 138〕王京鈺：〈義堂周信詩文中的「江雲渭樹」——日本五山文學杜甫受容的一個側面〉，《遼寧工業大學學報（社會科學版）》，第 5 期，2004 年 7 月，頁 47～48。

都聚焦在詩題、詩句之中。

　　另外，日本學者太田亨針對日本中世時期對杜詩的接受情況，以「初期」和「中期」兩個時間來考察。首先，〈日本中世禅林日本禪林における杜詩受容——禪林初期における杜詩評価—〉即提及初期的禪僧社會，對於杜詩有較高之評價。因爲中國傳入之日本的「詩話」，以《苕溪漁隱叢話》、《詩人玉屑》被引用之次數最頻繁，這些中國書籍對杜甫之評價甚高，亦使禪僧對杜詩之考究及讚賞加劇。〔註 139〕

　　其次，〈日本中世禪林における杜詩受容——中期における杜甫の情に対する関心〉則提及中世禪林之禪僧著詩的氛圍有所改變，隨著交酬增多，「贈答詩」益多，另外，杜甫〈貧交行〉中對杜甫交友富「情」且「道義」的詩作，成爲中期禪僧創作「贈答詩」必然之參考。〔註 140〕

　　至若太田亨另一篇考證之期刊爲〈日本中世禅林における杜詩解釈：〈夔府詠懷〉——身は許す双峰寺、門は求む七祖禅—について〉，其考察論證詩句中的「雙峰寺」指的蘄州的雙峰寺，而「七祖」指的則是普寂。〔註 141〕

（5）歐陽脩

　　「期刊」部份，大陸學者邱美瓊探討〈20 世紀以來日本學者的歐陽修詩歌研究〉，論者指出日本學者研究成果主要表現在四方面，分別爲詩歌材料的整理、選譯；生平、思想研究；詩歌藝術特色，以

〔註 139〕　（日）太田亨：〈日本中世禪林日本禪林における杜詩受容——禪林初期における杜詩評価—〉,《中國中世文學研究》，第 39 號，2001年 1 月，頁 13～31。

〔註 140〕　（日）太田亨：〈日本中世禪林における杜詩受容——中期における杜甫の情に対する関心〉,《中國中世文學研究》，第 29 號，2007年 12 月，頁 72～82。

〔註 141〕　（日）太田亨：〈日本中世禅林における杜詩解釈：〈夔府詠懷〉——身は許す双峰寺、門は求む七祖禅—について〉,《中國中世文學研究》，第 61 號，2012 年 9 月，頁 46～68。

及詩論研究。〔註142〕透過此四個面向，得見域外學者的研究視角與成果，以作爲後學參考依據。

（6）蘇軾

「專書」部份，臺灣學者朱秋而在〈日本五山禪僧詩中的東坡形象：以煎茶詩、風水洞、海棠等爲中心〉一文中，提及蘇軾作品因具禪味，頗受僧侶青睞而爭相模仿，亦從八項主題，探討五山禪僧題詠東坡的詩畫作品，包括茶、酒；遊風水洞；花；榮寵；詩與禪；對床之約、雪堂得友；東坡畫像，以及東坡笠屐圖等。〔註143〕

「期刊」部份，則有大陸學者林瑤在〈日本五山文學中的「蘇軾」〉中指出，五山禪僧通過提及蘇軾名字或引用其詩詞表達個人偏好。該文著重分析與蘇軾相關詩句，同時提及在五山文學中，蘇軾形象其實是醉翁，亦是與禪宗關係匪淺的居士。〔註144〕

（7）黃庭堅

「期刊」部份，臺灣學者朱秋而在〈五山文學における黃庭堅の受容——『山谷抄』を中心に—〉一文中，由文學與文化傳釋的比較角度，從日本室町時期「抄物」的文獻中，以僧人注解黃山谷詩集的「山谷抄」爲分析主體，研究發現日本五山禪僧對山谷之〈發願文〉以及山谷詩句中提及「坐禪」、「飲茶」等詩句內容之注解，往往與中國的切入點大相徑庭，對比中日的注解資料可以看出，日本五山禪僧藉由〈發願文〉的戒斷酒、肉、女色的守戒爲發端，並依山谷曾受禪宗黃龍慧南弟子晦堂祖心教導等背景，對其詩句中有「坐禪」、「飲茶」等內容大加引述，甚而進一步將飲茶、斷酒守戒等互爲關係，以證明

〔註142〕邱美瓊：〈20世紀以來日本學者的歐陽修詩歌研究〉，《贛南師範學院學報》第31卷第1期，2010年2月，頁65～68。

〔註143〕朱秋而：〈日本五山禪僧詩中的東坡形象：以煎茶詩、風水洞、海棠等爲中心〉，收入石守謙，廖肇亨編：《東亞文化意象之形塑》（臺北：允晨文化，2011年），頁331～364。

〔註144〕林瑤：〈日本五山文學中的「蘇軾」〉，《樂山師範學院學報》第9期，2013年8月，頁5～8。

山谷確有佛學意念，從而形塑出山谷帶有禪僧之形象，此解讀與中國
方面的理解大為不同。〔註 145〕這些極為細微的差別，以及五山禪僧
「山谷抄」文獻的有意形塑，即需由中日雙方的解詩作品，互為比較，
方可明瞭，相同的山谷詩，在中國及日本兩地的注解不同，此文研究
之方法與論點，對本論文有啓發作用。

（8）林逋

「期刊」部份，日本學者小野泰央的〈五山詩文における梅花〉
一文指出，梅自古為日本詩人詠作之對象，而五山賦梅之作品，遠比
平安時期更多，風格亦更多元，五山時期多由「梅花與禪心」為核心，
在「七百僧」、「越冬」、「枯木禪」、「皎潔」等主題上發揮，而「接受
宋代文學與禪詩」部份，則在「冰肌玉骨」、「骨肉」、「魁、第一」、「暗
香、疎影」等主題上作詩。例如，《濟北集・卷二》「紅白梅」踏襲林
和靖詩句；《濟北集・卷六》「臘八」則在吟詠梅有耐寒之性；《濟北
集・卷八》「早梅軸」直用禪宗東傳始祖達摩「一花開五葉」的典故，
而《翰林五鳳集》中過半的梅詩皆含林和靖詩「疎影」、「暗香」、「橫
斜」、「黃昏」等元素，而《隨得集・和種梅》則承襲和靖詩的「眾芳」
用法。〔註 146〕

「學位論文」方面，大陸學者王玉立在《林逋詩作及其在日本的
影響》一文中，分析林逋詩集在日本流傳之形態與收藏情況；再者，
探討林逋經常借詠梅詩表達自己的思想與情感，其詩風澄淡有韻味；
另外，析論林逋詠梅詩對日本五山文學詠梅詩的影響，又因〈山園小
梅〉負有盛名，故主要圍繞於此詩作為論述。〔註 147〕

（9）其他

〔註 145〕朱秋而：〈五山文學における黃庭堅の受容──『山谷抄』を中心
に──〉，《台大日本語文研究》，第 25 期，2013 年 6 月，頁 45～62。

〔註 146〕（日）小野泰央：〈五山詩文における梅花〉，《群馬高專レビュー》，
第 28 號，2009 年，頁 1～10。

〔註 147〕王玉立：《林逋詩作及其在日本的影響》，浙江工商大學碩士論文，
2012 年。

「專書」部份，韓國趙鍾業《中韓日詩話比較研究》是根據其博士論文《唐宋詩話對韓日影響比較研究》〔註 148〕而出版成冊，脈絡相同，或有增修；論述以中韓日地理位置與漢文學爲導論，再考察中日韓詩話之資料，進而研究中日韓詩話受唐宋影響情形，該書層層遞進，分析詳實。〔註 149〕

而大陸學者譚雯《日本詩話的中國情結》專以《日本詩話叢書》爲對象，該篇在其博士論文《日本詩話及其對中國詩話的繼承與發展》〔註 150〕的基礎上修改而成。文中以日本詩話概況爲起點，分論「詩史論」、「格法論」、「本質論」、「批評論」、「作家作品論」、「儒家文化與日本詩話」等內容。通篇對於日詩話的分類與討論，已掌握探討詩話的核心概念，拋出有意義價值的議題，惟在論述辨析處，與中國詩話的關聯有補充討論之空間。〔註 151〕整體而言，該書之鋪陳分類條理清晰，總覽日本詩話的要點，可以提供本論文對日本詩話在不同面向上的補充。

至若馬歌東《日本漢詩溯源比較研究》，因爲該書是單篇論文成冊，故在主題的陳列上，較爲獨立，包括有日漢詩對李白、杜詩、白詩的接受情形，亦有針對日本詩話的相關研究。〔註 152〕

「期刊」部份，臺灣學者李育娟有〈《江談抄》詩話與北宋詩話〉〔註 153〕與〈宋代筆記與《江談抄》的體裁──說話與筆記的界限〉

〔註 148〕（韓）趙鍾業：《唐宋詩話對韓日影響比較研究》，國立臺灣師範大學中國文學研究所博士論文，1984 年。

〔註 149〕（韓）趙鍾業：《中韓日詩話比較研究》（臺北：學海出版社，1984年）。

〔註 150〕譚雯：《日本詩話及其對中國詩話的繼承與發展》，復旦大學博士論文，2005 年。

〔註 151〕譚雯：《日本詩話的中國情結》（北京：中國社會科學出版社，2007年）。

〔註 152〕馬歌東：《日本漢詩溯源比較研究》（北京：中國社會科學出版社，2004 年）。

〔註 153〕李育娟：〈《江談抄》詩話與北宋詩話〉，《漢學研究》，第 28 卷第 1期，2010 年 3 月，頁 101～123。

二篇研究，其皆以平安晚期大江匡房的《江談抄》爲研究對象。論者考察《江談抄》與北宋詩話相通處有二，其一，詩學理論架構鬆；其二，主題跨涉「及事」與「及辭」的範疇。〔註154〕對於本論文討論日本詩話與宋詩話之關係時，可爲參考依據。

而日本小野泰央〈中世歌論に見られる宋代詩論〉之研究主體爲日本中世和歌對於中國現代詩論的承襲，研究核心，在於論證二条良基《愚問賢註》對《詩人玉屑》的承襲，以及頓阿《頓阿句題百首》對《詩人玉屑》《三體詩》的承襲。〔註155〕小野泰央另有〈詩を論じる詩　五山詩の理知性について〉一文，其研究日本在平安時期的漢詩，於評詩時，常用「巧」、「拙」、「清」、「玉」等用語，但到五山時期，常用「句法」、「句中眼」、「詩味」等爲評價的基準語，而在評價詩的用字上，最常用的特殊字則爲「俗、輕」；「寒、瘦」；「文章一小技」、「熟」、「詩中畫」等語，以此論證，五山文學比平安時期評詩，具有理性用語。〔註156〕

（二）五山文學的相關研究

五山文學中創作主體以禪僧爲主，本節欲從「五山文學總論」、「五山文學與唐宋文學之關係」、「五山文學與禪宗之關係」等面向來探討。

1. 五山文學總論

目前對於五山文學的研究資料，有綜觀五山禪僧其人、其世者；亦有以分期、分派之縱向與橫切面爲分析者；再則，有針對主題研究，瞭解五山禪僧的活動者；而近代研究中，則以不同學者對禪僧進行個

〔註154〕　李育娟：〈宋代筆記與《江談抄》的體裁──說話與筆記的界限〉，《漢學研究》，第30卷第2期，2012年6月，頁71～98。
〔註155〕　（日）小野泰央：〈中世歌論に見られる宋代詩論〉，《群馬高專レビュー》，第28號，2009年，頁21～27。
〔註156〕　（日）小野泰央：〈詩を論じる詩五山詩の理知性について〉，《群馬高專レビュー》，第28號，2009年11月，頁11～19。

別文學思想之研究，合集成論文集。根據文獻，整理成表 1-3-1：

表 1-3-1：五山文學總論一覽表

	書　名	作　者	出版資訊	備　註
五山禪僧其人其世	《五山文學全集》	（日）上村觀光	京都：思文閣出版社，1992 年	初版爲 1906 年
	《五山文學新集》	（日）玉村竹二	東京：東京大學出版，1967～1981 年	補充《五山文學全集》未收錄的詩僧及其著作
	《五山禪僧傳記集成》	（日）玉村竹二	京都：思文閣出版，2003 年	
五山漢詩校注	《五山文學集》	（日）入矢義高校注	東京：岩波出版社，1996 年	僅節選五山禪僧中最鮮明的著作，予以譯注。如：《濟北集》
分期分派	《五山文學史稿》	（日）北村澤吉	東京：富山房，1942 年	
	《五山詩史の研究》	（日）蔭木英雄	東京：笠間書院，1977 年	
	《五山禪林宗派圖》	（日）玉村竹二	京都：思文閣出版社，1985 年	
主題內容	《五山文學：大陸文化紹介者としての五山禪僧の活動》	（日）玉村竹二	東京：至文堂，1955 年	
近代研究	《五山文學の研究》	俞慰慈	東京：汲古書院，2004 年	
	《五山文學與中國文學》	張曉希	北京：中央編譯出版社，2014 年	

梁姿茵製表

　　有關五山文學的總體研究，集中在日本學者以「專書」來呈現整
體面向。最早以總論之編排方式成冊的為日本上村觀光《五山文學全
集》，此為五山文學初期較為完整的匯編，該書初版時間為 1906 年，
由東京市裳華房出版社出版，而本文所引為 1992 年的復印本。〔註 157〕

　　爾後，日本東京大學教授玉村竹二《五山文學新集》則是從上村
的基礎上，將上村未收錄的五山詩僧作者及作品加以補充。〔註 158〕
玉村說：

> 上村觀光《五山文學全集》已收錄一流作品對學界功益頗
> 大，可惜因上村去世而中絕，五山文學除文學作品之價值
> 外，亦被認定有歷史史料之價值，基於對未刊作品深感遺
> 憾之立意下，搜羅其他相關資料，由東京大學出版會刊行。
> 〔註 159〕

此二書的編成，對於後人研究五山文學者實一大裨益。

　　然而，近代日本學者入矢義高譯注《五山文學集》，其於書末表
示，針對上村觀光《五山文學全集》與玉村竹二《五山文學新集》合
起來計上萬頁數而言，實在過於冗長，且當中收入多篇語錄，而語錄
是否算是文學作品又堪疑，故其節選五山個別禪僧中最鮮明的著作，
予以譯注。包括絕海中津《蕉堅稿》、義堂周信《空華集》、虎關師鍊
《濟北集》、雪村友梅及中巖圓月等人之代表作，其中又以絕海中津

〔註 157〕　（日）上村觀光：《五山文學全集》（京都：思文閣出版社，1992 年）。
〔註 158〕　（日）玉村竹二：《五山文學新集》（東京：東京大學出版，1967～
　　　　　　1981 年）。
〔註 159〕　（日）玉村竹二：《五山文學新集》第二卷（東京：東京大學出版，
　　　　　　1967～1981 年）），頁 3～4。
　　　　　　原文：上村觀光居士によつて刊行された《五山文學全集》には，成
　　　　　　程五山文學の一流作品は，ほぼ收あられて，學界を益すること多大
　　　　　　であるが，惜しむらくは，もう一步といふところで中絕してしまつ
　　　　　　てるる。且つ文學作品としての價值以外に，歷史の史料としての價
　　　　　　值を認あるとすれば，なは更多くの未刊の五山文學作品があること
　　　　　　は，斯學のたあに甚だ遺憾であるといふ趣旨から。……東京大學出
　　　　　　版會から刊行されることになつたのである。

為主軸，因作者認為其作品在文學中展現最高水準。於版本上，除《東海一漚集》取自東大史料編纂所藏之寫本外，其餘多取自上村觀光氏所編之全集。〔註160〕

另外，玉村竹二亦編輯《五山禪僧傳記集成》，該書和《五山文學全集》不同，此僅載禪僧之傳記，不錄禪僧之文學作品。該書所收為鎌倉後期（正和、文保年間）至室町時代末期（大永、天文初期）之五山禪僧傳記。該書之傳記，以禪僧履歷為主，考證其行履經歷的正確年月日為要，非論述逸話傳說，傳記所依據之史料，皆載於各記之末，考證頗為詳實有據。〔註161〕

在前人概論式的掌握相關禪僧文獻後，開始有學者以「史」的視角「分期」編列再細論五山詩僧相關資料，如日本北村澤吉：《五山文學史稿》將五山禪僧之傳記、著述、學說及詩文等，分節詳說〔註162〕；亦有蔭木英雄《五山詩史の研究》以禪林派別為主軸，再將派別下所屬禪僧之詩篇內容，加以整理概述。〔註163〕關於禪林派別的細部研究，玉村竹二《五山禪林宗派圖》考論五山禪僧之師承與派別之關係，十分詳實。〔註164〕

另與蔭木英雄和北村澤吉不同編排方式，係以「主題」為分類準則的是玉村竹二《五山文學：大陸文化紹介者としての五山禪僧の活動》，其主要論述五山文學起源及禪林系譜，再從五山文學表現形式、四六文著手，進而深究五山文學之興盛，何以轉為衰頹的原因。〔註165〕

〔註160〕 （日）入矢義高校注：《五山の詩を読むたあに》，收入《五山文學集》（東京：岩波出版社，1996 年），頁 319～335。

〔註161〕 （日）玉村竹二：《五山禪僧傳記集成》（京都：思文閣出版，2003年）。

〔註162〕 （日）北村澤吉：《五山文學史稿》（東京：富山房，1942 年）。

〔註163〕 （日）蔭木英雄：《五山詩史の研究》（東京：笠間書院，1977 年）。

〔註164〕 （日）玉村竹二：《五山禪林宗派圖》（京都：思文閣出版社，1985年）。

〔註165〕 （日）玉村竹二：《五山文學：大陸文化紹介者としての五山禪僧の活動》（東京：至文堂，1955 年）。

此研究面向與前者文獻的綜整呈現不同價值意義，對於研究五山文學者，可以更深入地瞭解五山文學興衰之故。

　　近年研究成果，則有大陸學者俞慰慈《五山文學の研究》〔註166〕和張曉希：《五山文學與中國文學》〔註167〕。俞氏之著作爲博士論文編修而成書，係在前人的基礎上，綜整禪宗、五山的源起，考察五山文學作者與作品群之關係，再論五山漢詩之源流、派別及詩風，最後擇選絕海中津之文學與中國文學作爲比較；而張氏則是將各個學者對五山禪僧著作進行文學思想之研究的單篇論文，合編成論文集。

　　總之，五山文學研究中，大多著力於文獻搜羅、整理與歸納，雖鮮有自己的論述，卻適合後學研究五山文學時，作爲文獻考察之參酌。

2. 五山文學與唐宋文學之關係

　　以「期刊」而言，羊列榮在〈五山詩學主題初探——以宋代詩學的影響爲視點〉文中，探討「平安詩學向五山詩學之轉變」，包括宋文獻傳入、中日交流者爲僧人，以及唐風向宋風之轉變；再從「詩禪之辨」來看禪詩創作的合理性；再探宋學、杜甫與五山文學之關係。〔註168〕該文所論甚詳，值得參考。

3. 五山文學與禪宗之關係

　　以「期刊」而言，大陸學者張文宏從〈禪宗與日本五山文學〉來看彼此之關係，其以爲五山文學完成從「偈」到「詩」的演進，使禪宗的世俗化，普及的不只是宗教的禪、哲學的禪，而且是文化的禪、文學的禪。〔註169〕

　　顧春芳、顧文〈論禪宗文化給予枯寂之美的影響——以五山禪僧

〔註166〕俞慰慈：《五山文學の研究》（東京：汲古書院，2004年）。

〔註167〕張曉希：《五山文學與中國文學》（北京：中央編譯出版社，2014年）。

〔註168〕羊列榮：〈五山詩學主題初探——以宋代詩學的影響爲視點〉，《文學研究》，第107期，2013年3月，頁69～93。

〔註169〕張文宏：〈禪宗與日本五山文學〉，《佛山科學技術學院學報》，第6期，2004年7月，頁15～18。

的詩爲中心展開〉一文以爲，五山禪僧將禪法與禪文化一起帶回日本，並將之融入日本自身文化。該文主要通過五山文學的形成及中嚴圓月、雪村友梅、絕海中津等禪僧，以探究禪宗文化如何滲入到五山文學當中。〔註170〕

　　然而，臺灣學者著作，雖然未直接談五山或虎關與禪宗的關係，但其對於儒佛交涉的文學發展值得參考，如學者蕭麗華的專著《東亞漢詩及佛教文化之傳播》，便以東亞視野探討漢詩與佛教文化現象，其以日、韓和越南爲主軸作爲開展。〔註171〕蕭麗華亦有《「文字禪」詩學的發展軌跡》〔註172〕則從唐僧中的文字觀、全唐五代僧人詩格之詩學意義，亦專節討論蘇軾、惠洪之禪詩、禪喻等內容，對於本論文在探究詩禪之間交涉部份，可作爲參考。另外，其另單篇期刊〈從儒佛交涉的角度看嚴羽《滄浪詩話》的詩學觀念〉〔註173〕，已收入至該書中。

（三）虎關師鍊《濟北集》和〈濟北詩話〉相關研究

　　有關虎關師鍊《濟北集》與〈濟北詩話〉的內容，在概論日本文學時，屢次被提及，然眞正以其爲主題之研究仍有限。相關文獻主要集中在大陸和日本學者單篇論文之發表；至於學術論文，筆者以虎關師鍊、《濟北集》和〈濟北詩話〉爲關鍵字檢索後，雖有東亞漢詩相關研究，但目前未有以《濟北集》、〈濟北詩話〉爲研究對象者，惟與《濟北集》相關研究中，僅一篇以「賦」爲對象者，是故，此一研究議題，值得進一步開展。以下茲就虎關《濟北集》、〈濟北詩話〉相關

〔註170〕顧春芳、顧文：〈論禪宗文化給予枯寂之美的影響──以五山禪僧的詩爲中心展開〉，《言語と文化》，第 10 期，2011 年 10 月，頁 151 ～164。

〔註171〕蕭麗華：《東亞漢詩及佛教文化之傳播》（臺北：新文豐出版，2014 年）。

〔註172〕蕭麗華：《「文字禪」詩學的發展軌跡》（臺北：新文豐，2012 年）。

〔註173〕蕭麗華：〈從儒佛交涉的角度看嚴羽《滄浪詩話》的詩學觀念〉，《臺大佛學研究》，第 5 期，2003 年 6 月，頁 275～299。

文獻，進行討論。

1. 以〈濟北詩話〉為總體研究

以「專書」而言，大陸學者孫立《日本詩話中的中國古代詩學研究》的第二章，其以〈〈濟北詩話〉與宋前文學〉為研究篇章〔註174〕；而張曉希〈虎關師鍊的詩學思想〉一文，則收於《五山文學與中國文學》之第二章。〔註175〕二篇文學主要歸納虎關詩學要旨、論宋前詩人與詩歌之品鑒，以及對「和韻詩」之考察等內容。

2. 以「主題」作為研究

在虎關文獻研究中，僅有三篇與《濟北集》相關。在「學位論文」方面，大陸學者朱志鵬以「文體」為研究對象，在《虎關師鍊與《濟北集》賦篇研究》中，將《濟北集》六篇「賦」的形式、內容及其創作目的作一分析。〔註176〕

「期刊」方面，日本學者久須本文雄：〈虎關師鍊の儒道觀〉〔註177〕與〈虎關師鍊の中國文學觀〉〔註178〕二篇，其以《濟北集》當中的中國文學觀和儒道觀作全面考察。

而日本學者比留間健一於〈虎關師鍊の韓愈評価について韓愈の排仏への態度を中心に〉中析辨韓愈既為排佛論者，何以虎關仍視其為學習之對象。論者以為虎關並不認為韓愈是排佛論者，反而以韓愈與大顛和尚唱和等資料，來舉證韓不斥佛之事。〔註179〕

〔註174〕 孫立：《日本詩話中的中國古代詩學研究・〈濟北詩話〉與宋前文學》（北京：北京大學出版社，2012 年）。

〔註175〕 張曉希：《五山文學與中國文學・虎關師鍊的詩學思想》（北京：中央編譯出版社，2014 年）。

〔註176〕 朱志鵬：《虎關師鍊與《濟北集》賦篇研究》，浙江工商大學，日語語言文學碩士論文，2013 年。

〔註177〕 （日）久須本文雄：〈虎關師鍊の儒道觀〉，《禪文化研究所》十一號，1979 年 3 月，頁 45～93。

〔註178〕 （日）久須本文雄：〈虎關師鍊の中國文學觀〉，《禪文化研究所》十二號，1980 年 3 月，頁 85～119。

〔註179〕 （日）比留間健一：〈虎関師錬の韓愈評価について韓愈の排仏へ

3. 以「單一作家」或「文體」爲研究對象

「期刊」方面，大陸學者鄭利鋒〈虎關師煉稱孔子「詩人」刪《詩》辨〉一文，對於孔子究竟是不是詩人有詳細的論辨，其總結以爲孔子沒有從「詩人」的角度看《詩》刪《詩》，虎關的說法不準確，可以作爲筆者在討論此議題時作爲參考。〔註180〕

另，馬歌東〈論虎關師煉陶淵明「傲吏說」〉則單就虎關評陶淵明爲「傲吏」的角度來審視虎關之評的適當性。馬氏從中國對「傲吏」看法聯繫淵明對於人生定位，乃因「君子固窮」與「耿介傲然」性格使然，又因虎關未處在民族性格與文化底蘊省察，故有差異。〔註181〕該文辨析頗豐，惟若能再就虎關的角度來做中日詩學相異的深層對話會更精彩。

4. 中日詩話比較研究

「期刊」部份，大陸學者王輝〈宋代詩話與虎關師練的詩學思想〉〔註182〕與段麗惠〈〈濟北詩話〉的「立異」與儒家價值理念〉之研究，以宋代詩話之影響與儒家價值理念爲核心，分別討論〈濟北詩話〉中的幾則內容，例如：對虎關品評陶淵明、唐玄宗何以與中國文人對二人評價有立異之別的論述，即從儒家角度爲之。此外，段麗惠提及虎關的社會與學術背景，作爲虎關遵循儒家詩教理念之證明。〔註183〕然其關涉虎關社會、學術背景的篇幅有限而未能盡全；另外，詩話品

の態度を中心に〉（譯爲〈虎關師鍊對韓愈的評價──以韓愈排佛態度爲中心〉），《上智大學國文學論集》，第 19 期，1986 年 1 月，頁 83～98。

〔註180〕 鄭利鋒：〈虎關師煉稱孔子「詩人」刪《詩》辨〉，《社會科學評論》，第 4 期，2007 年 12 月，頁 77～83。

〔註181〕 馬歌東：〈論虎關師煉陶淵明「傲吏說」〉，《陝西師範大學學報（哲學社會科學版）》第 35 卷第 3 期，2006 年 5 月，頁 28～34。

〔註182〕 王輝：〈宋代詩話與虎關師練的詩學思想〉，《求索》，第 2 期，2013 年 6 月，頁 139～141。

〔註183〕 段麗惠：〈〈濟北詩話〉的「立異」與儒家價值理念〉，《船山學刊》，第 3 期，2009 年 3 月，頁 102～105。

評的標準，亦應考慮個人師承、學養、品賞之趣、政治與社會文化之氛圍等因素，故本論文期能再延展討論之。

　　而徐毅〈〈濟北詩話〉的詩學價值〉〔註184〕一文從宋代詩學、儒家思想之內容，論述其對〈濟北詩話〉之影響及異同，亦綜整〈濟北詩話〉的詩學價值。至於黃威〈論宋代詩學思想對日本〈濟北詩話〉之影響〉〔註185〕則提及虎關立基於以人品定詩品的角度來批評陶潛；次以虎關繼承宋人重才學好議論之特點，對中國詩話提出新解釋與翻案文章；末則批評宋詩平淡風格之偏頗，故主張詩風應近於粗率樸拙。黃威以三點總結宋詩學思想影響〈濟北詩話〉之處，可供後學參酌，惟其在引證舉例之際，僅列出部份原文，未能就宋代詩學思想與〈濟北詩話〉內容之間的關聯，進一步討論與辨析，不易瞭解深層面貌。

　　綜合而論，筆者羅列虎關相關研究，依時間由近而遠排列整理如表 1-3-2，以方便研究者概覽。

表 1-3-2：《濟北集》、〈濟北詩話〉期刊文獻一覽表

篇名	作者	（出處地點）／發表期刊、卷期、時間	頁碼	立基之文本
〈宋代詩話與虎關師煉的詩學思想〉	王輝	（大陸）／《求索》，第 2 期，2013 年 6 月	139～141	〈濟北詩話〉
〈〈濟北詩話〉的「立異」與儒家價值理念〉	段麗惠	（大陸）／《船山學刊》，第 3 期，2009 年 7 月	102～105	〈濟北詩話〉
〈論宋代詩學思想對日本〈濟北詩話〉之影響〉	黃威	（大陸）／《船山學刊》第 2 期，2009 年 2 月	162～164	〈濟北詩話〉

〔註184〕徐毅：〈〈濟北詩話〉的詩學價值〉，《文化研究》，第 2009 卷第 3 期，2008 年 7 月，頁 217、232。

〔註185〕黃威：〈論宋代詩學思想對日本〈濟北詩話〉之影響〉，《船山學刊》，第 2 期，2009 年 2 月，頁 162～164。

篇名	作者	（出處地點）／發表期刊、卷期、時間	頁碼	立基之文本
〈〈濟北詩話〉的詩學價值〉	徐毅	（大陸）／《文化研究》，第 2009 卷第 3 期，2008 年 7 月	217、232	〈濟北詩話〉
〈虎關師煉稱孔子「詩人」刪《詩》辨〉	鄭利鋒	（大陸）／《社會科學評論》，第 4 期，2007 年 12 月	77～83	〈濟北詩話〉
〈虎関師錬の賦をめぐって〉	（日）小嶋明紀子	（日本）／《日本漢文學研究》，第 2 期，2007 年 3 月	161～195	《濟北集》
〈論虎關師煉陶淵明「傲吏說」〉	馬歌東	（大陸）／《陝西師範大學學報（哲學社會科學版）》第 35 卷第 3 期，2006 年 5 月	28～34	〈濟北詩話〉
〈虎関師錬の韓愈評価について韓愈の排仏への態度を中心に〉	（日）比留間健一	（日本）／《上智大學國文學論集》，第 19 期，1986 年 1 月	83～98	《濟北集》
〈虎関師錬の中國文學觀〉	（日）久須本文雄	（日本）／《禪文化研究所》十二號，1980 年 3 月	85～119	《濟北集》
〈虎関師錬の儒道觀〉	（日）久須本文雄	（日本）／《禪文化研究所》十一號，1979 年 3 月	45～93	《濟北集》

梁姿茵製表

　　從表 1-3-2 的文獻中，日本學者久須本文雄在 1979 年，最早以虎關《濟北集》的儒道觀議題展開研究，又在 1980 年完成第二篇，接續則有比留間健一，對韓愈古文評價及其排佛論之見解作分析。直到 2006 年，才有大陸學者馬歌東開始關注虎關〈濟北詩話〉之研究，此後 2007 至 2009 亦有單篇期刊之研究者，可惜的是 2009 至 2013 期間的三年都未有單篇論作。但〈濟北詩話〉近年不再僅以單篇論文形

式出現，反而以總體研究的視角，作為專書之一章，如亦可見研究取向更為周延，或許也因域外文學研究，逐漸受到重視之故。

　　是以，目前虎關《濟北集》和〈濟北詩話〉的文獻，偏重於專題式單篇論文的探討，然而，無論是單篇論文或是專章之研究，多囿於篇幅，無法周延盡全。特別是〈濟北詩話〉以條列方式呈現，論述對象豐富，而內容駁雜，故若僅是單篇研究作總體觀照，或能概覽〈濟北詩話〉的重點，卻無法深究虎關詩評觀及其與中國詩論之間的關係，或是否有誤讀之處；然若是單篇期刊，針對一詩人或一文體或一主題概念等的論述，則不易貫穿虎關詩學的整體性。因此，本論文希冀能綜合所見，梳理《濟北集》詩文內容之脈絡。

二、研究問題與目的

　　根據近人研究成果，筆者將研究目的與問題擬定如下：

　　筆者以為，日本中世禪林學術及其文學價值，係以禪僧作為五山時期文化的推動者，此文化主要由中國引進，或經中國僧侶赴日影響，或經由日僧前往中國取得。那麼，首先應瞭解漢文學如何傳播到日本？因此，必須探討中日文化如何交流？中國文學透過中日使節、禪僧、留學生往來之傳播，加以雕版印刷和傳播效應之流行，以及日本內部的政治、社會變革等原因，為何使五山時期的文學，成為中國文學傳播流行的重要關鍵？

　　其次，五山禪僧何以能受到幕府的青睞？五山時期對中國詩文之接受何以由關注白居易詩轉為對盛唐與宋詩？虎關的師承與交游，是否影響其研讀或品評中國詩文的看法？

　　復次，中國原有的詩文傳播到日本後如何發展？究竟與中國詩文原來的樣貌有何不同？而虎關為禪僧身分，在品詩文、論詩文之觀點又為何？

　　是以，本論文主要以「詩話」角度來品評漢詩，探究其見解和中國的詩評者，於詩學主張批評有何異同？中國詩學是如何被接受解

讀？或是否有誤讀之處？因此，希冀透過分析歷程以瞭解同樣的詩作，因不同地域及文化，會激盪出何種思維，故在詩學的評論上，日本鎌倉時期的禪僧虎關的見解或可作爲比較，此爲本論文欲探析之處。

第二章　虎關師鍊詩學形成背景

　　一位作家詩論之形成，關乎詩學批評家之時代背景、學問經歷等歷程。誠如章學誠嘗言：「不知古人之世，不可妄論古人之辭也。知其世矣，不知古人之身處，亦不可遽論其文也。」〔註1〕此即以「知人論世」觀點，探知虎關其人、其世、師承與交游等內容。故而，本章擬從外緣與內緣兩個部份，探究虎關師鍊詩學形成之背景。

第一節　外緣因素

　　中國文學在中日文化交流中，直接促進日本漢文學之發展。然而，隨著中日政治、社會、文化等因素的影響，中日文化的交流，不再是以單向的傳播為主，而是有了多元的管道彼此交往互動。對於中國文學圖書的東傳，亦影響日本漢文學對中國文學接受的消長變化。是故，本節在外緣因素部份，茲從「中日文化交流傳播」與「日本漢文學對中國文學的承與變」來探討。

一、中日文化交流傳播

　　承前所述，筆者在此欲先討論傳播媒介，從中日使節與學問僧的

〔註1〕（清）章學誠：《文史通義》（北京：中華書局，1985年）卷3〈文德〉，頁75。

交流，以瞭解彼此交流情形；再探討印刷術發明後，對於傳播之效應；最後則從日本政治、社會的變革當中，考察中國文學之承與變，進而再瞭解幕府對禪林依賴之故。

（一）中日使節與學問僧為媒介

日本為了學習中國制度與文化，聖德太子（西元 574～622）時，自推古八年（隋文帝開皇二十年，西元 600）至推古二十二年（隋煬帝大業十年，西元 614），四次向中國隋朝派遣使節〔註 2〕，《隋書》中亦載日本向隋朝派使節之記載：隋煬帝對日本國書中的「日出處天子，致書日沒處天子，無恙」之語大為不悅，但在第二年依然派出答禮使裴清前往日本。〔註 3〕這些前往中國的遣隋使、留學生歸國時，往往會引進中國典章制度及文化。

至日本孝德天皇（西元 594～661）即位，又派「遣唐使」，成員多為留學生、學問僧，目的是為了學習唐代文化，以及政治典章制度。當時唐代僧人東渡，促進中國文化向日本流傳的重要影響者為鑑真（西元 688～763）。天寶十二年（西元 753）十二月，鑑真抵達日本，次年（西元 754）四月為聖武天皇等授戒。鑑真對於佛教傳入方面，其乃為日本律宗之始祖〔註 4〕，此外，其對日本的醫藥、建築、雕塑等多方面產生了重要影響。

迨至寬平六年（唐昭宗乾寧元年，西元 894），菅原道真（西元 845～903）被任命為遣唐大使，但卻以出航所費不貲，加之唐朝衰落等因素，提出終止派遣使節之議，日本才終止派遣唐使。

廢除遣唐使制度後，日本赴唐者多由學問僧取得交流。除日僧入華外，宋元時期亦有不少禪僧相繼赴日，形成「中世稱叢林傑出者，

〔註 2〕李寅生：《論宋元時期的中日文化交流及相互影響》（成都：巴蜀出版發行，2007 年），頁 72～76。

〔註 3〕（唐）趙國公等撰：《隋書》（臺北：藝文印書館，1958）卷 81〈東夷・倭國〉，頁 912。

〔註 4〕（日）虎關師鍊：《元亨釋書》，收入《域外漢籍珍本文庫》第三輯第十八冊（北京：人民出版社，2012 年）卷 1〈唐國鑑真〉，頁 295。

往往航海西遊，自宋季世至明中葉，相尋不絕。」〔註5〕之情形。雖然鎌倉時期，元世祖遠征日本，發生「文永之役」〔註6〕（西元1274）與「弘安之役」〔註7〕（西元 1281），致使戰後兩國交惡，所幸僧侶與商船往來未絕。

宋代有許多日僧前往宋地參拜佛教名山，求法問道，亦有宋僧至日本傳道弘法，其在交流佛教的同時，亦進行漢文的交流，如圖 2-1-1 所示。

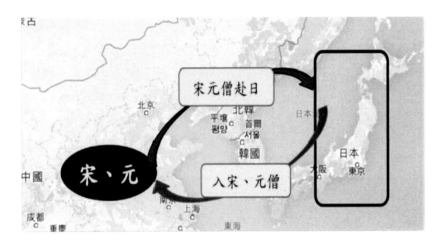

圖 2-1-1：中日僧侶往來圖（梁姿茵製作）

〔註5〕（日）江村北海：《日本詩史》卷2，收入（日）池田四郎次郎：《日本詩話叢書》第一卷（東京：文會堂書局，1920年），頁200。

〔註6〕西元1274年（文永十一年）10月，元將忻都、洪茶丘等，率領元、高麗之兵總數三萬二千三百人，從高麗南部的合浦（馬山浦）出發，進攻對馬、壹岐，及九州的肥前松浦郡，並指向筑前（福岡縣）。然當夜因狂風暴雨，元與高麗的人，船隻多有損失，不得不退回合浦，謂之「文永之役」（甲戌之役）。

〔註7〕西元1281年（弘安四年）5月，元軍以東路、江南兩軍進攻日本。從高麗合浦出發的東路軍首先進攻對馬、壹岐，於6月上旬進入博多灣，擬佔領志賀島，卻遭日軍強烈抵抗，乃轉移到五島列島附近，等待自寧波起程的江南軍。7月下旬，東路軍與江南軍合攻博多灣，卻因從強烈颱風，以致船艦覆沒，人員死傷慘重。此一戰役謂之「弘安之役」（辛巳之役）。

根據統計，中日僧侶往來情況爲：

> 五山時期日本僧侶入宋求法的有三十七人之多，宋元時代
> 東游日本的中國禪僧亦有二十一人。他們之間的交往，除
> 了禪宗教理的交流和儀式的傳習外，諸如寺院建築、雕塑、
> 印刷以至儒學等宋代文明……都帶到日本，傳播到整個社
> 會。〔註8〕

是以，中國佛教典籍與漢典籍在交往過程便已流傳到日本。如日僧圓
爾辨圓，於日本四條天皇嘉禎元年（南宋理宗端平二年，西元 1235）
入宋，歷訪天童、淨慈、靈隱等名寺。在宋七年，仁治二年（理宗淳
祐元年，西元 1241）返日，後爲京都東福寺開山之祖。其歸國時，
曾帶回經論〔註9〕、語錄、儒書等數千卷，藏於京都東福寺普門院的
書庫。

而《宋史・外國・日本》條中亦記載日僧奝然等人渡宋之事：

> 雍熙元年，日本國僧奝然與其徒五六人浮海而至，獻銅器
> 十餘事，并國國職員今王年代紀各一卷。奝然衣綠，自云
> 姓藤原氏……其國多有中國典籍，奝然之來，復得《孝經》
> 一卷，越王《孝經新義》第十五一卷，皆金鏤紅羅襟，水
> 晶爲軸。〔註10〕

又《元史・外國・日本》中亦載：

> 宋雍熙元年，日本僧奝然與其徒五六人浮海而至，奉職
> 貢，並獻銅器十餘事。奝然善隸書，不通華言。問其風土
> 但書以對云，其國中有五經書及佛經，《白居易集》七十

〔註8〕程千帆、孫望：《日本漢詩選評》（江蘇：江蘇古籍出版社，1988 年），
頁 4。

〔註9〕佛教雖然是發源於印度的宗教，但流傳到中國已經中國化，而經中國
傳到日本的即是完全中國化的佛教。經典語錄用漢文，偈贊詩文讀華
音。參考蕭麗華：《東亞漢詩及佛教文化之傳播》（臺北：新文豐出版，
2014 年），頁 6。李寅生：《論宋元時期的中日文化交流及相互影響》
（成都：巴蜀出版發行，2007 年），頁 162。

〔註10〕（元）脫脫：《宋史》（臺北：藝文印書館，1972 年）卷 491，頁 5862。

卷。……至熙寧以後，連貢方物，其來者皆僧也。〔註11〕

根據《宋史》和《元史》記載，宋太宗趙炅宋雍熙元年（西元 984），日僧奝然與徒五六人渡宋「奉職貢」、「獻銅器」，同時攜帶前往的還有鄭氏注《孝經》一卷，任希古《孝經新義》第十五卷，使得它們的影響擴大至宋。隨後於一條天皇的寬和二年（西元 986），則携印本《大藏經》五千四十八卷歸朝。〔註12〕

　　《宋史》又記載：「景德元年（西元 1004），其國僧寂照等八人來朝。寂照不曉華言，而識文字，繕寫甚妙，凡問答并以筆札。詔號圓通大師，賜紫方袍。」〔註13〕入宋僧除寂照，尚有元燈、念救、覺因、明蓮等人，其中念救於三條天皇的長和二年（西元 1013）歸朝，并將摺本《文集》致予藤原道長，事實上，於此之前，寬弘三年（西元 1006），已有大宋商人贈送藤原道長五臣注之《文選》與《白氏文集》。爾後，三條天皇的延久四年（西元 1072），僧人成尋又率領賴緣、快宗、聖秀、惟觀等七人入宋，成尋乃於白河天皇的永保元年（西元 1081）在開寶寺圓寂。〔註14〕又，六條天皇的仁安三年（西元 1168）日僧榮西入宋，後來與僧人重源一起歸國；至後鳥羽天皇的文治三年（西元 1187），榮西再度入宋，并於建久二年（西元 1191）歸國，開始推廣臨濟宗。

　　元代時，赴日禪僧則有一山一寧（西元 1247～1318）、清拙正澄（西元 1274～1339）、竺僊梵仙（西元 1292～1349）等相繼渡日。事實上，日本漢文學最引人注目者，當屬鎌倉時期以僧人為主體的五山禪林文學。前有虎關師鍊、夢窓疎石（西元 1275～1351）為先導；中有「五山文學雙璧」〔註15〕之稱的義堂周信（西元 1325～1388）

〔註11〕　（明）宋濂等修：《元史》（臺北：藝文印書館，1972 年），頁 2215。

〔註12〕　（元）脫脫：《宋史》（臺北：藝文印書館，1972 年）卷 491，頁 5865。

〔註13〕　（元）脫脫：《宋史》（臺北：藝文印書館，1972 年）卷 491，頁 5865。

〔註14〕　詳參（元）脫脫：《宋史》（臺北：藝文印書館，1972 年）卷 491，頁 5865。

〔註15〕　（日）江村北海：「絕海、義堂，世多并稱，以為敵手。」參（日）

與絕海中津（西元 1336～1405）；至室町初期則有希世靈彥（西元 1404
～1488）、彥龍周興（西元 1408～1491）、橫川景山（西元 1429～1493）
等爲代表。這些禪僧，未必是直接入宋、元接受中國文學，但卻因中
日學問僧之交流與書籍傳播之影響，而使五山禪僧學習中國文學與文
化之後，產生獨特之風貌。

由此可知，無論是遣隋使、遣唐使或是學問僧，從文獻史料中可
得知他們都扮演著促進中日文化交流重要的角色。

（二）雕版印刷和傳播效應

中日文化交流，除了透過使節與禪僧之外，亦有賴於雕版印刷的
傳衍及其帶動書籍傳播效應，不僅在文學方面之接受，於思想方面則
有朱子學之影響。

依日本的《印刷產業綜攬》一書記載，鎌倉幕府時期，播磨國在
印刷用紙方面，有「榾原紙」的產生，令印刷逐漸普及，此時印刷品
多與佛教宣傳有關，且出現了「春日版」、「高野版」、「泉涌寺版」等。
而室町時代，因幕府文治之事全賴僧侶，故「五山版」 的印刷成爲
重要的印刷品來源，「五山版」多以經文、語錄、漢籍等內容爲主，
幾乎成爲室町時代最具代表性的印刷作品；迨至室町末期，除了由朝
鮮輸入印刷術外，耶穌會教徒亦源於傳教之需求，將活版機械輸入日
本，即「切支丹版」，使日本印刷術更加進步。〔註16〕

在四條天皇仁治二年（南宋理宗淳祐元年，西元 1241），日本出
現第一部復刻宋版朱熹的《論語集註》，署名「陋巷子」。這是日本開
印中國宋學著作之始，也是宋學傳入日本最顯著標誌。〔註17〕

江村北海：《日本詩史》，收入（日）池田四郎次郎：《日本詩話叢書》
第一卷（東京：文會堂書局，1920 年），頁 77、487。（日）玉村竹
二：《五山禪僧傳記集成》（東京：講談社，1983 年），頁 378～380。

〔註16〕 （日）印刷往來社編：《印刷產業綜攬》（東京：印刷往來社，1937
年）國立國會圖書館藏，頁 7～15。

〔註17〕 （日）阿部吉雄：《日本朱子學と朝鮮》（東京：東京大學出版會，
1976 年）。

　　書籍及印刷技術接連傳入日本，當時韓國傳入的書籍有宋儒朱子
學，日本著名的儒學者藤原惺窩接觸到朱子學，亦是由韓國傳入。林
羅山記錄的〈惺窩先生行狀〉當中記載：

> 朝鮮刑部員外郎姜沆來在赤松氏家，沆見先生而喜日本國
> 有斯人，俱談有日矣，沆曰：「朝鮮國三百年以來有如此人，
> 吾未之聞也，吾不幸雖落于日本，而遇斯人不亦大幸乎」，
> 沆稱先生所居爲廣胖窩，先生自稱曰「惺窩」。取諸上蔡所
> 謂惺惺法也，本朝儒者博士自古惟讀漢唐註疏，點經傳加
> 倭訓。然而至于程朱書未知什一，故性理之學識者鮮矣，
> 由是先生勸赤松氏使姜沆等十數革淨書四書五經，先生自
> 據程朱之意爲之訓點，其功爲大，又取文章異體考之本集，
> 加寫釋箋，且增其所未載者數百篇。〔註18〕

依記錄，當時日本的儒者仍以「漢唐註疏，點經傳加倭訓」的方式學
習漢學，藤原惺窩本人曾兩度欲渡海中國，以探儒學未果，至慶長三
年（明神宗萬曆二十六年，西元 1598）末，藉豐臣秀吉發動的「文
祿之役」，有機會與被伏虜至日本的韓國儒者相會後，至慶長五年（明
神宗萬曆二十八年，西元 1600）四月，姜沆歸國，藤原惺窩在儒學
思想上有極大的進展，而日本儒學者亦由原本「至于程朱書未知什
一，故性理之學識者鮮矣」的狀況，發展到開始譯注四書五經，究其
原因，在於同樣使用漢字，且在同一文化圈當中，對於中國經典的共
同研究及注解。

　　依阿部吉雄的研究，江戶時期重要的思想家山崎闇齋在接觸朱子
學時，亦依賴韓國李退溪所節錄的《朱子書節要》〔註19〕，源自中國
的朱子學經典，經由文化圈內的傳播，而有更多元的發展。

〔註18〕　（日）林羅山：《羅山先生文集》卷 40，收入石田一良，金谷治：《藤
　　　　　原惺窩、林羅山》（東京：岩波書店，1975 年），頁 223～224。
〔註19〕　（日）阿部吉雄：《日本朱子學と朝鮮》（東京：東京大學出版會，
　　　　　1976 年），頁 238。

　　韓國早在李朝太宗三年（明惠帝永樂元年，西元 1403）設立鑄字所，製作銅活字，稱爲「癸未字」；世宗十六年（明宣宗宣德九年，西元 1434）製作「甲寅字」使印刷術更爲發達。〔註 20〕在日本，印刷在「足利室町時代」，爲寺院所持有之技術，需由發願消除罪障之信眾投入大量的資金，才得以整版印刷，待活字印刷術於「文祿之役」〔註 21〕（西元 1592～1598）後，由韓國輸入，印刷所需之經費才得以節省，並脫離依賴寺院經濟奧援之限制。日本學者阿部吉雄《日本朱子學と朝鮮》的研究指出：

> 文祿二年印行的後陽成天皇之敕版「古文孝經」實依秀吉獻上之「高麗銅一字印」而刊印的，此書至今未能確認是否仍有傳本，直到文祿至慶長初年，不論宮中或者民間，皆倣朝鮮木版活字印刷方法，發行活字印刷刊本，慶長二年（明神宗萬曆二十五年，西元 1957）的敕版「勸學文」之跋文內即有述：「命工每一梓鏤一字、綦布之一板印之。此法出朝鮮、甚無不便。因茲模寫此書」。〔註 22〕

故而當時藉由文化圈內的印刷技術傳播，使得日本本身的學問傳播方式及書籍的刊行上，由原本寺院的樊籬中被釋放。

　　另外，除了中國思想典籍的流通外，日本所刊刻的中國古籍亦十分發達，學界概稱爲「和刻本」。隨著域外漢籍研究逐漸受到重視，

〔註 20〕朱立熙：《韓國史：悲劇的循環與宿命》（臺北：三民書局，2013 年），頁 117。

〔註 21〕日本豐臣政權與大明和李氏朝鮮之間爆發的戰爭。

〔註 22〕（日）阿部吉雄：《日本朱子學と朝鮮》（東京：東京大学出版會，1976 年），頁 16。
原文：文祿二年に印行された後陽成天皇の敕版「古文孝經」は、秀吉が獻上した「高麗銅一字印」によって印行されたものである。この書は今日までその傳存が知られていないが、文祿より慶長の初年にかけて、宮中でも民間でも、朝鮮活字を模して木活字を造り、次次に活字印刷本を發行した。慶長二年の敕版「勸學文」跋文のうちに、命工每一梓鏤一字、綦布之一板印之。此法出朝鮮、甚無不便。因茲模寫此書。

研究者關注的不再只有中國出版的古籍文獻，亦旁涉日本和刻本的漢文學書籍，因和刻本的內容，保存著在中國已殘缺不全或失傳的中國文獻，對於中國古籍與中國文學史的研究有所裨益。

　　近代南京大學域外漢籍研究所金程宇編著《和刻本中國古逸書叢刊》，此叢刊爲目前國內外最大規模的同類叢書，收錄已失傳或罕見的中國古籍 110 種，分作經史子集四部，凡 70 冊。〔註23〕亦有專以宋僧詩文集爲整理研究，如學者許紅霞編著《日藏宋僧詩文集整理研究》，其訪查、搜集在中國已佚而於日本仍保存完好的宋代詩僧詩文別集及總集資料。〔註24〕

　　宋代雕版印刷興起後，對於圖書傳播有著助長之功，學者張高評即從圖書傳播學的角度，由「漢籍之輸入回傳與日宋文化交流」〔註25〕展開詳細論述。如鎌倉時期的日僧俊芿（西元 1167～1227）入宋十二年，即攜回典籍兩千餘卷，此較平安朝入唐之典籍更爲豐富。〔註26〕

　　是故，就雕版印刷和傳播效應的角度而言，李寅生提及在五山時期，宋詩詞已傳入日本，而日本圖書傳播實與兩宋殊途同歸。〔註27〕換言之，五山時期與宋朝皆以杜甫爲典範，又推崇蘇軾與黃庭堅等宋文人作品，而虎關被譽爲「五山文學之祖」，儼然已開啓五山文學棄白學杜、由唐近宋之風。

〔註23〕金程宇：《和刻本中國古逸書叢刊》（南京：鳳凰出版社，2012 年）。

〔註24〕許紅霞輯著：《珍本宋集五種：日藏宋僧詩文集整理研究，(上)(下)》（北京：北京大學出版社，2013 年）。

〔註25〕張高評：〈海上書籍之路與日本之圖書傳播──兼論五山、江戶時代之日本詩學〉，《國立臺南大學（人文與社會研究學報）》第 45 卷第 2 期，2011 年 10 月，頁 97～118。

〔註26〕關於入唐宋而歸日之僧人所攜回之著作，其詳細記錄，可參看（日）木宮泰彥撰，陳捷譯：《中日佛教交通史》（臺北：華宇出版社，1985 年），頁 179。

〔註27〕李寅生：《論宋元時期的中日文化交流及相互影響》（成都：巴蜀出版發行，2007 年），頁 138～141。

（三）政治、社會的變革

日本平安末期至鎌倉、室町時期，除了歷經兩次「蒙古襲來」之戰事，又於鎌倉、室町時期之間發生南北戰爭，以致整個社會動盪不安。當時疫癘、饑荒等人禍天災不斷，鴨長明（西元 1155～1216）於《方丈記》中描述無常世界中如何安身立命，其所流露出的悲戚無常感，或可作爲代表。〔註28〕

根據日本史書記載，鎌倉幕府在西元 1274 年和西元 1281 年兩次成功抗擊蒙古的入侵，賴山陽（西元 1780～1832）於《日本政記》記錄文永十一年（西元 1274）十月，該年三月龜山天皇已禪位於皇太子後宇多天皇，故亦爲後宇多天皇建治元年十月記錄如下：

> 冬十月，元人以兵三萬來攻對馬，守護代宗資國戰死之，遂攻壹岐，守護代平景隆戰死之。虜悉殺二嶋男子，虜女子，繩穿掌繫舩外，進侵沿海諸邑，燒箱碕祠，寇太宰府，府兵力戰防之，少貳景資射殺賊將劉復亨，虜軍夜逃。〔註29〕

此記錄史稱「文永之役」，源於鎌倉幕府殺忽必烈遣來之使者，造成忽必烈發兵攻擊日本，在對馬、壹岐兩島激戰後，以蒙古兵敗而收場，蒙古兵敗的原因，於德川光圀（西元 1628～1700）編的《大日本史》中有更詳細的說明，《大日本史·卷六十三後宇多本紀》中載：

> 冬十月五日丁未，蒙古來寇對馬，守護代右馬允惟宗助國死之，十四日丙辰，寇壹岐，守護代平景隆死之，十九日辛酉，寇筑前，掠沿海郡邑，二十日壬戌，太宰府兵拒之，不利，既而賊船二百餘漂歿。餘賊宵遁。〔註30〕

〔註28〕 詳參（日）蓮田善明：《鴨長明》（東京：八雲書林，1943 年）。

〔註29〕 （日）賴山陽：《日本政記·卷十一》（日）賴山陽：《日本政記》，唐物町（大阪）：河內屋吉兵衛刊本，文久元年（西元 1861），早稻田大學圖書館藏。，頁 22～23。

〔註30〕 （日）德川光圀：《大日本史·卷六十三後宇多本紀》（東京：吉川半七，1900 年）第八冊，頁 1。

依其所述，蒙古撤退，源於「賊船二百餘漂歿」，即因颶風忽至，元艦措手不及，以致艦毀兵折，無力再戰，惟忽必烈尚未放棄，至元十七年（西元1280）滅南宋後，隔年再度遣兵攻日，以高麗人爲前導，並結合漢人軍隊，由范文虎領軍，協同分道合擊日本，《日本政記·卷十一》後宇多天皇弘安四年（西元1281）提及：

> 夏五月，元大舉入寇，以高麗人爲前導，蔽海而至，我兵拒之壹岐對馬，不利，益徵兵諸道，會太宰府，廷議二上皇宜避鎌倉，召東兵守京師，而未果，龜山上皇尤深爲憂……六月，虜兵據五龍山，薄平壺，北條實政督兵，壓岸而陣，下視虜船，部將草野七郎夜襲燒虜舩，殺獲十餘，虜悉聚其舩，鐵鎖聯之，設弩，河野通有以輕舸進，矢中肩，遂登虜艦，殺數十人，獲一虜將返，我兵繼進力戰，各有獲，虜退保鷹嶋，范文虎懼先逃，秋閏七月，大風起，虜艦敗，虜爭上陸，我兵擊殲之。〔註31〕

另，《大日本史·卷六十三後宇多本紀》四年條下亦有云：

> 五月二十一日丙辰，元兵大舉來寇，敕諸寺誦經禱寇平，六月四日戊辰，誦經於石清水宮，五日己巳，元兵侵太宰府，十三日丁丑，破元兵，殺獲千餘人……四日丁丑，太宰府驛奏，本月朔，大風，元軍艦悉歿於肥前鷹島。〔註32〕

第二次的蒙古入侵，日本舉國震動，並遷天皇至鎌倉以避兵鋒，在北條實政的督陣下，隨之大風又現，使元艦再度悉數沉沒，對於蒙古來襲，賴山陽有一番見解，其曰：

> 稍有聞識者，乃咎時宗武人無謀慮，殺元使者，所以來此寇，賴襄曰，殺使者來，不殺亦來，殺之速其來耳。何則？

〔註31〕（日）賴山陽：《日本政記·卷十一》（日）賴山陽：《日本政記》，唐物町（大阪）：河內屋吉兵衛刊本，文久元年（西元1861），早稻田大學圖書館藏，頁23～24。
〔註32〕（日）德川光圀：《大日本史·卷六十三後宇多本紀》（東京：吉川半七，1900年）第八冊，頁5。

> 忽必烈志在吞滅我邦，以其所以滅趙宋者，來擬於我，先
> 遣使來書，因我不受乃用兵剪屠慘酷，以示其威，期我懼
> 而服也，又遣使，猶以和議爲言，使我聽之。則我爲趙宋
> 矣。〔註33〕

於此，賴山陽認爲元兵來侵，乃必然之事，故對求和以避戰之說不以
爲然，且認爲北條時宗若不殺來使，即無蒙古襲來之事，亦是無稽之
談。

　　然而，兩次的蒙古襲來，對日本自身產生甚大，爲因應戰事所需，
幕府下令動員「御家人」〔註34〕，以此確立武人政權的地位，又爲了
抵禦外來的入侵，因此，武人的地位提升，相對地，朝廷公卿的政治
實權則減弱。惟鎌倉幕府因爲貨幣經濟因素，無法恩賞抗元官兵，進
一步導致基層武士對幕府的不滿日益增高，再加上鎌倉幕府對朝廷多
有干涉，以致雙方形成對立，至後醍醐天皇之時，天皇即積極籌備倒
幕計畫，然因事先被幕府所知而敗，《日本政記・卷十二》元德二年
（西元1330）四月載：

> 殺大判事中原章房，帝謀滅北條氏，章房諫，帝恐語漏，
> 使人陰殺之。五月，北條氏捕僧圓觀、文觀，處流以其銜
> 密詔，咒詛北條氏。〔註35〕

北條氏先發制人，搜捕後醍醐天皇重用之僧侶，鎌倉幕府進一步以指
定皇太子之方式，危及後醍醐天皇的皇位。元弘元年（西元 1331）
後醍醐天皇再度計畫倒幕，卻又被幕府得知，後醍醐天皇只好攜帶三
神器逃出京都，以比叡山爲據點，舉兵討幕。幕府以絕對優勢的兵力
逮捕天皇，流放隱岐島，此爲「元弘之亂」。元弘三年（西元1333）
後醍醐天皇逃離隱岐島，逃至伯耆國舉兵討幕，在楠木正成勤王及足

〔註33〕（日）賴山陽：《日本政記・卷十一》唐物町（大阪）：河內屋吉兵
　　　　衛刊本，1861年，早稻田大學圖書館藏，頁24～25。
〔註34〕「御家人」指的是與幕府將軍保持主從關係的武士。
〔註35〕（日）賴山陽：《日本政記》，唐物町（大阪）：河內屋吉兵衛刊本，
　　　　1861年，早稻田大學圖書館藏，頁6。

利高氏的倒戈下，攻陷鎌倉，北條氏和鎌倉幕府滅亡。〔註36〕對於此段歷史，事涉朝廷與幕府的權力對抗，賴山陽認為，後醍醐天皇往往喪失先機，且為北條氏所洞察其動向，實為兩次失敗之主因，其曰：

> 天皇遷隱岐，備前人兒嶋高德欲奪駕起兵不成。夏四月，
> 車駕至隱岐，御國分寺。賴襄曰，後醍醐即位之初，屬精
> 政治，舉行恤民之典，而關東多秕政，人心不服，朝廷與
> 東藩，勝負之勢，不待交兵刃而決矣，夫鷙鳥欲搏，必歛
> 其翅，不歛其翅，而露其搏擊之機，適足以困敝己。正中
> 元德之際，不其然乎，同謀公卿武人，既見囚執使北條氏
> 覆究詰本源，豈不危殆？〔註37〕

總之，賴山陽的見解認為，天皇在舉事無法保密的狀況下，倒幕失敗已是必然。而後，後醍醐天皇在楠木正成及新田義貞的協助下返回京都，於建武元年（西元 1334）實施「建武新政」。

　　然而，在恩賞軍功之際，征夷大將軍護良親王在倒幕中功勳卓著，理因受賞，惟其在足利尊氏的讒言下，被天皇放逐鎌倉，亦埋下日後足利尊氏坐大之前因。至於建武新政激進的改革，朝令夕改的法令對貴族、大寺社、武士等集團權利的侵害，最終導致了新政的失敗，足利尊氏藉機崛起。

　　是以，建武二年（西元 1335）時，足利尊氏藉由在鎌倉自行封賞有功的將領，進而與建武新政對抗。後醍醐天皇命新田義貞、楠木正成前往征討，尊氏逃九州。翌年足利尊氏在九州得到光嚴上皇的院

〔註36〕（日）賴山陽《日本政記・卷十二》記錄，元弘三年（西元 1333）
　　　　二月：「賊大舉來攻，閏月，吉野陷，護良逃，正成固守不下，上野
　　　　人新田義貞，在賊軍，奉護良親王令，還上野，起兵應正成，播磨
　　　　人赤松則村起兵應正成，天皇還幸伯耆。」詳參（日）賴山陽：《日
　　　　本政記》，唐物町（大阪）：河內屋吉兵衛刊本，1861 年，早稻田大
　　　　學圖書館藏，頁 9。

〔註37〕（日）賴山陽：《日本政記・卷十二》元弘二年（西元 1332）三月，
　　　　唐物町（大阪）：河內屋吉兵衛刊本，1861 年，早稻田大學圖書館藏，
　　　　頁 7。

宣,再次進攻京都。湊川之戰楠木正成戰死,王師敗北。足利軍入京,後醍醐天皇逃往比叡山,足利尊氏建議和解,後醍醐天皇將三神器交出,尊氏讓持明院統的光明天皇即位,開設室町幕府於「京都」爲北朝,而後醍醐天皇逃到「吉野」,則爲南朝朝廷,從此正式進入了日本的「南北朝時代」,如圖 2-1-2 所示:

圖 2-1-2：日本南北朝時代簡圖

圖片來源：峯岸米造編:《日本史教科書參照圖》,東京:光風館,1909 年。

　　揆此而論,虎關生活之年代爲鎌倉末期跨越南北朝時代,時值政權由幕府將軍掌控,而皇室政權衰落之際,然而,武士階層雖於政治、

軍事上取得勝利，其於文化上卻不及擁有傳統文化之貴族公卿，此時
逢宋、元文化大量移植，武人於吸收學習之際，產生自身文化。

　　是以，本節欲探究幕府武士之政權，何以崇尚禪宗之學？而當時
禪僧又爲何受到重視？以下即從兩方面來展開論述。

1. 武士崇尚禪學之因

　　鎌倉時期，提倡禪學致力最盛者爲北條時賴，當時盛極一時的
宮廷貴族在政權上雖失去主導地位，但文化大部份仍被公卿貴族所
掌握，當時日本諸大寺，多集中於京畿，且貴族寺院中都屬皇族公
家出身者。北條時賴（西元 1227～1263）除仰慕京都文明而欲學習
吸收之外，又爲能脫離舊勢力之羈絆，因此，使赴日宋僧「蘭溪道
隆」〔註38〕（西元 1213～1278）營建一大伽藍於鎌倉，是爲「建長
寺」〔註39〕。江村北海《日本詩史》卷二載：

> 北條氏霸于關東也，其族崇尚禪學，創大刹於鎌倉，今建
> 長寺之屬也。〔註40〕

是以，北條氏政權成立後，爲使重心自京都轉移，故將鎌倉作爲政治
和宗教的中心。初時，北條時賴對於禪宗之信奉，僅作爲政策手段之
一，然禪僧寡慾儉樸之特質與武士精神相似，故時賴漸次誠心皈依禪
宗。木宮泰彥《中日佛教交通史》中載：

> 禪僧專以寡慾質素爲宗旨，除三衣一鉢外，不思居處，不
> 貪衣食，守百丈禪師之所謂「一日不作一日不食」之主義，
> 專心爲道。時賴以下之鎌倉武士，乃素以勤儉樸素爲宗旨

〔註38〕最初來朝（日本）的是蘭溪道隆（大覺禪師），道隆過去在中國與日
　　　　本入宋僧月翁智鏡（明觀上人）交善，故而聞知日本事，於是隨之
　　　　渡日。詳參（日）玉村竹二：《日本禪宗史論集》（京都：思文閣，
　　　　1988 年），頁 837。

〔註39〕「建長寺」（けんちようじ）：此爲鎌倉的禪宗寺院，建於北条時賴
　　　　建長五年（西元 1253）。蘭溪道隆爲開山之祖，後由無學祖元繼承。
　　　　元中三年（西元 1386）被確定爲「鎌倉五山第一」。

〔註40〕（日）江村北海：《日本詩史》卷2，收入（日）池田四郎次郎：《日
　　　　本詩話叢書》第一卷（東京：文會堂書局，1920 年），頁 199。

者，於是咸被感動。又叢林規矩之嚴正，禪家機鋒之銳利，
亦爲重禮節，尚意氣之鎌倉武士所最欽悦。〔註41〕

要之，禪僧於生活常規方面，要求嚴正，同時又專心致力於道，皆爲
武士所欽賞，再加上禪宗修行方式以坐禪爲主，離開經典以「教外別
傳，不立文字」〔註42〕的信仰，以心傳心，頓悟成佛的修習方式，簡
單直接，除了作爲武士精神之依歸，亦與其果斷明決之特質有相通之
處。

關於禪宗傳入日本，歷來皆以建仁寺之明庵榮西傳入臨濟宗，而
永平寺的道元則傳入曹洞宗。玉村竹二認爲輸入日本的「禪」，有辨
正之必要，其指出「禪」在唐代，仍未脫離翻譯印度佛典的氛圍，且
佛教於社會中的勢力甚大，有「貴族佛教」的特點，主要研讀《楞枷
經》、《金剛經》、《般若經》等佛典。然而，進入宋代以後，唐代繁榮
於都城的「貴族佛教」遭戰亂打擊，「禪」進入不立文字，用公案，
重問答的形態於焉形成，此爲具中國南方特色的「禪」，亦是後來傳
入日本於鎌倉時代盛行之「禪」。〔註43〕

2. 武士仰賴禪僧之因

平安時期，學問掌握在皇室貴族手中，至鎌倉時期，政權移轉，
學問亦不再是宮廷貴族的專利，官學逐漸式微。佐佐木馨於《中世佛
教と鎌倉幕府》即認爲，鎌倉幕府採用「禪密主義」來構築「武家的
體制佛教」卻藉此掌握國家祭祀及國家公權力。〔註44〕而玉村竹二亦
於《日本禪宗史論集》提及，禪宗和武士的關係，當中即包含極大的

〔註41〕（日）木宮泰彥撰，陳捷譯：《中日佛教交通史》（臺北：華宇出版
　　　　社，1985年），頁224。
〔註42〕禪家以爲若僅以經論文字或教說爲主，有失佛教本質，故認爲眞佛
　　　　法應以心相傳。
〔註43〕（日）玉村竹二：《日本禪宗史論集》（京都：思文閣，1988年），頁
　　　　833～834。
〔註44〕（日）佐佐木馨：《中世佛教と鎌倉幕府》（東京：吉川弘文館，1997
　　　　年），頁160～166。

政治意圖，其以爲與公家宗教對峙，武家應該支持特有之宗教以爲抗
衡，而禪宗恰好具備了相關條件與要素。〔註45〕是以，武人欲建立自
身文化，又不願屈身就教屬於貴族之學問，此時，經年累月沈浸於學
習和傳播中國文化之禪僧，便成爲武人仰賴之對象。從中世後期，上
層武士與公卿貴族開始讓子弟前往寺院接受教育。

　　值時當世，禪宗在幕府的支持下，得到迅速發展。故仿中國禪宗
五山十刹制度，并設五山爲「京都」和「鎌倉」，而五山之下再設十
刹，十刹又分領諸寺，諸寺之下再設置數千座禪寺，形成一完整的官
寺制度。日本學者岡村繁提及：

> 武士掌握政治實權的新時期，鎌倉室町時代。在鎌倉五山、
> 京都五山的禪僧之間，以來自中國的渡來僧或在中國學習
> 過的留學僧爲中心，虔心進行宋學的研究和漢詩文的創
> 作。而這些著述、作品在日本文化史上也都是最接近中國
> 本土文化的，達到了很高的水準。〔註46〕

根據上文，五山禪僧以留學僧及中國應聘赴日之僧爲主，對於漢詩文
創作及宋學研究之傳播，具有推波助瀾之功。另，上村觀光則從戰亂
頻仍的時代背景，肯定五山僧侶推動文教之意義，其於《五山文學小
史》中言及：

> 五山時期正值戰亂頻仍，文教極度頹喪，而五山僧侶仍能超
> 然於世俗之外，維持文哲之思緒，無疑是五山學僧之力所
> 致，其地位有如歐洲中世紀之文明由耶穌教徒所維持一般，
> 五山僧徒堪爲聯絡我國（日本）中世文明之橋樑也。〔註47〕

〔註45〕　（日）玉村竹二：《日本禪宗史論集》（京都：思文閣，1988 年），頁
　　　　840。
〔註46〕　（日）岡村繁著，俞慰慈、陳秋萍、韋海英等譯：《日本漢文學論考》，
　　　　收入《岡村繁全集》第柒卷（上海：上海古籍出版社，2009 年），頁
　　　　2。
〔註47〕　（日）上村觀光：《五山文學小史》，收入（日）上村觀光：《五山文
　　　　學全集》別卷（京都：思文閣出版社，1992 年），頁 4。

在此，上村觀光給予五山僧侶極高評價，以其在文教極度頹喪之際，尚能維持文哲之思，延續文明氣脈。或許因歷經南北分裂、戰亂頻仍，福禍無常之心念使人們欲求隱避事佛之態，五山禪僧認爲摹仿中國古典詩方得以表現隱逸詩情、幽渺愁情，讓心遊玩在語言世界之中才是禪味。江村北海於《日本詩史》亦載：

> 海內談詩者，惟五山是仰。是其所以顯赫乎一時，震盪乎四
>
> 方也。……余謂五山之詩，佳篇不尠（按：尠爲鮮）。〔註48〕

在此，可得知五山詩於時顯赫且震盪四方，有著深遠的影響力。然江村北海一方面給予讚許，另一方面又提出反思，因禪學流風，至足利氏更爲興盛，而呈顯之現象爲：

> 足利氏盛時，竭海內膏血，窮極土木之工，宏廓輪（按：
>
> 侖）奐之美，所不必論，其僧徒，大率玉牒之籍，朱門之
>
> 冑，錦衣玉食，入則重裀，出則高興，聲名崇重，儀衛森
>
> 嚴，名是沙門，而富貴過公侯。禁宴公會，優游花月，把
>
> 弄翰墨。〔註49〕

是以，五山禪僧得到宮廷、足利幕府的尊重與信任，故享受著公卿般之待遇，得以把文弄墨，賦詩爲文。有些人始參與政治，惟隨著五山的貴族化、官僚化，漢詩文開始衰微。室町中期以後，一些五山僧人不再作詩，開始修行儒學，爲近世朱子學奠定基礎，至此五山文學徹底衰微。〔註50〕然而，可以肯定的是五山僧人對於弘揚禪宗、接受漢

原文：蓋し當時戰亂相尋ぎて，文教の頹廢も亦極れり。此際，風塵の外に超然として，文權を旣廢の餘に維持したるは，疑ひもなく五山學僧の力にして，其跡宛も歐洲中世期の文明が，耶蘇教徒の手によりて維持せられると相似たり，五山の僧徒は，實に我が中世の文明を聯絡せる橋梁なりと謂つべし。

〔註48〕（日）江村北海：《日本詩史》卷2，收入（日）池田四郎次郎：《日本詩話叢書》第一卷（東京：文會堂書局，1920年），頁199～200。

〔註49〕（日）江村北海：《日本詩史》卷2，收入（日）池田四郎次郎：《日本詩話叢書》第一卷（東京：文會堂書局，1920年），頁199。

〔註50〕參看（日）市古貞次：《日本文學史概說》（長春：東北師範大學出

學等方面做出重要貢獻。

二、日本漢文學對中國文學的承與變

　　一般論及中國詩歌傳入日本，彼此之時間差究竟爲何？大多會提及江村北海（西元 1713～1788）之說，其言：

> 我邦與漢土，相距萬里，劃以大海。是以氣運每衰于彼，而
> 後盛于此者，亦勢所不免。其後于彼，大抵二百年。〔註51〕

江村北海的二百年之說，和田英信在〈在中國の詩話、日本の詩話〉一文中，便以中國第一本以「詩話」爲名之論著，即歐陽脩《六一詩話》和日本第一本以「詩話」，即虎關所著之〈濟北詩話〉，二書相距之時間，符應了兩百年之說。〔註52〕然而，當時日本社會與北宋儒士社會的風氣迥然不同，因而，當〈濟北詩話〉接受中國詩話後，迨至江戶後期的文化、文正年間才形成風氣，此時已與南宋相差六百年，最終〈濟北詩話〉於五山文學當中孤立存在。

　　江戶時期「詩話」的盛行，蓋與南宋社會環境相當，例如：欣賞漢詩文的人增多、出版事業普及化，中產階級的產生，以及職業文人的出現等因素。和田英信即考證，清代袁枚的《隨園詩話》於乾隆53 年（西元 1788）刊行，該書傳播至日本的記錄是寬正三年（清乾隆五十六年，西元 1791），到了文化元年（清嘉慶九年，西元 1804），和刻本《隨園詩話》已在日本刊行。而《五山堂詩話》明顯仿效《隨

版，1987 年），頁 122。

于榮勝、翁家慧、李強：《日本文學簡史》（北京：北京大學出版社，2011 年），頁 101～102。

〔註51〕　（日）江村北海：《日本詩史》卷 4，收入（日）池田四郎次郎：《日本詩話叢書》第一卷（東京：文會堂書局，1920 年），頁 272。然有日本學者揖斐高在〈江戶の漢詩人〉提及江村北海的說法，係站在「元祿時代距離明朝的嘉靖正好是二百年」。（詳參（日）揖斐高：〈江戶の漢詩人〉，收入諏訪春雄、日野龍夫編：《江戶文學と中國》（東京：每日新聞社，1977 年），頁 77。）

〔註52〕　（日）和田英信：〈中國の詩話、日本の詩話〉，《お茶の水女子大學中國文學會報》第二十五號，2006 年 4 月，頁 1～16。

園詩話》的格式和內容，而其刊行時間在文化四年（清嘉慶十二年，西元 1807）至天寶三年（清道光十二年，西元 1832）之間，歷時 26 年，共依序發行了十五卷。〔註 53〕

事實上，中日文學傳播的時間差距，與交通、商業貿易、圖書之抄印等有密切關係。隨著信息流通的便利，加之印刷刊物易於傳播，因此，日本漢文學與中國文學交流，不再遙不可及。

最早受到關注的日本漢詩學為《文鏡祕府論》。若從日本文學史的角度而言，《文鏡祕府論》係日本漢詩學的第一部專著，因其接受六朝初唐之詩格、詩法、詩式、詩例等詩歌創作之理論，對漢詩的基本形式有所掌握，故為奠定日本漢詩詩學的基礎。

當時學習漢文章，「正是為了更好地學習了解漢文化，無論是朝政公文或貴族的日常交往，當離不了漢文章；而文學目的為文章寫作提供一寫作準式。」〔註 54〕另外，《文鏡祕府論》收錄中國失傳的六朝至唐許多重要文獻，對於有意研究者，亦提供豐富的文獻史資料。

然而，從平安時期到五山時期，文學的承變關係受到中國文學傳播至日本的影響，故從平安時期仿效白居易詩，迨至五山時期則有了宗盛唐與宋風的轉變。本節欲探討日本接受中國文學後，承襲與轉變之關係，主要以「平安時期」、「五山時期」來進行。

（一）平安時期

平安初期，日本受中國影響最顯著的是魏晉六朝文學，包括此期文人的生活方式、詩體詩作、文體文風等。究其原因，《文選》的傳入為其重要因素。日本在西元 701 年，由藤原不比等制訂了《大寶律令》，其中規定《文選》為「進士」科的考試用書。

平安中期以後，則以白居易詩最受歡迎。根據《日本國見在書目》

〔註 53〕（日）和田英信：〈中國の詩話、日本の詩話〉，《お茶の水女子大學中國文學會報》第二十五號，2006 年 4 月，頁 1～16。

〔註 54〕（日）遍照金剛撰，盧盛江校考：《文鏡祕府論彙校彙考》（北京：中華書局，2006 年），頁 13、14。

〔註55〕記載，平安時期傳到日本的白居易詩集有《白氏文集》70卷，《白氏長慶集》29卷，在大江維時編輯的《千載佳句》中共收漢詩1812首，白詩即佔507首，約佔全詩的27.98%。在稍後的詩集《和漢朗詠集》收589首，白居易佔137首，約佔全詩的23.26%。

延曆二十年（唐德宗貞元十七年，西元 801），白居易文集傳入日本後，時人爭相仿效，以爲典範。《宋史・日本傳》記載，奝然一行，十二月抵汴京，進謁宋太宗，謂日本「國中有《五經》書及佛經，《白居易集》七十卷，並得自中國。」〔註56〕江戶時期（西元 1603～1868）向陽林子《本朝一人一首》〈附錄〉中則載：

> 《文選》行于本朝久矣。嵯峨帝（西元 809～823）御宇，《白氏文集》全部始傳來。本朝詩人無不倣《文選》、《白氏》者。〔註57〕

向陽林子即林鵞峰自稱。由文中可知，嵯峨帝御宇在位時，日本上自宮廷乃至各階層多推崇白詩，甚而仿效之。

白居易將自己的詩分爲「諷喻」、「閑適」、「感傷」、「雜律」四類，《新唐書》載：

> 美刺者，謂之「諷諭」；詠性情者，謂之「閑適」；觸事而發，謂之「感傷」；其它爲「雜律」。〔註58〕

當時白詩最受日本人推崇與接受的是「閑適」和「感傷」詩。當時在貴族公卿之間，能信手拈來吟誦白詩，即具有高雅文學素養之象徵。

白詩體現出對人事、自然的細膩感受，隨著季節變遷而感與外物。例如「莫憑水窗南北望，月明月暗總愁人」（〈舟夜贈內〉）、「天

〔註55〕（日）藤原佐世撰：《日本國見在書目錄》（臺北：新文豐，1984年），頁88。

〔註56〕（元）脫脫：《宋史》（臺北：藝文印書館，1972年）卷491〈日本傳〉，頁5862。

〔註57〕（日）林鵞峰編，小島憲之校注：《本朝一人一首》（東京：岩波書店，1994年）〈附錄〉，頁327。

〔註58〕（宋）歐陽修；（宋）宋祁等撰：《新唐書》（臺北：臺灣中華，1971年）卷119〈白居易〉，頁7。

上歡華春有限，世間漂泊海無邊」（〈寄李相公、崔侍郎、錢舍人〉）
等詩句，符合日本「物哀」之審美共鳴與心靈感受。本居宣長以為「物
哀」即是：

> 知人性、重人情、可人心、解人意，富有風流雅趣，就是
> 要有貴族般的超然與優雅，女性般的柔軟細膩之心，就是
> 從自然人性出發的，不受道德觀念束縛的，對萬事萬物的
> 包容、理解與同情，尤其是對思戀、哀怨、憂愁、悲傷等
> 刻骨銘心的心理情緒有充分的共感力。〔註59〕

因此，白詩之所表現出來的細膩情感，觸發平安時期文人的心理共
鳴，因此，對其閑適、感傷詩的接受性高。

另一方面，又因白詩平淺易曉，詩之題材貼近庶民，宛美暢達，
域外讀者易於理解與接受。〔註60〕然而，在中國文學中，白居易「文
章合為時而著，歌詩合為事而作」反映民生疾苦的現實詩作最受推
崇，但是在日本平安時期卻有不同，根據隽雪豔考察當時白居易形象
為：

> 優雅、瀟灑、有貴族風度和聰明處世哲學的人物……與我
> 們現代中國人所了解的「為歌生民病，願得天子知」的「人
> 民大眾的詩人」、「現實主義詩人」白居易更是大相徑庭。
>
> 〔註61〕

是以，平安時期文人喜好的白詩，大抵亦與當時以貴族公卿為創作主
體相關，感於外物傷春悲秋的情懷，在當時富裕的環境之中，作為吟
詠性情之作。

另外，若從白詩流傳時間來看，白居易（西元 772～846）在

〔註59〕 （日）本居宣長著，王向遠譯：《日本物哀》（長春：吉林出版集團，
2014 年），頁 1。

〔註60〕 （日）青木正兒：〈國文學與支那文學〉，收入《青木正兒全集》第 2
卷（東京：春秋社，1969 年），頁 347～392。

〔註61〕 隽雪豔、（日）高松壽夫主編：《白居易與日本古代文學》（北京：北
京大學，2012 年），頁 7。

世，《文集》已在日本廣爲流傳，其亦在《白氏文集・後記》中載：
「集有五本……其日本，新羅諸國及兩京人家傳寫者，不在此記。」
〔註62〕說明白居易在世，已知其作品傳入日本的事實。

（二）五山時期

迨至五山時期的漢詩無論質量，都遠超過了平安時期，其詩風也
由幾乎單宗白居易，轉而貼近盛唐和宋詩文。由於禪僧往往詩與偈并
作，詩境與禪境相融，因此，五山漢詩受喜好說理的宋詩之影響尤深。
另一方面，宋儒學的傳入與禪學之間的融合，於思想方面，給予五山
禪僧豐富的滋養

1. 宋詩話的傳入

日本室町時代中期，京都相國寺禪僧瑞溪周鳳（西元 1392～
1473）《臥雲日件錄拔尤》之日記中，記錄文安三年（明正統十一年，
西元 1446）至文明五年（明成化九年，西元 1473）閱讀漢籍書目，
除內典外，五山禪僧所閱讀之外典書籍，有杜詩、韓文、東坡詩集、
山谷集、簡齋詩集、劍南續稿、放翁集、誠齋集、誠齋詩話、江湖集
抄、《詩人玉屑》、《文選》等。〔註63〕

這些外典書籍，在印刷與傳播影響下，有了更豐碩的成果。然而，
當日本在接受中國文學典籍的同時，亦受到中國詩文觀點與派別之影
響。如日本平安時期傳入的中國書籍，有《文選》、《白氏長慶集》等
著作，時人以學「白居易」詩爲主流；而五山時期則有南宋胡仔《苕
溪漁隱叢書》、南宋魏慶之《詩人玉屑》等詩話，而這些詩話中，對
李白、杜甫、蘇軾、黃庭堅等諸多唐宋詩人有所仰慕和模仿，故影響
五山時期不再以宗白詩爲上，反而傾向學習杜、蘇、黃之詩作。蔭木

〔註62〕（唐）白居易撰：那波道円校：《白氏文集》，元和四年（1618 年）跋，
　　　　尾張深田印記，早稻田大學圖書館藏，卷 71〈白氏集後記〉，頁 19。
〔註63〕陳小法：〈《臥雲日件錄拔尤》與中日書籍交流〉，收入張伯偉主編：
　　　　《域外漢籍研究集刊》第 3 輯（北京：中華書局，2007 年），頁 271
　　　　～309。

英雄即認爲：

> 在中國宋朝爲詩論盛行的時代，以歐陽脩的《六一詩話》
> 爲始，陳師道的《後山詩話》，楊萬里的《誠齋詩話》，嚴
> 羽的《滄浪詩話》皆爲宋詩話的拔萃之作，以及魏慶之的
> 《詩人玉屑》等作品，皆爲被禪僧視爲質量皆佳的傳入作
> 品。〔註64〕

而虎關〈濟北詩話〉中引用唐宋人的書籍（參表 1-1-4），例如：《滄
浪詩話》、《茗溪漁隱叢書》、《詩人玉屑》等著作，對於盛唐、宋代詩
人、詩作的推崇，亦影響虎關的詩學觀點，其被視爲五山文學重要關
鍵代表之因，誠如北村澤吉提及，虎關立基於「五山文運之初，時值
風氣未開之緣故。」〔註65〕而虎關在宋詩話的傳入後，學習、吸收、
交融與思辨，爲此開啓五山文學不同之取向。

　　表 2-1-1 中，歸納平安時期與五山時期中，日本漢詩所借鑒中國
詩人、詩作之對象。

表 2-1-1：日本漢詩文對中國詩文借鑒對象一覽表

時期	借鑒對象	對應中國朝代
平安時期 （西元 794～1192）	六朝、初中唐詩 以白居易爲主流	唐德宗至南宋光宗
五山時期 （西元 1192～1603）	唐、宋、明詩 以杜甫、蘇軾、黃庭堅爲主流	南宋光宗至明神宗

梁姿茵製表

〔註64〕（日）蔭木英雄：《五山詩史の研究》（東京：笠間書院，1977 年），
頁 149。
原文：中國に於ては，宋は詩論の盛んな時代であつた。歐陽修の
「六一詩話」をはじめ，陳師道の「後山詩話」楊萬里の「誠齋詩
話」嚴羽の「滄浪詩話」それに宋の詩話を拔萃した魏慶之の「詩
人玉屑」などがあるが，それらを質量共に多く輸入したのは禪僧
であつたと思われる。

〔註65〕（日）北村澤吉：《五山文學史稿》（東京：富山房，1942 年），頁
154～155。

綜上而論，日本漢詩自平安時期推崇白居易等唐人詩作的「唐風」，轉而爲承繼宋代文字禪的「宋風」，其詩學轉向之故，概與宋文獻大量傳入與創作者身分由縉紳轉而爲僧侶相關。

2. 宋儒學的傳入

鄭樑生提及：「區分日本中世文化與古代文化的最大標志，就是古代文化主要受到六朝文化與唐文化之影響而發達，且對它具有親近性；中世文化則深受宋、元、明文化之影響。從事宋、元、明文化者，雖不局限於禪僧社會，然無論在質或量上，曾費最大力氣且最熱心從事移植宋儒新說者，卻是禪僧。」〔註66〕而芳賀幸四郎於《中世禪林の學問および文学に関する研究》亦提及：

> 眾多中國僧侶歸化日本，將宋學與禪宗一同輸入我國（日
>
> 本），構成「上國之風」的學界流行，此爲必然之態。〔註67〕

誠然，依芳賀幸四郎的研究，在中國僧侶歸化後，宋儒學遂成爲日本僧侶接受中國儒學的重要媒介與因素，亦認爲「上國之風」即「中國之風」乃爲日本學界流行之必然之態。另外，其又認爲宋儒學之先驅者，如周敦頤、二程子之學說與佛學、禪學有所互通，故而傳至日本時，廣爲禪僧所接受。芳賀幸四郎言及：

> 承上述之因，宋學與禪之教理靈犀相通，而實修之方式上，
>
> 「居敬窮理」和禪之「打坐見性」亦一脈相通，就禪僧的
>
> 理解上來看，更感親近，而對於儒者方面的排佛情況，自
>
> 明教契嵩開始，北磵、癡絕、無準、石田等之禪僧，倡言

〔註66〕 「宋儒新説」，指的是朱子學。詳參鄭樑生：《朱子學之東傳日本與其發展》（臺北：文史哲，1999 年），頁 8。

〔註67〕 （日）芳賀幸四郎：《中世禪林の學問および文学に関する研究》（東京：日本學術振興會，1956 年），頁 52。
原文：多くの支那僧の來朝歸化したのも、また同じ世界からであつた。從つて宋學が彼等禪僧にになわれて禪宗とともにわが國に輸入され、「上國の風」としてわが學界の新流行をかたちづくることは、まことに自然でかつ必然の動きであつた。

「儒佛不二」、「三教一致」之論，包容儒學的立場，成為
支配宋代禪林之風潮。〔註68〕

於此，芳賀幸四郎將宋儒學「居敬窮理」和禪之「打坐見性」二者之
教理靈犀相通，又言實修之方式一脈相通，指陳的概念為「居敬窮理」
和禪之「打坐見性」二者目的雖然不同，然而，達到目的之方法和精
神則一脈相通。易言之，「居敬窮理」目的為達到聖人境界，而「慎
獨」為其方法之一；「打坐見性」目的為能成佛，若透過「打坐」終
能明心見性，頓悟成佛，因此，「慎獨」、「打坐」之方法都是為自我
覺察、自我觀照的內省之歷程。再者，芳賀幸四郎又提及自明教契嵩
開始，北磵、癡絕、無準、石田等之禪僧，皆倡言「儒佛不二」、「三
教一致」。要之，足利衍述即將虎關視為日本之契嵩，他說：

就日本的宋學研究家而論，虎關為中巖與義堂之先驅，又
其駁程朱，贊周濂溪，不全然依循舊說。〔註69〕

虎關紹述宋代碩儒契嵩禪師之說，倡三教一致，〈通衡之五〉有言：
「夫道者理也，迹者事也。儒之斥老莊者，迹也，其道不多，乖矣。
有仲尼之質而言玄虛者，老莊也。有老莊之質而言名教者，仲尼也。」

〔註68〕（日）芳賀幸四郎：《中世禪林の學問および文學に関する研究》（東
京：日本學術振興會，1956 年），頁 51。
原文：宋學は上にみた如き成立の事情とその性格の故に、禪の教
理と靈犀相通じ、その實修としての居敬窮理は禪の打坐見性と一
脈通ずるものがあり、それだけに禪僧には理解しやすく、かつ親
近性を感ぜしめるものがあつた。しかし儒者側がヒステリックに
排佛論をとなえたのに對して，明教契嵩をはじめ北磵、癡絕、無
準、石田らの禪僧らはひとしく、儒佛不二を說ぎ三教一致の論を
唱えて儒學を包容する立場をとり、これが宋代禪林の支配的風潮
をなしていた。
〔註69〕（日）足利衍述：《鎌倉室町時代之儒教》（東京：日本古典全集刊
行會，1932 年），頁 223。
原文：然れども宋學研究家どして中巖・義堂の先驅を爲し、以て
後世の盛運を開きたるの功は實に沒す可からず。況や、程朱に於
ては反駁を試むるも，周茂叔に於ては稱慕の語あり，强ち信ぜざ
る者どなすべからざる者あるをや。

〔註70〕可見儒道二教同源而異迹，亦即三教一致之觀點，虎關又於〈通衡之三〉曰：「夫儒之五常，與我教之五戒，名異而義齊。……雖然儒釋同異，只是六識之邊際也，至七八識儒無分焉。」〔註71〕此爲儒佛二教，同理而異迹之說，因此儒佛二教亦一致，故而諸家互爲排擊，實乃坐限於見末之迹而忘本之理。因此在足利眼中，其認爲虎關承契嵩之論矣。

　　虎關雖然最早論及宋學，其學問亦可謂歸結儒佛一致論，然虎關對於宋學排佛之觀點，乃持駁斥之態度。如：日僧圓爾辯圓（西元 1202～1280）爲傳播禪宗而講解主張儒道佛三教一致的《大明錄》，但是虎關在《濟北集》中，對於南宋圭堂居士的《大明錄》涉及程朱理學的部份幾乎達到逐條批駁之地步，其言：「（圭堂）書之曰『大明』，其布置傷之煩碎焉，其評論多有乖戾」〔註72〕，虎關「又舉程明道語，佛氏之教，滯固者入于枯槁；疏通者歸于恣肆。曰此大賢之語也。夫程氏主道學排吾教，其言不足攻矣。（圭）堂以皈我，當辨是等之虛誣。」〔註73〕又言：「以佛教見儒道者，人天乘耳；猶不與二乘競，況佛乘哉。堂之論，不學之過也。」〔註74〕復云：「夫儒之五常，與我教之五戒，名異而義齊，不得不合，雖附會何紊儒哉。」〔註75〕要之，從虎關論述中可知，若自禪儒一致觀點而言，虎關駁斥朱子學的部份，主要針對其排佛之內容。

　　當時於日本傳播朱子學者，不僅爲日本禪僧，亦有許多赴日的中國禪僧，如：蘭溪道隆（西元 1212～1278）、無學祖元（西元 1226～1286）、一山一寧等，其於日本弘揚禪宗，傳播朱子學，並且成爲日本之歸化僧。

〔註70〕（日）虎關師鍊：《濟北集》卷20〈通衡之五〉。
〔註71〕（日）虎關師鍊：《濟北集》卷18〈通衡之三〉。
〔註72〕（日）虎關師鍊：《濟北集》卷17〈通衡之二〉。
〔註73〕（日）虎關師鍊：《濟北集》卷17〈通衡之二〉。
〔註74〕（日）虎關師鍊：《濟北集》卷18〈通衡之三〉。
〔註75〕（日）虎關師鍊：《濟北集》卷18〈通衡之三〉。

　　然而，中日兩國的禪僧們在日本兼習宋學與傳播宋學，其最初目的並不在於推廣儒學，而是將宋學視爲「助道之一」，藉以弘佈禪宗。當時禪僧大抵先講「儒佛不二」，兀庵普寧（西元 1179～1276）說：「天下無二道，聖人無二心，若識得聖人之心，即是自己本源自性。」〔註76〕其承認宋學與禪宗思想之共同性，然認爲談禪者比儒者高明，以使信者皈依禪者。

　　若從臨濟宗角度出發的禪儒一致，「這種思想廣布，禪僧們修養體系中的儒學之比重便自然增加，研讀儒書正當化的理論根據也從而產生。」〔註77〕故當朱子學的理論形成並日漸於儒學之領域取得主導地位後，禪僧自然就會對朱子學進行關注，從圓爾辯圓開始，其所攜帶之書，即有許多朱子學的新注書。〔註78〕

　　至於禪僧們在武士階層所弘播的宋學，其影響不僅波及以幕府統治者「將軍」和「執政」爲首的武士階層，也波及朝廷中的天皇、公卿和以儒學爲家業的博士家族。後醍醐天皇（西元 1288～1339）曾延請僧人玄惠在宮中講解宋註《論語》，以致形成了「近日風體，以理學爲先」〔註79〕的局面。爾後，後醍醐天皇在「建武中興」的政治鬥爭中，便是以朱子學的「大義名分」論爲思想武器進行輿論號召的。

　　要之，虎關生活之年代，正值中國南宋末帝昺祥興元年（西元 1278）至元朝順帝至正六年（西元 1346）。此期間之中國，於思想方面主程朱理學；於文學方面主江西詩派、江湖詩派，崇尙蘇軾、黃庭堅、陸游、楊萬里等詩人。因此，五山時期，宋詩話與宋儒學之傳入，大抵影響虎關對於文學、思想之接受。

〔註76〕朱謙之：《日本的朱子學》（北京：人民出版社，2000 年），頁 42。

〔註77〕鄭樑生：《日本五山禪僧的儒釋二教一致論》，《淡江史學》，第 5 期，頁 88。

〔註78〕（日）大江文城：《本邦儒學史論考》，全國書房，1944 年，頁 10～11。

〔註79〕（日）足利衍述：《鎌倉室町時代之儒教》（東京：日本古典全集刊行會，1932 年），頁 141。

第二節　內緣因素

　　虎關詩學形成背景，從外緣因素以瞭解中日交流傳播之情況，使得日本漢文學之承變亦受中國詩文之影響，以及日本政治、社會之變革，使創作主體由貴族公卿轉而爲禪僧，此皆爲外緣因素。然若內緣因素，則包括虎關受家學薰陶之故；其次，受到元僧一山一寧之啓發而開始著作，亦因一山之影響而對宋儒學展開研讀；最後於文學部份則受到宋代詩學觀之影響，以下即循此脈絡探究之。

一、虎關家學影響

　　虎關俗姓藤原氏，「家世簪纓」〔註80〕。在當時藤原氏爲日本貴族之姓氏，且漢籍之閱讀及知識之取得，大多被貴族公卿所掌握，因此，虎關自幼能遍覽經史子集之著作，與其爲貴族之背景相關；另一方面，虎關生來相貌不凡，天性敏悟，故能學通內外。根據其門生令淬於《海藏和尚紀年錄》中記載：

> （虎關）頂骨插額，駢齒疎眉，童而習，敏悟絕倫，時號文殊童子。天賦嗜書，日數千言，性多病，而未嘗手釋卷，母氏思其勞，深藏書，師必搜索而得。……故冠歲而幾究經史諸子百家之書，而學通內外。〔註81〕

　　夢嚴祖應亦爲虎關之門生，其於〈虎關和尚行狀〉中則載：

> 神宇爽秀，異乎常兒。群稚會食，推梨讓栗。師於廉恥，蓋天性也，稍長經書一覽，輒誦如溫故業，鄉黨先成撫之曰神童。〔註82〕

虎關「頂骨插額，駢齒疎眉」且「神宇爽秀，異乎常兒」。若依此而

〔註80〕（日）夢嚴祖應：《旱霖集》卷3，收入（日）上村觀光：《五山文學全集》第一卷（京都：思文閣出版社，1992年），頁865～734。

〔註81〕（日）令淬編：《海藏和尚紀年錄》，收入（日）塙保己一、太田藤四郎：《續群書類從‧第九輯下》（東京：續群書類從完成會，1957年），頁458。

〔註82〕（日）夢嚴祖應：《旱霖集》卷3，收入（日）上村觀光：《五山文學全集》第一卷（京都：思文閣出版社，1992年），頁865～734。

論，虎關之相貌不凡儼然已為其具有博學多識、內典外典皆通習之高僧作一必然之勢。再加之虎關天性「敏悟絕倫」、明「廉恥」，五歲時，即「從父受書」〔註83〕，又「嗜書」且「日數千言」、「經書一覽，輒誦如溫故業」，故有「神童」、「文殊童子」之譽。緣此，虎關二十歲便能「幾究經史諸子百家之書，而學通內外」。五山禪僧之中巖圓月（西元 1300～1375）嘗於〈與虎關和尚〉中有言：

> 凡吾西方經籍五千餘軸，莫不究達其奧，置之勿論。其餘上從虞、夏、商、周，下逮漢、魏、唐、宋，乃究其典謨、訓詁、矢命之書；通其風、賦、比、興、雅、頌之詩；以一字褒貶，考百王之通典。……以至子思、孟軻、荀卿（按：卿）、楊（按：揚）雄、王通之編；旁入老、列、莊、騷、班固、范曄、太史紀傳；三國及南北八代之史；隋、唐以降，五代、趙宋之紀傳；乃復曹、謝、李、杜、韓、柳、歐陽、三蘇、司馬光、黃、陳、晁、張、江西之宗，伊洛之學，……可謂座下於斯文不羞古矣！〔註84〕

從中巖圓月致虎關之尺牘中，可知其對虎關讚譽甚高，肯定其於經、史、子、集方面無所不通，就二人友好之交誼而言，未知是否有溢美之辭？然而，若承前所述，虎關因天生悟性高，又因家學影響，再加之其於《元亨釋書》、《聚分韻略》、〈濟北詩話〉等學問成就觀之，蓋知虎關學問淵博乃無疑異。

另一方面，虎關對於儒家經典之涉獵，亦自幼而習之。始知十歲讀《論語》，「隨讀隨誦，旬日而舉。」〔註85〕其嘗從容地告訴弟子：

〔註83〕 （日）令淬編：《海藏和尚紀年錄》，收入（日）塙保己一、太田藤四郎：《續群書類從・第九輯下》（東京：續群書類從完成會，1957年），頁 459。

〔註84〕 （日）中巖圓月：《東海一漚集》卷 3〈與虎關和尚〉，收入（日）上村觀光：《五山文學全集》第二卷（京都：思文閣出版社，1992 年），頁 967。

〔註85〕 （日）令淬編：《海藏和尚紀年錄》，收入（日）塙保己一、太田藤

「吾自幼旁涉儒典，宗貫顯密，皆有以也。」〔註86〕虎關除了研讀經典書籍外，亦實踐於行住坐臥之間，其門生令淬有言：

> 師（虎關）性健而順，溫而嚴。動作有度，話言無妄，居不斜倚，行不後顧，對人寡言，臨事正色。……窗紙破而弗糊，草萊蔓而弗芟。……身率古道，而不與世俛仰，處己至約，飲食資用，必務素儉。〔註87〕

虎關爲人處世自律甚深，從窗紙破而不糊，草萊雖蔓而不芟，居處簡約，卻仍堅守古道，反映出儒家安貧樂道之思維：「一簞食，一瓢飲，在陋巷，人不堪其憂，回也不改其樂。」〔註88〕

　　總之，虎關因家世簪纓而能輕易取得內、外典之書籍，對於漢籍之閱讀與儒學之接觸，促使虎關成爲博通經史、學識豐贍之禪僧重要原因之一。

二、虎關師承一山一寧之影響

　　虎關「曾向無隱、一山、約翁等高僧請益學習。」〔註89〕然影響其最深遠者爲一山一寧。一山是由元赴日的高僧，曾任建長寺、圓覺寺、淨智寺之住持〔註90〕，對於日本文化各方面，有絕大影響。

　　根據《元史・成宗本紀》載元成宗鐵穆耳命一山出使日本：

（元成宗大德）三年三月「癸巳」……命妙慈弘濟大師，

　　　　四郎：《續群書類從・第九輯下》（東京：續群書類從完成會，1957
　　　　年），頁458。

〔註86〕（日）令淬編：《海藏和尚紀年錄》，收入（日）塙保己一、太田藤
　　　　四郎：《續群書類從・第九輯下》（東京：續群書類從完成會，1957
　　　　年），頁459。

〔註87〕（日）令淬編：《海藏和尚紀年錄》，收入（日）塙保己一、太田藤
　　　　四郎：《續群書類從・第九輯下》（東京：續群書類從完成會，1957
　　　　年），頁494。

〔註88〕（魏）何晏集解；（梁）皇侃義疏：《論語集解義疏》（臺北：廣文書
　　　　局，1968年）〈雍也〉，頁27～28。

〔註89〕（日）上村觀光：《五山詩僧傳・虎關師鍊》，頁54。

〔註90〕（日）上村觀光：《五山詩僧傳・一寧一山》，頁335。

江浙釋教總統補陀僧一山，齎詔使日本。……一山，道行
素高，可令往諭，附商舶以行，庶可必達。〔註91〕

又《元史·日本傳》載：

（元成宗大德）三年，遣僧寧一山者，加妙慈弘濟大師，
附商舶往使日本。〔註92〕

而上村觀光《五山詩僧傳·一寧一山》〔註93〕亦載：

後伏見天皇正安元年，一寧一山搭乘日本商船計 13 天，由
筑前大宰府登岸到達日本，初爲人所疑，時有人謂北条員
時曰：寧公爲元國名僧，其在元即爲元國之福，在我國（日
本）即爲我國之福矣！正和二年，天皇命爲南禪寺住持，
四方名僧前來鑽仰佛學，其聲名愈高。〔註94〕

於此可知，成祖命一山「齎詔使日本」，其在元朝與日本皆享有盛名。
日本天皇在一山圓寂後，「贈國師之號，並製其畫像，題贊語曰：『宋
地萬人傑，本朝一國師』。」〔註95〕給予極高評價。

〔註91〕（明）宋濂等修：《元史》（臺北：藝文印書館，1988 年）卷 20〈成
宗本紀〉，頁 242～243。

〔註92〕若依《元史·成宗本紀》和《元史·日本傳》中記載一山來朝，乃
爲元成宗大德三年（西元 1299），此說與令淬於《海藏和尚紀年錄》
中所記載之時間相同。然而，《元史·成宗本紀》指出該年爲「癸巳」
年，然若查看年表，則可見「癸巳」年應爲元世祖至元三十年。因
此，若是成宗大德三年（西元 1299）而言，該年干支應爲「己亥」
年。詳參（明）宋濂等修：《元史》（臺北：臺灣中華，1971 年）卷
208〈日本傳〉，頁 2220。

〔註93〕本論文依一山門生虎關所載，稱爲「一山一寧」。然而，有關於「一
山一寧」或「一寧一山」之考辨，詳見本論文第一章註6。

〔註94〕（日）上村觀光：《五山詩僧傳·一寧一山》，頁 47。

〔註95〕（日）上村觀光：《五山詩僧傳·一寧一山》，頁 47～49。值得留意
的是，一山是元朝人，其在日本圓寂時，南宋早已滅亡多時，然何
以日本天皇仍於其贊言中，提到「宋地萬人傑」？蓋因日本不承認
元朝政權，仍視宋朝爲友邦。日人對元朝政權的敵視，應與元世祖
發兵遠征日本，引發文永之役（西元 1274）與弘安之役（西元 1279）
二役有關，此二役導致日人對於「蒙古襲來」的不滿及敵視元朝的
史觀，故其贊言中，以「宋人」稱之。

　　然而，虎關受一山之影響與啓發，主要反映在兩個部份：

　　其一，激發虎關致力於研究日本境內之學問。虎關門生令淬於《海藏和尙紀年錄》中載：

> 山因問師于國朝高僧之遺事，師或泥焉。山期期靳之曰：「公之辨博涉外方事，皆章章可悅，而至此本邦，頗似澀于應對，何哉？」師有慚色，緣此深慨念，異日必當博考國史并雜記等。〔註96〕

　　而上村觀光則在《五山詩僧傳・虎關師鍊》中補述虎關於壯年時，嘗於鎌倉五山之建長寺，偶逢一山和尙，對話曰：

> 一山就元朝高僧事蹟問於虎關，虎關多有所識，一山告訴虎關曰：「公於異域之事，涉獵博辨，而對本邦（日本）之事，反而頗爲生澀，此何爲哉？」虎關慚。此後遍讀國史、雜記等，著述《元亨釋書》三十卷、《佛語心論》十八卷、《十禪支錄》三卷……平生雜著文集二十卷，名爲《濟北集》。〔註97〕

由此可知，虎關早期喜好研讀中國漢籍與學習中國文化，忽略自身國家之事，一山之問，使虎關慚，轉而專心致力於創作，著作頗豐。

　　其二，虎關諮詢、就教於一山宋儒之學。承前所述，對於歸化僧中，雖然有蘭溪道隆、無學祖元、一山一寧等禪僧，然而促進日本宋學發展最劇者，當爲一山一寧。大隈重信於《日本開國五十年史》記載：

> 正安元年寧一山來朝，傳以宋學則無疑焉。一山之門有虎關、中巖、夢窓等。〔註98〕

〔註96〕（日）令淬編：《海藏和尙紀年錄》，收入（日）塙保己一、太田藤四郎：《續群書類從・第九輯下》（東京：續群書類從完成會，1957年），頁465。

〔註97〕（日）上村觀光：《五山詩僧傳・虎關師鍊》，頁55。

〔註98〕（日）大隈重信：《日本開國五十年史》下冊（上海：上海社會科學院出版社，2007年），頁699。

而上村觀光於《五山詩僧傳・一寧一山》〔註99〕中則載：

　一山對於日後普及於我國（日本）的朱子學風有輸入傳導
　之貢獻。〔註100〕

若木宮泰彥《中日佛教交通史》則以虎關有志於宋學乃受一山影
響有所陳述：

　師鍊在日本爲最早有志於宋學之一人，其研究宋學，由一
　寧所刺戟所啓發者甚多。〔註101〕

依此觀之，一山一寧對於宋學傳入，又使其普及有傳導之貢獻，且一
山博學多才，對於「儒道百家，稗官小說，鄉談俚語，出入泛濫，輒
累數幅。是以學者推博古。」〔註102〕而出其門之虎關則受一山啓發
甚多，使其有志於研究宋學，虎關嘗於閱覽書籍時，因「言語不通，
乃課觚牘，隻字片語，朝諮暮詢（一山）。」〔註103〕令淬亦載：「師
（虎關）見山（一山），啓曰：某智薄識譾，每見程楊之易說，不能
盡解，老師宏材博學，賴以愚所疑，合程楊之說，深考靜究，必有所
解。」〔註104〕

一山傳入宋學後，日本禪宗與宋學交互影響，承上節提及：

　宋學……與禪之教理靈犀相通，而實修之方式上，「居敬窮
　理」和禪之「打坐見性」亦一脈相通，就禪僧的理解上來
　看，更感親近。〔註105〕

〔註99〕　本論文依一山門生虎關所載，稱爲「一山一寧」。然而，有關於「一
　　　　山一寧」或「一寧一山」之考辨，詳見本論文第一章註6。
〔註100〕　（日）上村觀光：《五山詩僧傳・一寧一山》，頁49。
〔註101〕　（日）木宮泰彥撰，陳捷譯：《中日佛教交通史》（臺北：華宇出版
　　　　社，1985年），頁251。
〔註102〕　（日）虎關師鍊：《濟北集》卷10〈一山國師行狀〉。
〔註103〕　（日）虎關師鍊：《濟北集》卷10〈一山國師行狀〉。
〔註104〕　（日）令淬編：《海藏和尚紀年錄》，收入（日）塙保己一、太田藤
　　　　四郎：《續群書類從・第九輯下》（東京：續群書類從完成會，1957
　　　　年），頁464。
〔註105〕　（日）芳賀幸四郎：《中世禪林の學問および文學に関する研究》（東
　　　　京：日本學術振興會，1956年），頁51。

是以，當時修禪之人必解宋學，研讀宋學者亦多參禪。五山時期，除虎關研讀宋儒之學外，義堂周信（西元 1325～1388）七歲研讀儒書，涉獵經史百家，持論融合儒、釋；而中巖圓月（西元 1300～1375），在十二歲熟讀《孝經》、《論語》，赴元朝遊學八年，歸國後主持禪寺，力倡儒、釋思想。

　　總之，一山對於虎關之影響，主要緣於二方面，其一，一山啓發虎關不應僅著重異域之事，促使虎關致力於研讀日本之學；其二，一山傳入宋學，使宋學與日本禪宗交互影響，亦使虎關有志於宋學。

　　承此觀之，學者大多認爲虎關受一山甚鉅，然而，有學者則提出不同看法。〔註 106〕總之，虎關之學習歷程，可知其從家學影響乃至轉益多師，都給予虎關學養上豐富的滋養。

三、虎關接受宋代詩學觀之影響

　　日本對於中國詩人或詩作之接受情況，與中國詩文傳入日本與中國文學史之進程不無關係。如宋初宗白居易之白體、宗李商隱之西崑體；宋代中葉則以歐陽脩、王安石、蘇軾爲主；若北宋後期則以黃庭

　　　原文：宋學は上にみた如き成立の事情とその性格の故に、禪の教
　　　理と靈犀相通じ、その實修としての居敬窮理は禪の打坐見性と一
　　　脈通ずるものがあり、それだけに禪僧には理解しやすく、かつ親
　　　近性を感ぜしめるものがあつた。。
〔註 106〕足利衍述提及：至於其儒學系統，歷來繫於一山一寧門下。……惟
　　　虎關又就學於圓爾、祖元、蘭溪門下之諸師，如：菅原在輔，源有
　　　房等等，且自行鑽研讀書，既成基礎後，一山才來日本，虎關遇一
　　　山而從其學，不過是藉一山而更達精純之領域，若專言虎關只限於
　　　向一山學習之系統，則失之偏頗。
　　　原文：而して其儒學系統は、從來一山門下に系くるも。……虎關
　　　は圓爾、祖元、蘭溪門下の諸師、菅原在輔、源有房等に就き、又
　　　自ら讀書研鑽して基礎既に成りし後、一山の來朝歸化に遇ひ之に
　　　從ひたるなれば、一山によりて益精純の域に達したるに過ぎず。
　　　されば專ら一山にのみ其系統を系くるは偏頗に失せり。
　　　詳參（日）足利衍述：《鎌倉室町時代之儒教・禪門的儒教・虎關》
　　　（東京：日本古典全集刊行會，1932 年），頁 217。

堅為代表之江西詩派，南宋嚴羽《滄浪詩話》云：「山谷用工尤為深刻，其後澷（按：法）席盛行海內，稱為江西宗派」〔註107〕；南宋前期四大家則以陸游、楊萬里為代表。

若從中國詩學觀之演變，虎關主要生長於南宋末，其取得且閱讀中國詩文，應當與中國詩文視為主流之各種書籍相類。若以虎關〈濟北詩話〉中提及之詩人（參表 1-1-2）與詩人出現之次數（參表 1-1-3），以及引用之書籍（參表 1-1-4）而言，於宋代詩人詩作方面，大抵以北宋為要，其對南宋詩人鮮少論述，惟因「詩話」盛於南宋，故多有引用；又虎關為日本從宗白居易詩作為轉向之關鍵者，自非主張宋初宗白之理論者，而是推崇宋代中葉後之詩人及詩作。是以，宋代詩學之流變，大抵亦反映虎關對於中國詩人及詩作接受之情況。以下即從「受宋詩好議論、尚古朴之影響」與「受宋代翻案與疑古、變古之影響」兩方面來說明。

（一）受宋詩好議論、尚古朴之影響

宋詩尚理趣，好議論、散文化之格調，乃為判別唐、宋詩之重要特色之一，卻也引發後人爭議之處。南宋嚴羽《滄浪詩話》：「以文字為詩，以才學為詩，以議論為詩」認為「本朝人尚理而病於意興」〔註108〕，缺乏盛唐詩人一唱三嘆之感染力。

然而，宋詩議論化、散文化，大抵以唐代韓愈「以文為詩」作為濫觴，至北宋中期復有梅堯臣、歐陽修為發端，最後完成於蘇軾、黃庭堅。南宋嚴羽《滄浪詩話》言：「至東坡、山谷始出己意以為詩，唐人之風變矣。」〔註109〕若南宋劉克莊於《後村詩話》說：「元祐後，詩人迭起，一種則波瀾富而句律疏，一種則煅煉精而情性遠，要之不

〔註107〕 （宋）嚴羽；（明）鄧原岳校：《滄浪詩話・詩辯》，柳田泉舊藏，早稻田大學圖書館藏和刻本，頁4。

〔註108〕 （宋）嚴羽；（明）鄧原岳校：《滄浪詩話・詩評》，柳田泉舊藏，早稻田大學圖書館藏和刻本，頁13。

〔註109〕 （宋）嚴羽；（明）鄧原岳校：《滄浪詩話・詩辯》柳田泉舊藏，早稻田大學圖書館藏和刻本，頁4。

出蘇、黃二體而已。」〔註110〕是故，蘇、黃二人「出己意以爲詩」，開宋朝一代詩風，重視才學與文字之間的鎔鑄與鍛鍊。

關於宋詩議論化，虎關雖然未有實際評論，但其對於「尚理趣」之詩並未加以批判，反而給予肯定，其於〈濟北詩話〉中說：

> 夫物不必相待而爲配，異世同調，蓋天偶也。盧山芝菴主偈云：「千峰頂上一間屋，老僧半間雲半間。昨夜雲隨風雨去，到頭不似老僧閑。」楊誠齋〈明發瀧頭〉詩云：「黑甜偏至五更濃，強起侵曉敢小慵，輸與山雲能樣懶，日高猶宿夜來峰。」二什清奇，可以季、孟之間而待矣。

虎關將盧山芝菴主之「偈」與楊誠齋〈明發瀧頭〉「詩」相參，雖異世但同調，以「二什清奇」，給予伯仲之間的評價。易言之，「偈」語富禪意，楊誠齋〈明發瀧頭〉雖爲「詩」語，卻具哲理，然若得詩中之眞意，不礙詩是否議論化或散文化。此亦可從虎關好古文、好雅言而觀之，其言：

> 古文者，雅言也；雅言者，散語也。唐亡而爲五代，又用偶語焉，宋興而救五代之弊，故又斥西崑之儷語，復歐（陽脩）、蘇（軾）之古文。〔註111〕

於此以見，虎關謂「古文」爲「散語」，視其爲「雅言」，故宋代則以古文救五代之時弊，其斥「西崑之儷語」，則爲北宋初期崇尚李商隱一派之詩人，惟其未得李氏之精髓，反流於雕章麗句之形式。因此，虎關非以儷語爲好，而應用散語，若以雅言，方能救時弊，虎關乃從詩文實用觀而論，如是，亦可知議論化、散文化之宋詩，虎關並未給予批判。

另則，虎關對於審美之品評尚古朴，亦可見其學書之歷程，其於〈跋山谷草書〉中提及初學書，「惡拙愛巧」，惟見黃庭堅《豫章集》

〔註110〕（宋）劉克莊：《後村詩話》（前集）（臺北：廣文書局，1971 年）卷 2，頁 5。

〔註111〕（日）虎關師鍊：《濟北集》卷 9〈答藤丞相〉。

之語云：「凡書要拙多於巧」，再「睹此千字文，拙多於巧，實眞蹟。」
〔註 112〕 從虎關此段論述而言，其不再以「巧」爲美，而能以「拙」
回歸古朴之美，自然而然。

　　誠然，虎關於議論化、散文化，古朴之審美層面，不免受宋代之
影響，或許亦與虎關爲禪僧之因素而致，方能於說理之層面，同樣給
予肯定。

（二）受宋代翻案與疑古、變古之影響

　　關於「翻案」一詞，南宋嚴有翼《藝苑雌黃》〔註 113〕與南宋吳
沆《環溪詩話》〔註 114〕提及「翻案」之名，又被稱爲「反其意而用
之」、「倒用」、「力轉此一重案」等，是「宋代修辭研究中總結出來，
且備受稱讚的修辭手法」〔註 115〕。張高評於《宋詩之傳承與開拓：
以翻案詩、禽言詩、詩中有畫爲例》中則歸結爲：

> 宋詩之「翻案」，方式「是將前人的舊事舊語反過來用」，「或
> 是將自己的意思故意推翻」，效果是「可使一句之內，包容
> 著原意與新意，這二層意思回環重疊，非但情致清新，含
> 意也層折有味。」〔註 116〕

張高評之論，以「翻案」作爲反其意而用，亦是有意創造新的思維與
內涵，惟效果是否全然「情致清新，含意也層折有味」，則與運用「翻
案」手法高明與否有相關，然評賞者之喜好實又各異。虎關即嘗以《苕
溪》言王荊公〈鍾山即事〉之「一鳥不鳴山更幽」與王籍〈入若耶溪〉
之「鳥鳴山更幽」相參而評論，以爲：

〔註 112〕　（日）虎關師錬：《濟北集》卷 20〈通衡之五〉。

〔註 113〕　（宋）嚴有翼：《藝苑雌黃》（附輯），收入《宋詩話輯佚》（臺北：
　　　　　　華正書局，1981 年）〈反用故事法〉，頁 566～567。

〔註 114〕　（宋）吳沆：《環溪詩話》（臺北：藝文印書館，1967 年）卷下，頁
　　　　　　18。

〔註 115〕　鄭子瑜、宗廷虎主編：《中國修辭學通史（隋唐五代宋金元卷）》（長
　　　　　　春：吉林教育出版社，1998 年），頁 328。

〔註 116〕　張高評：《宋詩之傳承與開拓：以翻案詩、禽言詩、詩中有畫爲例》
　　　　　　（臺北：文史哲，1980 年），頁 99。

《苕溪》胡氏云：王文海云：「鳥鳴山更幽」，荊公云：「一鳥不鳴山更幽」，反其意而用之，蓋不言沿襲之耳。予曰：荊公不及文海者遠矣。……《苕溪》為說其惑甚矣。只反其意而用之者，可也，不言沿襲者，非也，寧未有前句而得後句乎？〔註117〕

虎關於此肯定《苕溪》之謂王荊公「反其意而用之」，但卻認為「不言沿襲者，非也」之看法。〔註118〕若承張高評提及「翻案」之效果，理應為「情致清新，含意也層折有味」，然實應考慮閱聽者之審美意趣。

另外，「翻案」亦可作為宋人「疑古」、「變古」之內在精神之可能性。賀裳論翻案詩時云：「大都詩貴入情，不須立異，後人欲求勝古人，遂愈不如古矣。」〔註119〕其即以「後人欲求勝古人」，故有「愈不如古」之評論，惟因賀裳乃崇唐抑宋，故有此評，但其中仍可見宋人「後人欲求勝古人」之意，進而方得提出個人之意見。誠如楊世文之言：「懷疑精神是宋學的基本特徵之一。宋人疑古涉及經、史、子、集各個領域。」〔註120〕

虎關對於中國詩文之評及前人之作，亦反映疑古、變古之精神。其對於杜詩考辨尤甚，其以為：

杜詩〈題己上人茅齋〉（按：已）者，注者曰：「歐陽脩云：『僧齊己也。』」。古本系開元二十九年，新本系天寶十二載，皆非也。夫齊己者，唐末人，為鄭谷詩友，謂禪月齊己也。二人共參遊仰山石霜會下，禪書中，徃徃而見焉。（齊己）去老杜殆百歲，況諸家詩中，不言齊己長壽乎？注者

〔註117〕（日）虎關師鍊：《濟北集》卷11〈濟北詩話〉。

〔註118〕關於此段引文之詳論，詳見本論文第四章第一節。

〔註119〕（清）賀裳：《載酒園詩話》卷1〈翻案〉，收入郭紹虞編：《清詩話續編》（上海：上海古籍出版社，1983年），頁220。

〔註120〕楊世文：《走出漢學——宋代經典辨疑思潮研究》（四川：四川大學出版社，2008年），頁60。

假言於六一也。六一高才，恐非出其口矣，茅齋巳上人，
上字決不齊耳。」〔註121〕

復言：

老杜〈別贊上人〉詩：「楊枝晨在手，豆子雨已熟。」諸注
皆非，只希白引《梵綱經》（按：《梵網經》）注：「上句楊
枝，不及下句豆子。」蓋此豆非青豆也，澡豆也，《梵綱》
（按：《梵網》）十八種中一也。蓋此二句，襃贊公精頭陀，
諸氏以青豆解之，可笑。而希白偶引《梵綱》（按：《梵網》）
「至上句不及下句」，詩思精巀可見，繇此言之千家之人，
上杜壇者鮮乎。〔註122〕

又言：

老杜〈夔府詠懷〉云：「身許雙峰寺，門求七祖禪。」注
者以「七佛」爲「七祖」，可笑也。儒人不見佛書，間有
見不精，故有斯惑。凡注解之家，雖便本書，至有違錯，
不啻惑後學，卻蠱先賢，可不慎哉。蓋吾門有七祖事者，
出北宗也。神秀之嗣，有普寂居嵩山，煽化於長安、洛
都二宗，士庶多歸焉，因是立神秀爲六祖，自稱七祖，
曹溪門人荷澤神會禪師，白官辨之，爾後，北宗祖號不
立焉。所謂神會，曾磨普寂碑也。開元、天寶之間，卿
大夫之欽豔普寂者多矣，工部生此時，順時所趨，疑見
普寂門人乎。又貞元中，荷澤受七祖謚，此事工部死而
久矣。今詳詩義，雖定曹溪宗趣，猶旁聞嵩山旨，是亦
工部遍參之意也。〔註123〕

上述杜詩三首，虎關皆對於註者之考察有所疑異，因此透過辨析而
得註者所註爲非之看法。另，虎關又考李白〈送賀賓客〉詩云：「山

〔註121〕 （日）虎關師鍊：《濟北集》卷11〈濟北詩話〉。
〔註122〕 （日）虎關師鍊：《濟北集》卷11〈濟北詩話〉。
〔註123〕 （日）虎關師鍊：《濟北集》卷11〈濟北詩話〉。

陰道士如相見，應寫《黃庭》換白鵝。」〔註124〕之說，應是「《道
德經》換鵝，不寫《黃庭經》也」，故評「白雖能記事，先時偶忘邪。」
〔註125〕等考辨之精神，緣此，大抵可作爲虎關受到疑古、變古之影
響。

〔註124〕（唐）李白撰；（清）王琦集注：《李太白全集》（臺北：臺灣中華，
　　　　　1955 年）卷 17〈送賀賓客歸越〉，頁 8。
〔註125〕（日）虎關師鍊：《濟北集》卷 11〈濟北詩話〉。

第三章 論虎關師鍊《濟北集》之詩文主張

　　自虎關詩學形成背景之論述，知其有著時代的轉承意義及受授於善詩文的元僧一山一寧之影響，再加上釋儒背景的條件，使其詩學系統反映出時代印記。本章即從「詩文貴性情之誠，適理而已」、「詩文求風雅之正，詞嚴義密」、「詩文應雅俗共賞，才力論高低」三方面論述其詩學主張與中國詩文之承變。

第一節　詩文貴性情之誠，適理而已

　　虎關對於「趙宋人」〔註1〕評論詩歌之傾向有所議論。他說：

　　趙宋人評詩，貴朴古平淡〔註2〕，賤奇工豪麗者爲不盡耳矣。夫詩之爲言也，不必古淡，不必奇工，適理而已。……然則詩人之評，不合於理乎。〔註3〕

〔註1〕所謂「趙宋人」，指的即是宋朝人。「趙宋」之名，蓋指趙匡胤所創建的宋朝，別於劉宋而言。（明）胡應麟《少室山房筆叢・經籍會通一》：「趙宋諸帝，雅意文墨。」（清）鄭燮〈道情〉之八：「金粉南朝總廢塵，李唐趙宋慌忙盡。」皆有此證。

〔註2〕「平淡」之「淡」亦作「澹」，筆者在此不深究二者之別，將其作爲相通之意。

〔註3〕（日）虎關師鍊：《濟北集》卷11〈濟北詩話〉。

虎關以爲宋人評詩的審美意趣是以「古朴」、「平淡」相倡，賤「奇工」「豪麗」之詩風，關於此觀點，虎關以爲「詩人之評，不合於理乎。」然宋人評詩眞爲如此？另外，虎關在詩文品論方面，除了提出必須符合「適理」之外，其又言：

> 夫文章妙處，天然渾成，萬世一律耳。……若已至天渾，
> 自然文從字順……所謂醇乎醇者也。〔註4〕

虎關對於文章之妙處，必須「醇乎醇者」，方能達到「天然渾成」之境。是故，承上引述之內容，本節欲從兩個方向展開探討：

其一，虎關所謂「趙宋人評詩，貴朴古平淡，賤奇工豪麗」之說是否適切？其又提出文章之妙，應「醇乎醇者」，虎關文章中好用「醇」字，然「醇」如何解？其又同時以「醇」與「淳」分別品評詩文，然於虎關而言，二字是否同義？

其二，虎關提及詩文不必樸、工，應「適理」就好，指陳爲何？而其在文章中所謂的「理」又該如何詮解？

一、詩文應合醇全之意

虎關對趙宋人評詩之看法，筆者以爲「貴朴古平淡」爲實，然「賤奇工豪麗」或有太過，以下析論之。

（一）外枯中膏，似澹實美

宋人所謂「平淡」實有深意，北宋梅堯臣以爲「作詩無古今，惟造平淡難」（〈讀邵不疑學士詩卷〉），而北宋王安石在〈題張司業詩〉一詩亦說「看似尋常最奇崛，成如容易卻艱辛。」至於蘇軾則在〈評陶柳詩〉一文中，同樣對陶詩給予讚賞，其謂：「所貴乎枯澹者，謂其外枯而中膏，似澹而實美。」〔註5〕然而，何以「惟造平淡難」？爲何「尋常最奇崛」且「容易卻艱辛」？又如何能臻於「外枯而中膏，

〔註4〕（日）虎關師鍊：《濟北集》卷12〈清言〉。
〔註5〕（宋）蘇軾著，孔凡禮點校：《蘇軾文集》（北京：中華書局，1986年）卷67〈評韓柳詩〉，頁2109～2110。

似澹而實美」之境？

　　北宋末南宋初「道南學派」的楊時，在《龜山語錄》以學「陶淵明」詩爲例，其言：

　　　　若曾用力學，然後知淵明詩，非著力之所能成也。〔註6〕

　　而南宋周紫芝《竹坡老人詩話》亦提及：

　　　　乃知作詩到平淡處，要似非力所能。〔註7〕

是故，看似語句平淡的陶詩，蘇軾卻肯定其詩「外枯而中膏，似澹而實美」，此又非「著力」或「用功」而能達到「平淡」之境，所由爲何？南宋末陳模於《懷古錄》中說：

　　　　淵明則皮毛落盡，惟有眞實。雖是枯槁而實至腴，非用功之深，鮮能眞有其好。〔註8〕

　　又，南宋姜夔〈白石道人詩說〉中則言及：

　　　　陶淵明天資既高，趣詣又遠，故其詩歌散而莊，澹而腴，斷不容作邯鄲步也。〔註9〕

是故，陳氏與姜氏自淵明詩文特色與風格而稱賞其散而莊，枯槁而實至腴，趣詣遠，此與前述陶詩「尋常最奇崛」、「容易卻艱辛」、「外枯而中膏，似澹而實美」之說，皆以對比之手法，突出陶詩平澹卻不凡之處。然能達此境，陳模以爲「非用功之深，鮮能眞有其好」，至於姜夔則認爲「天資既高」故後人「斷不容作邯鄲步」。陳模之謂「用功」，乃從淵明後天學養致力而成；姜夔之謂「天資高」則自先天「才力」以致。惟無論從「用功」或「才力」觀之，皆與楊時、周紫芝之謂「非著力」或「非力」而能臻於此境的看法相異。然而，如何審視陶詩「澹而腴」之所由爲佳？大抵如清代劉熙載於《藝概》中云：

〔註6〕　（宋）楊時：《楊龜山先生全集》（臺北：臺灣學生，1974年）卷10〈語錄〉，頁472。

〔註7〕　（宋）周紫芝：《竹坡老人詩話》（臺北：藝文印書館，1965年）卷2，頁4。

〔註8〕　（宋）陳模：《懷古錄》（北京：中華書局，1993年）卷上，頁30。

〔註9〕　（宋）姜夔：《白石道人詩集》（臺北：臺灣商務，1967年），頁38。

陶淵明爲文不多，且若未嘗經意。然其文不可以學而能，

非文之難，有其胸次爲難也。〔註10〕

依劉氏之言，陶詩文「不可以學而能」，蓋因「胸次爲難」之故，自非「著力」或「用功」而能爲之。然是否「著力」、「用功」或「才力」不重要？事實上，「胸次」不可學之外，詩人「才力」亦不可學，因此後人「斷不容作邯鄲步」，但若要非後天之「著力」與「用功」，亦難得「尋常最奇崛」、「容易卻艱辛」與「外枯中膏」、「似澹實美」之境，誠然，以此回應北宋梅堯臣「作詩無古今，惟造平淡難」之「難」意。是故，所謂「平淡難」，除了文人本身的胸次、才力之外，亦建立在文人豐富的生活歷練與厚實的學識涵養，方能提鍊語言文字，而臻於平淡之境，此亦爲宋人對於平淡之說的審美意趣。

緣於此說，宋人作詩雖貴「平淡」，然是否爲此「賤奇工豪麗」？北宋趙令畤《侯鯖錄》說：

凡文字，少小時須令氣象崢嶸，采色絢爛，漸老漸熟，乃造平淡。其實不是平淡，絢爛之極也。〔註11〕

而在北宋、南宋之間的吳可《藏海詩話》中亦提及：

方少則華麗，年加長則漸入平淡也。〔註12〕

復言：

凡文章先華麗而後平淡……若外枯中膏者是也，蓋華麗茂盛已在其中矣。〔註13〕

又，南宋周紫芝於《竹坡老人詩話》中則載東坡語評論云：

東坡嘗有書與其姪云：「大凡爲文，當使氣象崢嶸，五色絢爛，漸老漸熟，乃造平澹。」余以謂不但爲文，作詩者尤

〔註10〕（清）劉熙載：《藝概・文概》（臺北：廣文書局，1964年），頁10。
〔註11〕（宋）趙令畤：《侯鯖錄》（北京：中華書局，2002年）卷8，頁79。
〔註12〕（宋）吳可：《藏海詩話》，收入《景印文淵閣四庫全書》（臺北：臺灣商務，1983年），頁2。
〔註13〕（宋）吳可：《藏海詩話》，收入《景印文淵閣四庫全書》（臺北：臺灣商務，1983年），頁4。

當取法於此。〔註14〕

至若南宋葛立方《韻語陽秋》則說：

> 大抵欲造平淡，當自組麗中來，落其華芬，然後可造平淡
> 之境。〔註15〕

承前所論，宋人所謂的「平淡」係由「絢爛」、「華麗」、「組麗」而致，於此可知，宋人並非眞正「賤奇工豪麗」，而是當詩文「漸老漸熟」，便能「落其華芬」，而漸趨於平淡。惟此，誠如南宋李耆卿嘗以爲文章「不難於華而難於質」〔註16〕即已言明「華」易學，而「質」難致。但是，如何審其「平淡」之美？北宋楊時則謂：

> 淵明詩所不可及者，沖澹深粹，出於自然。〔註17〕

而南宋葛立方《韻語陽秋》則載：

> 作詩無古今，欲造平淡難之句。李白云：「清水出芙蓉，天
> 然去雕飾」，平淡而到天然處，則善矣。〔註18〕

要之，「平淡」之美，應如出水的「芙蓉」，美麗不妖艷，無須太多雕飾，卻能表現純淨質樸、清新脫俗的自然美與天然的情態，誠如陳模言及「淵明則皮毛落盡，惟有眞實。」〔註19〕若於詩文創作中，則意指高明的作品，不須過度使用華麗的辭藻與技巧，方能表現自然清新之平淡美。

然而，虎關爲何要提出這個命題？除了反映虎關自身的品評意趣，亦提出對時人爲書爲詩文之反思。虎關接著說：

> 古人朴而不達之者有矣，今人達而不朴之者有矣，何例而
> 以朴工爲升降哉？周公之言，朴也，孔子之言，工也，二

〔註14〕　（宋）周紫芝：《竹坡老人詩話》（臺北：藝文印書館，1965 年）卷2，頁 4。

〔註15〕　（宋）葛立方：《韻語陽秋》（北京：中華書局，1985 年）卷1，頁 1。

〔註16〕　（宋）李耆卿：《文章精義》（臺北：臺灣商務，1975 年），頁 4。

〔註17〕　（宋）楊時：《楊龜山先生全集》（臺北：臺灣學生，1974 年）卷 10〈語錄〉，頁 472。

〔註18〕　（宋）葛立方：《韻語陽秋》（北京：中華書局，1985 年）卷1，頁 1。

〔註19〕　（宋）陳模：《懷古錄》（北京：中華書局，1993 年）卷上，頁 30。

子共聖人也，寧以言之工朴而論聖乎哉，《書》之文，朴也，
《易》之文，工也，寧以文之工朴而論經乎哉。聖人順時
立言，應事垂文，豈朴工云乎？〔註20〕

這段論述，主要為補充前面提及「趙宋人評詩，貴朴古平淡，賤奇工
豪麗」之說。虎關認為詩文之工朴，不能作為品評之標準。其以古之
聖人周公、孔子之言與《尚書》、《易經》之文為例，以為其作「朴而
不達」，而反觀今人則是「達而不朴」。易言之，虎關以為凡詩文皆是
應事而作，使復性情，自然而然，不必刻意以外在形式、創作技巧來
雕琢。是以，詩文假若僅依恃於平淡朴質或工麗雄偉為佳作之取向，
皆非得宜。

另外，虎關亦嘗以學書為例討論工拙，其於〈跋山谷草書〉說：

始予學書，惡拙愛巧，漸見黃字，拙多巧少，頗抱疑焉。
後讀《豫章集》：「至凡書要拙多於巧，近世少年作字，如
新婦子糚梳百種點綴，終無烈婦態也。」乃決疑矣。今睹
此千字文，拙多於巧，實真蹟也。〔註21〕

此「拙」意可謂「朴古平淡」，「巧」則為「奇工豪麗」。由此可見虎
關學書，最初與一般人無異為「惡拙愛巧」，然山谷之「拙多巧少」，
反而引發虎關之疑，進而求證。其引黃庭堅《山谷論書》〈李致堯乞
書書卷後〉一文，針對學書者，以「婦態」為喻，討論「烈婦態」與
「新婦子糚梳百種點綴」形態相異之故？

山谷以為近世時人作書如「新婦子糚梳百種點綴」好潤飾妝點，
失其自然，不若「烈婦態」所表現之端莊、朴質之美，故取「寧拙勿
巧」之審美意趣，方能不落俗套。

在此，虎關雖未言明究竟拙與巧孰佳，卻如前文所論，虎關不以
工拙見優劣，而是「不必古淡，不必奇工，適理而已。」符合自然之
理即可。

〔註20〕（日）虎關師鍊：《濟北集》卷11〈濟北詩話〉。
〔註21〕（日）虎關師鍊：《濟北集》卷20〈通衡之五〉。

因而，虎關雖然不盡認同趙宋人評詩之說，蓋因其欲強調詩風萬端，不該僅以「平淡」為偏好，當然亦不認為詩「奇工華麗」必為佳。此說可由虎關評陶詩，不以其為盡美之全才者觀之，其言：

> 詩格萬端，陶氏只長沖澹而已，豈盡美哉？……元亮者，衰晉之介士也，故其詩清淡朴質，只為長一格也，不可言全才矣。〔註22〕

綜上所述，虎關以為「趙宋人評詩，貴朴古平淡，賤奇工豪麗者」的說法，僅著眼於「朴古平淡」之一隅，未見其深層內涵之變化，方得宋人「賤奇工豪麗」之結論。事實上，宋人以平淡為美之深義，或許正是反思晚唐，乃至宋初崇尚「西崑體」之華麗文風下，從絢爛返歸於樸古之精神，並不意味著宋人賤奇工豪麗，反如前文所釋，平淡中有自然深意。

（二）詩文之妙，天然渾成

虎關不以淡、奇、工、拙論優劣，那麼虎關以為詩文應如何表現為自然或天然？虎關以為無論學詩或學書者，應先立「醇全之意」，再輔以「修練之功」。〔註23〕然而，筆者在此欲先探討虎關所謂「醇」字之內涵？在究其「醇」字內涵之前，先辨析虎關使用「醇」與「淳」二字之意義。

1. 論「淳」意

虎關於〈濟北詩話〉中提到「淳」字，其言：

> 大率上世淳質，言近朴古；中世以降，情偽見焉。〔註24〕

又於〈清言〉中載及：

> 或曰：虞夏商周之有言也，典謨誓誥而已，故其文淳厚；降至漢魏瑣碎甚矣。〔註25〕

〔註22〕（日）虎關師鍊：《濟北集》卷 11〈濟北詩話〉。
〔註23〕（日）虎關師鍊：《濟北集》卷 11〈濟北詩話〉。
〔註24〕（日）虎關師鍊：《濟北集》卷 11〈濟北詩話〉。
〔註25〕（日）虎關師鍊：《濟北集》卷 12〈清言〉。

上述兩則記載，皆以「昔」與「今」相對以論「文」。〈濟北詩話〉和〈清言〉提及「上世」之文「淳質」、「淳厚」，其言近「朴古」；而以「中世以降」意即「漢魏」之文，則多「情僞」且言辭「瑣碎」。

　　除了虎關對「淳」意有此看法外，中巖圓月亦於〈文明軒雜談〉中言：

> 或人問云：「詩即尋常風雅文人所作，但如禪林偈頌者，其
> 體如何？」答曰：「汝不見乎《傳燈》所載七佛二十八祖，
> 傳法有偈，言辭淳厚，與夫咸淳（西元 1265～1274）景定
> （西元 1260～1264）諸師所作細巧華麗者，相去何啻天淵
> 之遠而已。」〔註26〕

於此，中巖圓月以《傳燈》之偈語爲例，肯定其文辭「淳厚」，而反思「景定、咸淳」之「細巧華麗」，此說和虎關相類，蓋以文辭之「淳」作爲與「華麗」而浮矯之語相對。

　　然而，不同之處在於虎關主要對於「漢魏」以降之文多有意見，除了上述所引之文，其又言「漢魏以降，人情浮矯多作詩矣」〔註27〕，此「人情浮矯多作詩」亦即「情僞」之意。虎關又說：

> 詩賦以格律高大爲上，漢唐諸子皆是也。……大言詩者，
> 昔楚王與宋玉輩，戲爲此體，爾來相承，或當優場之歡
> 嬉。蓋詩文一戲也耳，豈風雅之實語，與優場之戲嘲竝
> 按耶？〔註28〕

虎關以爲漢唐諸子（按：「唐」當指初唐仍承魏晉駢儷之餘風而言）以「格律高大」爲美，然此詩賦體式，乃作爲「優場之歡嬉」，而無「風雅之實語」。然而，何謂「風雅」之語？虎關有言：

> 昔者仲尼以風雅之權衡，刪三千首，裁三百篇也，後人若

〔註26〕　（日）中巖圓月：《東海一漚集》卷3〈文明軒雜談〉，收入（日）上
　　　　　村觀光：《五山文學全集》第二卷（京都：思文閣出版社，1992 年），
　　　　　頁 985。
〔註27〕　（日）虎關師鍊：《濟北集》卷 11〈濟北詩話〉。
〔註28〕　（日）虎關師鍊：《濟北集》卷 11〈濟北詩話〉。

無雅正之權衡，不可言詩矣。〔註29〕

又言：

達人君子隨時諷諭，使復性情，豈朴淡奇工之所拘乎。〔註30〕

在此，蓋可謂「風雅」便是以儒家「詩教」來言詩文之意。換言之，「風者，諷也。」而「雅者，正也。」詩文應具有「諷諭」與「雅正」之內涵，然而，詩文欲符合「風雅」之評，要非刻意而為，而是「使復性情」，為性情本自俱足雅正之涵養，方得於詩文能「隨時諷諭」。南宋朱熹的再傳弟子眞德秀曾提及：

曰：三百五篇之詩，其正言義理者蓋無幾，而諷詠之間，

悠然得其性情之正，即所謂義理也。〔註31〕

此以「三百五篇」為《詩經》之稱，而述及凡詩於諷詠之間，性情為正即「義理」。宋人以為《詩經》能正人心，南宋陽枋〈誨誼儒姪書〉一文言：

《國風》雖是變，而人心淳厚至正，開口絕無忿戾怨訕，

可以見當時人心。而因以知先王之澤，淪肌浹髓。當初是

幾多涵養，漸陶以至于此，非只取其詞章而已也。〔註32〕

要之，《詩經》被「先王之澤，淪肌浹髓」，故能涵養人心，開口無忿戾怨訕之氣，亦能陶冶性情，使其純正。

就此而論，虎關將「上古」詩文，評其具「朴古」與「風雅」之意，藉此與「漢魏」詩文為「情偽」、「人情浮矯」與「優場之戲」之評作為反思。是故，若以此來釋「淳」字，大抵可言其近乎「朴古」、「風雅」之意，而虎關以「淳」字作為「朴古」、「風雅」之意時，蓋有意與「浮矯之文」相對。

〔註29〕（日）虎關師鍊：《濟北集》卷11〈濟北詩話〉。

〔註30〕（日）虎關師鍊：《濟北集》卷11〈濟北詩話〉。

〔註31〕（宋）眞德秀：〈文章正宗綱目〉，收入陶秋英編：《宋金元文論選》（北京：人民文學出版社，1984年），頁380～381。

〔註32〕（宋）陽枋：《字溪集》（上海：商務，1935年）卷3〈誨誼儒姪書〉，頁29。

2. 論「醇」意

然而，若「淳」字，言近「朴古」、「風雅」之意，那麼，「醇」字是否同於「淳」意？虎關以童子誦習、賦詩書之趣為例，他說：

> 予有數童，狂游戲謔，不好誦習，予鞭笞誨誘使其賦詩，童曰：「不知聲律」予曰：「不用聲律，只排五七。」童嗔愁怨懑，予不恕焉。童不得已而呈句，雖寒澀卦（按：朴）拙，而或不成文理，其中往往有自得醇全之趣，予常愛恠（按：同「怪」）。又令學書，童曰：「不知法格」予曰：「不用法格，只為臨模。」童之嗔懑，予之不恕如先，不得已而呈一二紙，雖屈蚓亂鴉，而或不成字形，其中往往有醇全之畫，予又愛恠，則喟歎曰：世之學詩書者，傷於工奇，而不至作者之域者，皆是計較之過也。
>
> 〔註33〕

虎關以數童「賦詩」與「學書」為例，雖是「不成文理」，卻自得「醇全之趣」；雖是「不成字形」，卻往往有「醇全之畫」。虎關於孩童習詩、書所呈顯的「醇全」之意，反喟「世之學詩書者，傷於工奇，而不至作者之域者，皆是計較之過也。」正因世人過於著重「工奇」而傷了「醇全」之性。虎關接著說：

> 今夫童孩之者，愚騃無知，而有醇全之氣者，朴質之為也。故曰：學詩者，不知童子之醇意，不可言詩矣。學書者，不知童子之醇畫，不可言書矣。……學者先立醇全之意，輔以修練之功，為易至耳。〔註34〕

要之，童子何能具有「醇全之氣」？乃因「朴質」所致。若承前所說，「淳」近乎於「朴質」之意，那麼「淳」便不等同於「醇」意，於此可說「淳」為詩文到達「醇」之必要條件，「醇」為本質意念之涵養，當有了此涵養，再輔以「修練」之歷程，在形式、技巧方面著墨，二

〔註33〕（日）虎關師鍊：《濟北集》卷11〈濟北詩話〉。
〔註34〕（日）虎關師鍊：《濟北集》卷11〈濟北詩話〉。

者便能臻於「天然渾成」〔註35〕之境。久松潛一以爲虎關尙「醇全」而非愛「素朴」。〔註36〕惟若「淳」有「朴質」意，而虎關又認爲孩子的「醇全之氣」乃「朴質」所造成，此似乎可見，虎關並非不愛「朴質」，惟更偏好「醇全」。

然而，「醇」爲何意？在中國古籍之中各有呈現，然筆者以三意分述之。

其一，「醇」作「厚也」。《說文》：「醇，厚也。」如張衡〈東京賦〉載：「春醴惟醇」，而劉基〈賣柑者言〉有「醉醇醲而飫肥鮮者」若將此「厚」意，釋之以「眞誠」則如《老子‧道德經》：「其政悶悶，其民醇醇。」《註》者言：「其政教寬大，而民醇醇富厚，自相親睦。」

其二，「醇」同「純」，爲「純一無雜」。《漢書‧禮樂志》載：「河龍供鯉醇犧牲。」顏師古注：「醇，謂色不雜也。」韓愈〈答李翊書〉：「其皆醇也，然後肆焉。」。

其三，「醇」同「淳」，即「質朴」、「淳眞」意。《前漢‧景帝紀》有「至于移風易俗，黎民醇厚。」又《淮南子‧泛論》則「古者人醇工龐」注者云：「醇濃不虛華也。」

然而，第三點中以「醇」同「淳」，即「質朴」、「淳眞」意一說，筆者在此不多作討論。誠如上文所辨析，就虎關而言，「醇」是由「朴質」所造成，因此，「醇」便不等同於「淳」。

故而，筆者在此僅以二意爲主，一爲「醇」作「厚」意；二爲「醇」同「純」，作「純一無雜」意。分別察考虎關之「醇」解。虎關在《濟北集》中嘗提及：

> 吾謂《論語》不經聖刪，諸徒交記，其文大醇而小疵。〔註37〕

「大醇小疵」一語出自南宋姜夔《白石詩話》：「不知詩病，何由能

〔註35〕　（日）虎關師錬：《濟北集》卷12〈清言〉。
〔註36〕　（日）久松潛一：〈虎關師錬の詩觀──文學評論史考〉，《国語と国文學》，22(12)(260)，1945年，頁1～6，本論文轉引自（日）蔭木英雄：《五山詩史の研究》（東京：笠間書院，1977年），頁145。
〔註37〕　（日）虎關師錬：《濟北集》卷19〈通衡之四〉。

詩？不觀詩法，何由知病？名家者各有一病，大醇小疵，差可耳。」
此「病」爲「缺點」之意，而虎關所謂「大醇而小疵」即指大體厚
實完備，純一無雜，但略有缺點。乃因《論語》出於聖人之語，虎
關肯定其爲「大醇」，且聖人性情本自純正，故其意念本質即「醇」。

　　然而，虎關以爲《論語》不經「聖刪」，而是由「諸徒交記」，因
此，仍有「小疵」，此「小疵」則在於「仲尼以風雅之權衡，刪三千
首，裁三百篇也，後人若無雅正之權衡，不可言詩矣。」〔註38〕即說
明孔子弟子僅記錄，而內容未經聖人雅正之權衡予以刪裁，故有未盡
之處。

　　虎關又批評蘇軾（坡公）言之不醇，其言：

　　　坡公道德文章，爲趙宋之表帥，然言之不醇也，往往而在。

〔註39〕

蘇軾「道德文章」，虎關肯定爲「趙宋之表帥」，而「道德之文」即合
乎「風雅」之文，故符合「淳」，但虎關卻又認爲蘇軾「言之不醇」，
何哉？虎關以蘇軾〈議學校貢舉狀〉〔註40〕爲例，其言：

　　　東坡〈論學校貢舉狀〉（按：〈議學校貢舉狀〉）云：「使天
　　　下之士，能如莊周齊死生、一毀譽、安貧賤，則人主之名
　　　器爵祿，所以礪世摩鈍者，廢矣。」〔註41〕

　　虎關接著說：

　　　今其宋之朝士，若如莊子而死生毀譽、富貴貧賤，皆一之
　　　者，不當致刑措也，垂衣裳天下治者，可跂足而待。何世
　　　之可勵？何鈍之可摩之有？凡人主之名器爵祿者，設於下
　　　世非上世也，下世有志于治者，置學校，定貢舉，庶得賢
　　　士復上世。今坡公言，天下士如莊周，人主權無所用，如

〔註38〕（日）虎關師鍊：《濟北集》卷 11〈濟北詩話〉。
〔註39〕（日）虎關師鍊：《濟北集》卷 20〈通衡之五〉。
〔註40〕（宋）蘇軾著，孔凡禮點校：《蘇軾文集》（北京：中華書局，1986
　　　　年）卷 25〈議學校貢舉狀〉，頁 723～725。
〔註41〕（日）虎關師鍊：《濟北集》卷 20〈通衡之五〉。

　　坡意，施威權弄人民者，人主之道立焉；世復朴，人歸醇
　　者，人主之道亡焉，如此豈古先帝王之道乎？明王之設教
　　而置挍（按：同「校」）舉者，急得聖賢，然聖賢不易得也，
　　不得已而建爵祿，而勵磨斯民，而令至聖賢也。若夫挍舉
　　之中，得一如莊周、李耳者，猶可翼朝政致康平，況數人
　　乎？〔註42〕

根據上述引文，虎關以蘇軾所言爲「天下士如莊周，人主權無所用」
之意，進而批評蘇軾「施威權弄人民者，人主之道立焉；世復朴，人
歸醇者，人主之道亡焉，如此豈古先帝王之道乎？」目的是強調立人
主之道以施威權予人民；然若世風朴質，天下太平，則無須人主之道，
但是，其卻認爲蘇軾這個看法違背古先帝王之道。虎關認爲蘇軾這麼
說，只是爲了「恐人主失權，忌朝廷得人」〔註43〕而議論，其以不仁
之醫作爲比喻，他說：

　　有醫於斯，好攻劑。淑氣之至也，人人和平矣；沴氣之至
　　者也，人人疾瘵矣。彼醫喜沴氣嫌淑氣，何乎？淑氣之時，
　　攻劑之不行也，不仁哉醫乎，坡之言鄰矣。〔註44〕

在此，虎關認爲此醫者，好攻劑，但是「淑氣」之至時，藥劑便無法
發揮作用，必須要待「沴氣之至者」，醫者方有存在的意義。虎關即
認爲蘇軾所言近於此醫者，易言之，即是蘇軾爲能立人主之道，反而
憂「世復朴，人歸醇」。

　　然虎關又將國家朝政分爲「上世」與「下世」二者，認爲若「上
世」則「垂衣裳天下治」，但是對於「人主之名器爵祿者」則是置於
「下世有志于治者」，故必須透過「置學校，定貢舉」之方式得賢人，
然得賢士不易得，不得已才「建爵祿，而勵磨斯民」。因此，人主若
能得莊周、李耳之屬者，對於朝正康平有所助益，便能「得賢士復上

〔註42〕　（日）虎關師鍊：《濟北集》卷20〈通衡之五〉。
〔註43〕　（日）虎關師鍊：《濟北集》卷20〈通衡之五〉。
〔註44〕　（日）虎關師鍊：《濟北集》卷20〈通衡之五〉。

世」，又怎能如東坡所言「天下士如莊周，人主權無所用」。

　　然而，筆者以爲要先瞭解蘇軾〈議學校貢舉狀〉之創作背景及上下文合看，才能得知虎關之批評是否合宜。此文爲熙寧四年（西元1071）〔註45〕，因爲北宋王安石改學制，設學校，將科舉考試從「詩賦」取士改爲「經義論策」取士，蘇軾爲此提出疑異，向神宗呈上〈議學校貢舉狀〉一文，希望神宗「博通經術者，雖樸不廢；稍涉浮誕者，雖工必黜。則風俗稍厚，學術近正，庶幾得忠實之士。」蘇軾文末從儒家思想的角度，來強調依循正當有理之言，應貴博通經術者，避免浮誕之言者，方能得忠實之士。蘇軾此所謂「浮誕」者，指陳的即是佛老之言。蘇軾說：

> 昔王衍好老莊，天下皆師之，風俗凌夷，以至南渡。王縉好佛，捨人事而修異教，大曆之政，至今爲笑。故孔子罕言命，以爲知者少也。……今士大夫至以佛老爲聖人，粥書於市者，非莊老之書不售也，讀其文，浩然無當而不可窮；觀其貌，超然無著而不可把，豈此眞能然哉？蓋中人之性，安於放而樂於誕耳。使天下之士，能如莊周齊死生，一毀譽，輕富貴，安貧賤，則人主之名器爵祿，所以礪世摩鈍者，廢矣。陛下亦安用之，而況其實不能，而竊取其言以欺世者哉。〔註46〕

自此文觀之，蘇軾反對佛老是因爲時人「以佛老爲聖人」，以致「安於放而樂於誕耳」。其以西晉王衍和唐代王縉爲例，認爲王衍好清談使風俗衰頹，而王縉則篤信佛教，因「人事棄而不修，故大曆刑政，

〔註45〕（元）脫脫：《宋史》（臺北：藝文印書館，1972年），頁4265。
　　　《宋史·蘇軾傳》亦云：「熙寧四年，安石欲變科舉、興學校，詔兩制、三館議。軾上議曰：得人之道，在於知人，知人之法，在於責實。」蘇轍〈亡兄子瞻端明墓志銘〉寫道：「（熙寧）四年，介甫欲變更科舉，上疑焉，使兩制、三館議之。公議上，上悟曰：『吾固疑此，得軾議，意釋然矣。』」
〔註46〕（宋）蘇軾著，孔凡禮點校：《蘇軾文集》（北京：中華書局，1986年）卷25〈議學校貢舉狀〉，頁725。

日以凌遲，有由然也。」〔註47〕是以，蘇軾強調「試之以法言，取之
以實學。」即是作爲針砭佛老言語之浮誕，而應以實學取代之。

　　另一方面，蘇軾在此何以認爲必須有「人主之名器爵祿」才能以
此「礪世摩鈍」。蓋因此文爲上奏宋神宗，其必須從鞏固人主之權的
角度開展，那麼立人主之道，便是以儒家思想爲立論，若佛老思想盛
行，以致「人主之名器爵祿，所以礪世摩鈍者，廢矣。」那人主又安
在？更何況是不能達到，反而「竊取其言以欺世」，蘇軾此文之目的
既是爲了鞏固人主權勢，就必須以儒家思想爲立論點，進而提出好浮
誕之弊，如是，方能使人主信服與認同。

　　因此，〈議學校貢舉狀〉表面上看似崇儒而排佛，事實上，蘇軾
並非排佛論者，蓋因蘇軾交遊對象中有許多均爲僧友，如：參寥、佛
印等人。蘇軾出仕杭州時期，曾提及「獨念吳越多名僧，與予善常十
九」〔註48〕，此即包括天台梵臻、海月慧辯、大覺懷璉、龍井辯才、
佛印了元等禪宗著名之僧人；又其貶謫黃州時期則有參寥陪伴，嘗在
〈與參寥子二十一首〉云：「釋、老數公，乃復千里致問，情義之厚，
有加於平日。」〔註49〕於處可見蘇軾與僧友之情。

　　綜合上述，虎關與蘇軾在論述角度上立基點不同，虎關主佛老思
想，蘇軾則主儒家思想，惟蘇軾於此文中提出排佛之觀點，除了爲使
人主省思外，亦是對時人追求浮誕之反諷，然卻不能斷論蘇軾爲排佛
論者。是故，虎關批評蘇軾「言之不醇」，既是針對其排佛老之論述，
意指其言不醇厚，而有雜質，便有誤讀之嫌。承此而論，虎關又並非
全然反對〈議學校貢舉狀〉一文之論，否則便不會說「坡公道德文章，
爲趙宋之表帥」，事實上，虎關之目的或也爲維護佛老思想存在之必
然性。

〔註47〕（後晉）劉昫等撰：《舊唐書》（臺北：藝文印書館，1972 年）卷 118
　　　　〈王縉〉，頁 1692。
〔註48〕（宋）蘇軾：《東坡志林》（北京：中華書局，1985 年）卷 2，頁 30。
〔註49〕（宋）蘇軾著，孔凡禮點校：《蘇軾文集》（北京：中華書局，1986
　　　　年）卷 61〈與參寥子二十一首〉，頁 1859。

　　然而，在中國詩話對於蘇軾文之「不醇」，大抵是放在藝術技巧手法而言。如清代紀昀評〈有美堂暴雨〉云：「此首爲詩話所盛推，然獷氣太重。」此以「獷氣太重」爲例，乃宋人常賦以文爲詩，使用譬喻連結太密，又以議論爲詩，以敘述句直陳心中想法，缺乏詩之含蓄，故有「不醇」之意。

　　承前，虎關以爲學者思想意念當是純粹無一雜質，亦認爲創作者應先具備醇厚眞誠與凝神靜慮之思，進而透過涵養熟練，方得天然渾成，虎關說：

　　　學者醇粹以思，涵養熟練，自合於本文矣。〔註50〕

　再說：

　　　文者，非造作焉，精思而自合者也。〔註51〕

　又說：

　　　夫文章妙處，天然渾成，萬世一律耳，人或誠心覃思而自
　　　合也。若未至天渾之處，雖工有可改之字，雖奇有可換之
　　　言：若已至于天渾，自然文從字順，格調韻雅，權衡齊等，
　　　不可移動，所謂醇乎醇者也，毫髮有移換疑慮之處爲未到
　　　耳。〔註52〕

職是之故，虎關在此提及「醇粹以思」、「誠心覃思」與「精思」之概念，大抵由創作者於構思過程中偏於思維概念而生發。此概念除了如前文提及，學者應立「醇全之意」，能「醇乎醇者」，厚實本心的「醇」意，若此性情意念純正無雜，呈現格調韻雅之內涵外，還必須於構思時「澄神靜慮，端己正容，秉筆思生，臨池志逸」〔註53〕，若能先凝神靜慮，體察客觀外物，方能展開創作思維之想像，若能成竹於胸，進而再「涵養熟練」，意即輔以「修練之工」，自能「興

<hr>

〔註50〕　（日）虎關師鍊：《濟北集》卷20〈通衡之五〉。
〔註51〕　（日）虎關師鍊：《濟北集》卷20〈通衡之五〉。
〔註52〕　（日）虎關師鍊：《濟北集》卷12〈清言〉。
〔註53〕　（唐）歐陽詢：《八訣》，收入《歷代書法論文選》（臺北：華正書局，
　　　　　1984年），頁90。

致飛躍，得心應手」〔註54〕，了然於心，方可臻於「天然渾成」，即能「自合」〔註55〕，而「不借繩削而合者」。

　　是故，對於虎關而言，「修練之工」非首要條件，因其認爲世之學詩書者，往往「傷於工奇」，而忽略學者應立「醇全之意」，亦必須經由「覃思」、「精思」創作過程之凝慮。故而，虎關提出對時人之反思，方提出不以詩文平淡、工奇論優劣，而是必須醇厚、醇粹以思，循此理之脈絡，就能「毫髮有移換疑慮之處」。

　　至於如何詮解「理」？又何謂「適理」之說，則於下節探究。

二、詩文以「適理」爲準則

　　久松潛一於〈虎關師鍊の詩觀〉中，認爲「理」爲「まこと」，而「まこと」意指「誠」、「眞」、「實」，久松潛一在此提出「理」等於「醇」之結論。〔註56〕然而，蔭木英雄認爲此種說法可待商權，其提及「理」僅是達到「醇」的重要因素之一，同時應著重「修練」。

〔註54〕（明）沈襄：《梅譜》，收入俞崑編：《中國畫論類編》（臺北：華正書局，1977 年），頁 1068。

〔註55〕虎關主張「自合」的自然風格與態度，不應拘泥形式法則，渾然自成，而精思自在其中，方爲「至文」此「自合」之看法，大抵源自山谷〈與王觀復書〉「好作奇語，自是文章病。但當以理爲主，理得而辭順，文章自然出羣拔萃。觀杜子美到夔州後詩，韓退之自潮州還朝後文章，皆不煩繩削而自合矣。」（宋）黃庭堅：《山谷全集》（臺北：中華書局，1970 年）卷 19〈與王觀復書〉，頁 184。〈題李白詩草後〉「在開元至德間，不以能書傳，今其行草殊不減古人，蓋所謂不煩繩削而自合者歟？」（宋）黃庭堅：《山谷全集》（臺北：中華書局，1970 年）卷 26〈題李白詩草後〉，頁 272。（宋）黃庭堅：《山谷全集》（臺北：中華書局，1970 年）卷〈題意可詩後〉「寧律不諧，而不使句弱，用字不工，不使語俗。此庾開府之所長也，然有意於爲詩也。至於淵明，則所謂不煩繩削而自合。」（宋）黃庭堅：《山谷全集》（臺北：中華書局，1970 年）卷 26〈題意可詩後〉，頁 276。皆有此說。

〔註56〕（日）久松潛一：〈虎關師鍊の詩觀——文學評論史考〉，《国語と国文学》，22(12)(260)，1945 年，頁 1～6。本論文轉引自（日）蔭木英雄：《五山詩史の研究》（東京：笠間書院，1977 年），頁 145。

〔註 57〕

　　筆者對於蔭木英雄提及在「理」之外尚須考量「修練」一說予以認同。然蔭木英雄之說法，亦待補充，意即，除了「理」與「修練」是達到「醇」的因素之外，「淳」亦是達到「醇」的因素之一。如前節所言，「淳」近乎「醇」，是因童子「醇全之氣」乃「朴質」所造成的這番論述而來，凡學詩文者，皆應先立「醇全之意」，若有了「淳」，即可近乎「醇」，但不等同於「醇」。

　　筆者雖然認為久松潛一的說法未周全，然卻認同其在解釋「理」時所使用的「まこと」之解釋之意。以下就以虎關於文章中提出的「理」加以探究之。

（一）事物之理，莫非自然

　　虎關生活的年代，正當中國南宋末帝昺祥興元年（西元 1278）至元朝的順帝至正六年（西元 1346）。這段時間的中國，於思想方面為程朱理學與陸王心學之爭；於文學方面主江西詩派、江湖詩派，崇尚蘇軾、黃庭堅、陸游、楊萬里等詩人。一山一寧傳入宋學後，日本禪宗與宋學之間密不可分，前已論述，虎關師承一山，又時值宋學之興，相信不難理解宋學。是以，此處「適理」之「理」，蓋源自程朱理學之概念。

　　「理」一字在思想論著中早已出現，然以「理」作宇宙本體論者，乃由二程提出，程顥言：「吾學雖有所受，天理二字卻是自家體貼出來。」〔註 58〕然而，理學以朱熹為集大成，其以為：「事物之理，莫非自然」〔註 59〕，「至於天下之物，則必各有所以然之故，與其所當

〔註57〕　（日）蔭木英雄：《五山詩史の研究》（東京：笠間書院，1977 年），頁 145。

〔註58〕　（宋）程顥、程頤：《二程集》（臺北：漢京文化，1983 年）卷 12〈河南程氏外書〉，頁 424。

〔註59〕　（宋）朱熹：《朱子全書・孟子集注》（上海：上海古籍，2002 年）卷 4〈離婁下〉，頁 363。

然之則，所謂理也。」〔註60〕於此可知，「理」蓋爲事物本源的自然規律與秩序。若將「理」之概念移於詩文理論中，仍反映出本然之規律，宋代蘇軾詩畫理論中說：

> 余嘗論畫，以爲人、禽、宮室、器用，皆有常形。至於山石竹木，水波煙雲，雖無常形，而有常理。常形之失，人皆知之，常理之不當，雖曉畫者有所不知。故凡可欺世而取名者，必托于無常形者也。雖然，常形之失，止於所失，而不能病其全。若常理之不當，則舉廢之矣。〔註61〕

蘇軾認爲萬物皆有「常形」和「常理」。論「常形」，以「人、禽、宮室、器用」爲喻；言「常理」則以「山石竹木、水波煙雲」爲喻。「人」、「禽」皆有形體，常形的偏頗，不足以使整幅繪畫失去價值；然而常理的不當，會讓繪畫「舉廢之矣」。故「山石竹木」可不拘其形，但應取其「常理」，此「常理」即應具備自然天理，使神態自若。徐復觀在《中國藝術的精神》裡說：

> （常理）乃指出于自然的生命構造，及由此自然的生命構造而來的自然的情態而言，他（蘇軾）說：「如是而生，如是而死各當其處，合於天造」正是這種意思；這即是他所說的「常理」。〔註62〕

然而，虎關亦有：「書與畫非取其逼眞，大體取其意。」〔註63〕所謂「取其意」之「意」與蘇軾之「理」，約取師法自然規律及其紋理脈絡。但是，虎關又是如何看待「理」？在此之前，可先瞭解學者對「中世禪僧」如何看待「理」之論述，安良岡康作在〈中世的文藝

〔註60〕 （宋）朱熹：《大學或問》（京都：中文出版社，1977年），頁13。

〔註61〕 （宋）蘇軾著，孔凡禮點校：《蘇軾文集》（北京：中華書局，1986年）卷〈淨因院畫記〉，頁367。

〔註62〕 徐復觀：《中國藝術精神》（臺北：臺灣學生，1983年），頁359。

〔註63〕 （日）令淬編：《海藏和尚紀年錄》，收入（日）塙保己一、太田藤四郎：《續群書類從・第九輯下》（東京：續群書類從完成會，1957年），頁465。

としての五山漢詩文〉一文中提及：

> 「中世的文藝」一詞，是指足以發揮中世特色的古典作品，
> 相對於近世、近代之文藝作品。「中世的文藝」有共通的文
> 藝理念存在，以「理」一字而概論之，其內容包含「人間
> 的信條」、「生活之原理」、「實踐之理法」，由生活中自我體
> 會，去確認及企求哲學的道理，進一步具體對人間、社會、
> 文化現象之批判。而五山禪僧之漢詩文又爲「中世的文藝」
> 的代表，當中必然有「理」之表現。〔註64〕

其又說：

> 從虎關、雪村友梅、夢巖祖應、別源圓旨、義堂周信等人
> 之詩作中，皆可見表現「理」的詩句，此「理」將五山禪
> 僧詩作的深處完全發揮，既可關照自我生命，亦對社會現
> 況予以針砭。在質量上，遠遠凌駕日本中世的和歌、連歌、
> 歌謠等文藝作品，蓋皆源於「理」也。〔註65〕

於此可見，安良岡康作認爲五山禪僧對「理」的看法主要從生活、生命中去體會與實踐哲學之理，同時能具體批判社會、文化現象，以對自我的警惕，反求諸己，此與宋理學精神呼應。

關於今時學者求道難成之因，虎關認爲是因「心抱虛浮」之故，他說：

> 今時學者，其才器不必多下上世，只是心抱虛浮，所作不
> 精。或十年二十年宴坐山林，勤苦修練絕無所得，皆因浮
> 矯是虛病之源。……治虛病以堅誠。……見理捨虛，是堅
> 誠之方也。〔註66〕

虎關認爲今時學者，宴坐山林，勤苦修練，卻無所得，是因心多「浮

〔註64〕（日）安良岡康作：〈中世的文藝としての五山漢詩文〉，《日本の禪
　　　　語錄》第 8 卷，月報第 10 號》（東京：講談社，1978 年），頁 1～3。
〔註65〕（日）安良岡康作：〈中世的文藝としての五山漢詩文〉，《日本の禪
　　　　語錄》第 8 卷，月報第 10 號》（東京：講談社，1978 年），頁 1～3。
〔註66〕（日）虎關師鍊：《濟北集》卷 12〈清言〉。

「矯」之情。因此，虎關提出，治「浮矯」之病，應透過「堅誠」，若能事事以「理」爲依循之脈絡，時時惕勵自我，即不會困於「虛病」中。因此，虎關所謂的「理」，在此亦可如安良岡康作所說，是以「人間的信條」、「生活之原理」、「實踐之理法」爲規範。至於義堂周信則以〈深耕說〉之寓言的方式說「理」，其言：

> 空華叟（義堂周信）郊居無事，出游泛觀。田野桑柘之間，有大麥同畝而異熟者，怪之質諸老農曰：「惰農爲也？」問其所以，曰：「凡地耕而淺者，所種之物，必早熟而不茂；深而耕者，所種之物，必晚成而肥碩。」是以善學稼者，患乎耕之淺，不患成之晚也。而彼惰者，用力弗專，所以耕有深淺，而熟有早晚也矣。嗟乎！今之吾徒也，耕道不深，而患名晚者，豈無愧於老農之言也耶？〔註67〕

在此，老農提及「善學稼者」，憂慮自己耕不足深，不擔心收成晚；可是對於「惰者」而言，無法專一，以致耕有深淺，收成時間不一。義堂以此爲喻，有感而發，反思今之學道者無法致力專一，未能全心投入學習，學道不堅，惟憂名利晚成，以致學習成果不如預期之慨嘆。

　　義堂以莊稼爲喻，類於東坡〈稼說送張琥〉一文，亦是以譬喻說理來闡釋爲學之重要。東坡以「稼」爲喻，採正反對比手法，由「富」而「窮」，自「古」而「今」，藉以說明爲學之道必須重視自我修養，充而後用，最後強調「博觀而約取，厚積而博發」〔註68〕，正可爲義堂周信作一總結。

　　要之，虎關對於「理」於生活之實踐，誠如其於〈濟北詩話〉中提及：

〔註67〕　（日）義堂周信：《空華集》卷 15〈深耕說〉，收入（日）上村觀光：《五山文學全集》第二卷，頁 1758。

〔註68〕　（宋）蘇軾著，孔凡禮點校：《蘇軾文集》（北京：中華書局，1986年）卷 10〈稼說送張琥〉，頁 340。

學道憂世，匡君救民之志，皆形于緒言矣！〔註69〕

進而以爲：

達人君子隨時諷諭，使復性情，豈朴淡奇工之所拘乎，惟
理之適而已。〔註70〕

如上所述，虎關立基在儒家思想之背景，揭示「學道憂世，匡君救民
之志」，若形於詩文則性情爲純正，便能以風雅爲權衡準則，不必拘
泥於文章之樸質或奇工論優劣，心之所志，則形於外。上述所言，著
實站在儒門詩教之立場，於是便不僅止於「辭氣文彩」而已。江戶時
期詩論家皆川淇園（西元 1734～1807）亦有如是看法：

《詩》者，蓋聖人採其民所謳歌之辭，……纂緝編列之間，
因以言天下所宜志之志，因以立天下所宜道之道者也。是
故，所謂溫柔敦厚者，亦惟稱於夫所立之道，與所言之志，
而初非稱其辭氣文彩也已。〔註71〕

日本吸收中國儒家思想，將《詩》所謂「溫柔敦厚」之詩風，進一步
與言志、立道相互生發，非以辭氣文彩爲指標意義。虎關以爲起心動
念性情之正，都應源於「理」，即有此意。這個思維之下，虎關特別
強調「理」的重要，他說：

天下只一箇理而已。理若純正，雖詞語百端，何害之有？
理若迂曲，雖一句又孔之醜矣。〔註72〕

又

天下惟理而已。理若戾乖，雖眞說卑矣，理若適宜，奇巧
不妨。其中誕妄而無警策者，不足言矣……凡事皆繫于時
矣，文又當然，不因眞說奇巧，惟理而已矣。〔註73〕

〔註69〕（日）虎關師鍊：《濟北集》卷 11〈濟北詩話〉。
〔註70〕（日）虎關師鍊：《濟北集》卷 11〈濟北詩話〉。
〔註71〕（日）皆川淇園：《淇園詩話》，收入蔡鎮楚編：《域外詩話珍本叢書》
第 5 冊（北京：北京圖書館出版社，2006 年），頁 627～628。
〔註72〕（日）虎關師鍊：《濟北集》卷 12〈清言〉。
〔註73〕（日）虎關師鍊：《濟北集》卷 20〈通衡之五〉。

虎關認爲天下僅一「理」，此說合於朱熹所言：「合天地萬物而言，只是一箇理」〔註74〕惟朱熹此「理」是站在思想「理一分殊」之觀點，而虎關則將此「理」涵攝於性情之中。若以性情純正，即便詞語百端或文之奇巧，不妨礙詩文之表現；反之，若性情乖戾，或迂曲不實，即表示起心動念已不純正，那麼即使出自於內心之言語，亦不可取。

（二）理若純正，詞語百端亦無害

虎關對於朱熹不解佛典而批評《傳燈錄》有所不滿〔註75〕，其言：

> 朱氏不委佛教妄加誣毀，不充一笑。又云《傳燈錄》極陋，蓋朱氏之極陋者，文詞耳，其理者非朱氏之可下喙處。凡書者其文雖陋，其理自見。朱氏只見文字，不通義理，而言佛祖妙旨爲極陋者，實可憐愍。夫《傳燈》之中，文詞之卑冗也，年代之錯違者，吾皆不取，然佛祖奧旨，禪家要妙，捨《傳燈》猶何言乎？朱氏不辨漫加品藻，百世之笑端乎。〔註76〕

這段敘述中，虎關認爲朱熹批評《傳燈錄》僅著眼於文字，而其因「不通義理」就片面言說「佛祖妙旨爲極陋」是不合乎「理」。虎關認爲即使文陋，卻不妨礙「理見」，而且「佛祖奧旨，禪家要妙，捨《傳燈》猶何言乎？」故，此「理」爲「佛祖奧旨，禪家要妙」之內涵，若能覺察此奧旨與要妙之純正與義理之精到，而不取「文詞之卑冗」、

〔註74〕（宋）朱熹；（宋）黎靖德編：《朱子語類》（臺北：正中書局，1982年）卷1〈理氣上〉，頁2。

〔註75〕朱子曾曰：「《傳燈錄》極陋，蓋眞宗時一僧做上之。眞宗令楊大年刪過，故出楊大年名，便是楊大年也曉不得」；又曾言：「僧家所謂禪者於其所行全不相應。向來見幾箇好僧說得禪，又行得好，自是其資質爲人好耳，非禪之力也。所謂禪，是僧家自舉一般見解，如秀才家舉業相似，與行己全不相干」。對佛學批評甚多。詳見（宋）朱熹：《朱子語類》（臺北：正中書局，1982年）卷126〈釋氏〉，頁4852、4855。

〔註76〕（日）虎關師鍊：《濟北集》卷20〈通衡之五〉。

「年代之錯違者」之外相，即不爲外在文字所累。是以，虎關亦言：

> 大凡見書當見其立意之旨趣，不可泥其文句也。……依義
> 而不可依文矣。〔註77〕

此段引文，同樣以爲應「見其立意之旨趣，不可泥其文句」，尤應「依
義而不可依文」，便不會受文字之障礙，而妨礙「理見」。

然而，虎關批評朱熹「不辨漫加品藻，百世之笑端乎」，便是站
在儒者不學佛法而漫議的立場而批判之，其於〈通衡之五〉中有載：

> 我常惡儒者，不學佛法漫爲議。光（司馬光）之朴眞猶
> 如此，況餘浮矯類乎？降至晦庵益張，故我合朱氏而排
> 之。〔註78〕

虎關常惡儒者以主觀立場而漫議佛法，其以司馬光爲例，認爲光之本
質有「朴眞」之心性尚且如此，更何況心之「浮矯」之徒？虎關認爲
「溫公不學佛書，只以凡心議聖境。」〔註79〕但虎關認爲漫議佛法最
甚者爲朱熹，以「朱氏之偏見者，我釋書恐遭此議。」〔註80〕而認爲
朱熹之佛論，應排斥於外。虎關又說：

> 《晦菴語錄》云：「釋氏只《四十二章經》是他古書，其餘
> 皆中國文士潤色成之。《維摩經》亦南北朝時作。」朱氏當
> 晚宋稱巨儒，故品藻百家乖理者多矣，釋門尤甚。諸經文
> 士潤色者，事是而理非也。蓋朱氏不學佛之過也。夫譯經
> 者，十師成之，十師之中潤文者，時之名儒，奉詔加焉者
> 多有之矣。宋之謝靈運；唐之孟簡等也。文士潤色實爾，
> 然漢文也，非竺理矣。朱氏議我而不知譯事也，又《維摩
> 經》南北時，作者不學之過也。蓋佛經西來，皆先上奏，
> 然後奉敕譯之，豈閑窓隱几僞述之謂乎。況貝葉梵字不類

〔註77〕（日）虎關師鍊：《濟北集》卷12〈清言〉。
〔註78〕（日）虎關師鍊：《濟北集》卷20〈通衡之五〉。
〔註79〕（日）虎關師鍊：《濟北集》卷20〈通衡之五〉。
〔註80〕（日）虎關師鍊：《濟北集》卷20〈通衡之五〉。

漢書，故十師中有譯語，有度語，漢人之謬，妄不可納矣。
〔註81〕

此則論述中，虎關對於朱熹批評佛教經典只《四十二章經》，其餘佛書因經文士潤色而成，非直接出於釋氏。《朱子語類》在「釋氏只《四十二章經》是古書」云云後，接著載：

> 道家之書只《老子》《莊》《列》及《丹經》而已。《丹經》如《參同契》之類，然已非老氏之學。《清淨》《消災》二經，皆模學釋書而誤者。《度人經》〈生神〉章皆杜光庭撰。最鄙俚是《北斗經》。〔註82〕

朱熹於此提及「已非老氏之學」、「模學釋書而誤者」、「最鄙俚是《北斗經》」等批評，蓋為虎關所認為「朱氏當晚宋稱巨儒，故品藻百家乖理者多矣，釋門尤甚」一說。然而，虎關認為其僅見諸經為文士潤色之事，而不解佛典所通達之真理，此即出自「朱氏不學佛之過」。因為譯經、潤文之士，多為時之名儒奉敕譯之，而非「閑窗隱几偽述」。然若真要議論批評佛教，應先明所譯之文，是否為佛典欲傳達之理，因為虎關認為有的佛典是直接翻譯，有的則是依據自己理解佛典的內容而闡釋，因此，有些譯文荒謬之處，蓋非佛經欲傳達之要意旨趣。故而，虎關便說：

> 夫道（佛道）之出文字言說者，不容盡取也。先醇吾心而擇其文疵耳。若心未醇之者，不可言文疵矣。〔註83〕

以此可綜觀虎關批評朱熹不學佛而闢佛，又說「佛祖妙旨為極陋」之說法不具合理性，亦未明佛典之理，而「其理者非朱氏之可下喙處」，故對朱熹產生不滿之情，因此又說「朱氏已宗妙喜，卻毀《傳燈》，何哉？因此而言，朱氏非醇儒矣。」〔註84〕

〔註81〕（日）虎關師鍊：《濟北集》卷20〈通衡之五〉。
〔註82〕（宋）朱熹；（宋）黎靖德編：《朱子語類》（臺北：正中書局，1982年）卷126〈釋氏〉，頁4828。
〔註83〕（日）虎關師鍊：《濟北集》卷16〈通衡之一〉。
〔註84〕（日）虎關師鍊：《濟北集》卷20〈通衡之五〉。

　　若緣著「理若純正」雖詞語百端無害之說，不僅爲佛祖妙旨之理，
此「理」承前所論，若融攝於性情，則有「雅正」與「僻邪」二者之
分，虎關於〈濟北詩話〉中再次提出例證，他說：

> 夫詩者，志之所之也。性情也，雅正也，若其形言也，或
> 性情也，或雅正也者，雖賦和，上也，或不性情也，不雅
> 正也，雖興，次也。今夫有人，端居無事，忽焉思念出焉，
> 其思念有正焉，有邪焉，君子之者，去其邪，取其正，豈
> 以其無事忽焉之思念爲天，而不分邪正隨之哉。物事之觸
> 我也，我之感也，又有邪正，豈以其觸感之者爲天，而不
> 辨邪正而隨之哉。況詩人之者，元有性情之權，雅正之衡，
> 不質於此，只任觸感之興，恐陷僻邪之坑。〔註85〕

虎關言爲詩者，若性情雅正，則發而爲言之性情，亦爲雅正，若發而
爲言之性情不雅正，則詩作亦不具雅正之理。虎關在此強調性情有
「邪」、「正」之分，而人感於外物後觸發之心念亦有「邪」、「正」之
別。那麼，詩人以「賦」或「興」之手法創作詩文，並不能決定作品
上、下之別，而要歸於作者興發而起之「邪」、「正」意念，故心既寓
寄於理，即性情之中，便應在「思念」出焉，察覺此念之「正」、「邪」，
若能有「雅正之衡」，則可避免陷於「僻邪之坑」而不自知。

　　虎關何以言明這些主張？除了強調性情「邪」、「正」會影響作品
良窳外，亦是回應楊誠齋對詩歌創作手法，以「興、賦、賡和」之次
降觀點品評詩作之補充，〈濟北詩話〉中詳引其說：

> 楊誠齋曰：大氐詩之作也，興，上也，賦，次也，賡和，
> 不得已也。我初無意於作是詩，而是物是事適然觸於我，
> 我之意亦適然感乎是物是事。觸先焉，感隨焉，而是詩
> 出焉，我何與哉？天也！斯之謂興。或屬意一花，或分
> 題一山，指某物課一詠，立其題徵一篇，是已，非天矣，

〔註85〕　（日）虎關師鍊：《濟北集》卷 11〈濟北詩話〉。

然猶專乎我也，斯之謂賦。至於賡和則孰觸之？孰感之？

孰題之哉？人而已矣。出乎天，猶懼戕乎天；專乎我，

猶懼強乎我，今牽乎人而已矣。尚冀其有一銖之天，一

黍之我乎？〔註86〕

楊誠齋爲南宋詩人，嘗學於江西詩派等諸家作品，卻因江西詩派常於古人佳作中求字句、章法，易使情感、思想枯竭，而一味仿效他人之作，會有「學之愈力，作之愈寡」〔註87〕之困境。因此，誠齋逐漸體悟詩人主體與外物接觸後的感動更爲重要，如同《文心雕龍‧物色》所言：

詩人感物，聯類不窮，流連萬象之際，沈吟視聽之區，寫

氣圖貌，既隨物以宛轉。屬采附聲，亦與心而徘徊。〔註88〕

故而誠齋在〈答建康府大軍庫監門徐達書〉一文中，提出上述之看法，以爲「興」爲上乘，乃因詩人受外物觸動而興起聯想感發，故詩能自然天成，非刻意造作；「賦」次之，因詩人針對內容，有主題有對象之蘊釀，非因靈感而成自然之詩；至若「賡和」僅是牽乎他人，非自己感之或蘊釀而成詩，更顯無味。

楊誠齋以「興」爲不矯柔造作的情感爲上乘之作，而虎關則有更周延之界說，以爲詩人觸動感發之起心動念，無論是性情與情感必須由「正」、「邪」加以判斷，故言「或性情也，或雅正也者，雖賦和，上也，或不性情也，不雅正也，雖興，次也」〔註89〕之評論。

由上所述，虎關所謂「適理」，從創作手法而言，當是不專事雕鑿，凡事符合自然規律運作，進而觸感於外物；從藝術情感而觀，則爲使之性情純正，直抒情感以表現詩情與詩意。誠如虎關以爲「剗小

〔註86〕　（日）虎關師鍊：《濟北集》卷 11〈濟北詩話〉。

〔註87〕　（宋）楊萬里：《誠齋詩集》（臺北：臺灣中華，1981 年），冊 1〈荊
溪集自序〉，頁 1。

〔註88〕　（梁）劉勰：《文心雕龍》（臺北：臺灣商務，1979 年）卷 10〈物色〉，
頁 62。

〔註89〕　（日）虎關師鍊：《濟北集》卷 11〈濟北詩話〉。

說、掠裨官、竊誕辭、摘怪語、脩飾肌理，補泝（按：沿）濫義，是知道之所不爲也。若能詣理，句意渾成，何咎之有乎？」〔註90〕方是虎關所言「使復性情」、「適理而已」。

要之，虎關所品評之意趣係主眞摯情感，純正性情，不必以平淡或工巧論高低，乃自然湊泊亦不必專事於詩法格律之雕鑿，重視詩人的主體性，「適理」就好，即能保有醇全之意。

第二節　詩文求風雅之正，詞嚴義密

前述虎關以爲詩貴眞，求性情內容之雅正。虎關何以在乎雅正之詩觀？何以在誠齋以「興，上也，賦，次也，賡和，不得已也」〔註91〕創作手法論述作品次第，再輔以詩人創作之性情正邪而論？以下即從「修身治世的儒教本質」與「浮矯之言不足取」兩點論述。

一、修身治世的儒教本質

虎關作爲一個日本禪僧，具有深厚佛學素養之外，又浸濡於儒學思想，其以此爲立身處事之道，因此，以下即從虎關對於孔孟之教之看法與詩文創作之目的來看。

（一）孔孟之教醇然

關於虎關學習儒學之學養，承如第二章虎關家學影響中提及，虎關自十歲即開始研讀《論語》，成長歷程中亦博覽群書，轉益多師，在其詩學觀點亦強調性情之正、溫柔敦厚之儒教觀。是以，虎關對於儒家思想之重視，亦可見其反映在修身及創作方面必須以「適理」作爲準則。

又，儒教之學，以《論語》、《孟子》爲基本經典。然而，孔孟儒家之學，於日本流傳之意義與價值爲何？而虎關與孔孟儒教之關聯爲

〔註90〕　（日）虎關師鍊：《濟北集》卷 12〈清言〉。
〔註91〕　（日）虎關師鍊：《濟北集》卷 11〈濟北詩話〉。

何？

　　日本於應神天皇十六年（晉武帝太康六年，西元 285）時，由百濟的王仁攜來《論語》及《千字文》，成爲漢字傳入日本之始。〔註92〕至推古天皇十二年（隋文帝仁壽四年，西元 604）聖德太子發佈《憲法十七條》，當中許多運用《五經》和《論語》的典故，內容提示政治學之要領，並提示爲政者之戒鑑，強調道德根本等，皆取材自儒教思想。〔註93〕而歷經多次遣唐使的時代後，日本由早期藉高麗、百濟輸入漢籍，漸漸由遣唐使交流的方式輸入中國經典及文化。

　　中世時期，日本入元禪僧除入元學習外，亦多帶回漢籍經典，但此時以研究「文集」及「詩集」爲主，且限於五山禪僧、神道家、公家知識人等，接觸層面較有限〔註94〕，雖然尚未大量遍及於普羅大眾，但身爲僧侶的虎關對儒家經典必然不陌生。

　　惟當時在研讀《孟子》之風上不及《論語》。根據鄭樑生考察乃因：「日本人士認爲《孟子》含有易世革命思想，而長久以來其官方有諱避它的現象。」〔註95〕然而，就日僧而言，「最早正式研究《孟子》者則爲虎關。」〔註96〕虎關以爲孔、孟儒學之教義，最值得讚揚，亦認爲鄒魯儒教系統益顯醇然。〔註97〕

（二）詩文應作貫道、載道之器

　　儒學思想普遍流傳於日本之際，虎關學問之博通，儒家之學除學

〔註92〕　朱謙之：《日本的朱子學・日本儒學的起源》（北京：人民出版社，2000 年），頁 4～7。

〔註93〕　（日）足利衍述：《鎌倉室町時代之儒教》〈序論〉（東京：日本古典全集刊行會，1932 年），頁 1～5。

〔註94〕　詳見黑住眞：《近世日本社会と儒教》（東京：ぺりかん社，2003 年），頁 65～66。

〔註95〕　鄭樑生：〈日本五山禪僧之《孟子》研究〉，收入《中日關係史研究論集》六（臺北：文史哲，1996 年），頁 29。

〔註96〕　鄭樑生：〈日本五山禪僧之《孟子》研究〉，收入《中日關係史研究論集》六（臺北：文史哲，1996 年），頁 39。

〔註97〕　（日）北村澤吉：《五山文學史稿》（東京：富山房，1942 年），頁 120～126。

孔、孟之外，對於《尚書》、《詩經》、《春秋》、荀子、揚雄、王通等
著作亦是用功至深，時人中嚴圓月嘗讚其：

　　究其典謨、訓詁、矢命之書；通其風、賦、比、興、雅、
　　頌之詩；以一字褒貶，考百王之通典。……以至子思、孟
　　軻、荀卿（按：卿）、楊（按：揚）雄、王通之編。〔註98〕

於此可知，虎關對於儒學涉獵廣博，故在立身之道方面，蓋能其內化
儒家思想後，旋即體現儒家之精神。緣此探討中國儒家思想對虎關的
影響後，不難理解虎關的詩文觀所反映的「儒教本質」。承前所述，
詩文應要歸性情之眞，然爲文之目的性，虎關認爲應作「載道」、「貫
道」之器也，其言：

　　唐李漢〈序〉，韓文云：「文者，貫道之器也。」後來，朱晦
　　菴云：「文者，載道之器也，非貫道也。」予謂：「貫亦載也。」
　　惟其因物而異也耳矣。索之于錢也，貫猶載也。〔註99〕

事實上，「載道」是將文作爲承載道的工具，是手段，而「貫道」則
是將文與道一意相貫，是結果。此段引文中，可再論證之處有二：

　　其一，「貫道」說非出於韓愈之文，其於〈爭臣論〉有：「修其辭
以明其道」〔註100〕，然非「貫道」語，此說爲其門生李漢表述之。

　　其二，朱晦菴批評「貫道」說，見諸《朱子語類》，他說：「文皆
是從道中流出，豈有文反能貫道之理，爲文是文，道是道，文只如喫
飯時下飯耳。若以文貫道，却是把本爲末，以末爲本。」〔註101〕然
朱熹亦未明確指出「載道」說，只以「文皆是從道中流出」，而「文

〔註98〕　（日）中嚴圓月：《東海一漚集》卷3〈與虎關和尚〉，收入（日）上
　　　　　村觀光：《五山文學全集》第二卷（京都：思文閣出版社，1992年），
　　　　　頁967。
〔註99〕　（日）虎關師錬：《濟北集》卷20〈通衡之五〉。
〔註100〕（唐）韓愈撰；（宋）朱晦庵考異；王留畊音釋：《朱文公校昌黎先
　　　　　生文集》，寶慶三年序（1227年）の後刷，早稻田大學圖書館藏，
　　　　　卷14〈爭臣論〉，頁9。
〔註101〕（宋）朱熹；（宋）黎靖德編：《朱子語類》（臺北：正中書局，1982
　　　　　年）卷139，頁5309。

以載道」之說，實由周敦頤所倡，其言：「文，所以載道也。輪轅飾而人弗庸，徒飾也，況虛車乎」〔註102〕，體現宋儒重道輕文之現象。

　　然而，虎關認爲兩者無異，最終目的相同，使實際行爲皆合事物本然規律之中道，不乖違此理，以遵循常理或準則。虎關自言：

　　　　凡事皆繫于時矣，文又當然，不因眞説奇巧，惟理而已。

〔註103〕

此「道」或可言爲儒家之道。承此而論，虎關又嘗言詩歌功能爲：

　　　　學道憂世，匡君救民之志，皆形於緒言矣！〔註104〕

在此，亦是儒家治世的實踐，必須形於已發而未盡之言論。儘管虎關對於「貫道」、「載道」一説之詮解和中國文學思想家有些歧異，然其立基於儒家思維，於詩文的道德目的性卻值得肯定。要之，當時五山禪僧夢巖祖應在〈朋孤月頌軸序〉中亦有此意，其言：「文者，蓋貫道之器，試人之具也，不可闕矣。」〔註105〕

　　職是之故，虎關自幼即學習儒學，對於儒家思想所闡發的立身處事之道，而實踐於行住坐臥之間，非浮矯虛名。虎關所謂「道」在此意指「儒家之道」，其肯定詩文能「貫道」、「載道」，學道憂世，匡君救民。

　　然而，虎關浸濡於儒學之中，影響其詩文論之處，便是認爲詩品出於人品，其評論陶淵明時，提及：

　　　　元亮之行，吾猶有議焉。爲彭澤令，纔數十日而去……夫
　　　　守潔於身者易矣，行和於邦者難矣。潛也可謂介潔沖朴之
　　　　士，非大賢矣。其詩如其人，先輩之稱潛也，於行貴介，
　　　　於詩貴淡，後學不委，隨語而轉以爲全才也，故我詳考行

〔註102〕　（宋）周敦頤；朱熹注：《周子通書》，服部文庫，早稻田大學圖書
　　　　　　館藏和刻本，〈文辭〉第二十八，頁16。
〔註103〕　（日）虎關師鍊：《濟北集》卷20〈通衡之五〉。
〔註104〕　（日）虎關師鍊：《濟北集》卷11〈濟北詩話〉。
〔註105〕　（日）夢巖祖應：《旱霖集》卷3，收入（日）上村觀光：《五山文
　　　　　　學全集》第一卷（京都：思文閣出版社，1992年），頁830。

事合于詩云。〔註106〕

虎關認爲「守潔於身者易矣，行和於邦者難矣。」因此，虎關認爲淵明不爲彭澤令，此行爲乃避難趨易，僅可說是「介潔沖朴之士，非大賢矣」。又以爲「詩如其人」，而後輩以爲全才，乃因後學不明眞相。〔註107〕此評論之角度，便是立基在虎關將儒家思想，作爲修身治世之目的而闡發的言論。

二、浮矯之言不足取

承上文，虎關既以「文」作爲貫道、載道之用，故肯定文章的實踐性，而此「文」又爲何？其嘗於〈答藤丞相〉中指出：

> 漢末以降，三國兩晉用偶語，至南北朝尤盛焉。唐興而改南北之弊，故斥楊（炯）、王（勃）、盧（照鄰）、駱（賓王）之儷語，復韓（愈）、柳（宗元）之古文。古文者，雅言也；雅言者，散語也。唐亡而爲五代，又用偶語焉，宋興而救五代之弊，故又斥西崑之儷語，復歐（陽脩）、蘇（軾）之古文。故知散語者，行於治世；儷語者，用於衰代焉。〔註108〕

要之，虎關從時代興替，文體之變，論證偶語（儷語）之體，出於衰世；至若盛世之治，則以古文，藉此肯定文學救弊之道。然，虎關此論以「唐興而改南北之弊，故斥楊、王、盧、駱之儷語」之說可作兩解：其一，若自前後因果關係而論，因爲「唐興」爲「初唐」，其「改南北之弊」爲因，「故斥楊、王、盧、駱」爲果，那麼，虎關將「楊、王、盧、駱」（初唐四傑）恐有誤爲「南北朝」詩人之嫌。其二，虎關明「楊、王、盧、駱」爲初唐之人，惟因其時仍存南北朝駢儷之遺風，因此「復韓、柳之古文」即是以中唐之韓愈、柳宗元推動古文運

〔註106〕（日）虎關師鍊：《濟北集》卷11〈濟北詩話〉。
〔註107〕有關虎關對陶淵明之評論，將在第五章「論詩及事」時專節詳述。
〔註108〕（日）虎關師鍊：《濟北集》卷9〈答藤丞相〉。

動而對初唐駢儷遺風之反思。

　　除上述之論外，虎關進而以此興衰之因為鑑，建議「藤丞相」應學散語，其言：

　　　　輔政化，貴典墳，振頹綱，拯冗跡，況茲文弊在其所好乎。

　　　　因從容諭明主，使天下學古文，斥四六，跨漢、唐，階商、

　　　　周，寧非文明之化，興于當代乎。〔註109〕

虎關以漢、唐、商、周為例，再次強調學習古文方能興於當代，以此作為文學的功能性。

（一）韓文嚴明，用字不苟

　　蓋「古文」者，以「韓愈」為唐宋八大家之首，虎關甚為推崇，其於〈南海神廟碑〉一文，述及「南海神次最貴，在北、東、西三神河伯之上」云：

　　　　嗚呼！韓公為文用字，格體嚴正如此，蓋作文者，先須知

　　　　正助，四方之次。東雖在初，今以南為主，當以北為配，

　　　　故以北為正，置東西上也。旨哉！韓子之言乎！雖一字不

　　　　苟下，庶或後之君子辨為文之正助焉。〔註110〕

　　韓愈〈南海神廟碑〉前後文為：

　　　　海於天地間為物最鉅。自三代聖王，莫不祀事，考於傳記，

　　　　而南海神次最貴，在北東西三神、河伯之上，號為「祝融」。

　　　　〔註111〕

「祝融」在此作為「南海之神」。《管子・五行》中已載：「得奢龍而辨於東方，得祝融而辯於南方。」〔註112〕然而，到了唐代，南海神

〔註109〕　（日）虎關師鍊：《濟北集》卷9〈答藤丞相〉。

〔註110〕　（日）虎關師鍊：《濟北集》卷20〈通衡之五〉。

〔註111〕　（唐）韓愈撰；（宋）朱晦庵考異：王留畊音釋：《朱文公校昌黎先
　　　　　生文集》，寶慶三年序（1227年）の後刷，早稻田大學圖書館藏，
　　　　　卷31〈南海神廟碑〉，頁1。

〔註112〕　（周）管仲撰；（唐）房玄齡註釋；劉績增註：朱長春通演：朱養
　　　　　和輯訂：《管子》，（姑蘇：聚文堂，1804年）早稻田大學圖書館藏，

廟地位提高，據李邕（西元 678～747）載天寶十年（西元 751）南海神廟「屢效休征之應」，故受封爲「廣利王」（〈冊祭南海神記碑〉）。

虎關在此肯定韓愈爲文用字「一字不苟下」，格體嚴正，四方次第，依序陳列，其作文嚴明，可作爲後學爲文之準則。除此之外，虎關對於韓愈之讚嘆，亦可見於〈通衡之五〉，他說：

> 始予讀韓文李漢〈序〉，至「洞見（按：視）萬古，愍測（按：惻）當世」，以爲斯言不可容易而發矣。（李）漢，門人也，豈溺其師邪？漸至〈進學解〉：「尋墜緒之茫茫，獨旁探而遠紹。障百川而東之，迴狂瀾於旣倒。」掩卷嘆息，（李）漢之言不浪出，可謂盡其師矣。凡唐人文中豈有此志氣邪？縱有志氣，豈有操行邪？縱有操行，豈有成文之語邪？縱有成文，又豈有門人之系其文而不靳言邪？然則《新書》所謂「泰山北斗」之句，不爲過耳。〔註113〕

於此得知，虎關最初讀韓文，以爲李漢所言「溺其師」，然讀至〈進學解〉，始知李漢所言無妄，認爲《新唐書・韓愈傳贊》中所謂：「自愈沒，其言大行，學者仰之如泰山北斗。」〔註114〕之說並無過當。虎關以「掩卷嘆息」之態，又以唐人難有相比擬著給予高度肯定，蓋欽佩韓愈於政治、社會、人格上德高望重，受人敬仰。

（二）韓愈無排佛思想

然而，使人疑異處在於韓愈爲「排佛論」者，而若以虎關對於朱熹「不委佛教，妄加誣毀。」〔註115〕給予嚴厲的批評的思維來看，虎關何以對排佛的韓愈給予高度評價與肯定，又依韓愈的〈原道〉、〈原性〉完成〈原嗔〉、〈原冤〉、〈原慢〉三篇文章？〔註116〕

〈五行〉第四十一，頁 15。
〔註113〕（日）虎關師鍊：《濟北集》卷 20〈通衡之五〉。
〔註114〕（宋）歐陽修：（宋）宋祁等撰：《新唐書》（臺北：藝文印書館，1972 年）卷 176〈韓愈傳贊〉，頁 2057。
〔註115〕（日）虎關師鍊：《濟北集》卷 20〈通衡之五〉。
〔註116〕（日）虎關師鍊：《濟北集》卷 7〈原、記、銘〉。

　　筆者以爲原因之一，蓋爲前文可見虎關認同「古文」而斥「儷文」，其強調詩文皆符以自然之情，渾然之勢，亦立基於儒家道德思想，使復性情之正。因此，韓愈的古文文章，方得以讓虎關掩卷嘆息。日本學者川合康三在《中國の文學史觀》中提及：

　　　　中國文學善舉古人之例，古人之言，將古與今置於同一平
　　　　面，古人之言，於我心有戚戚，體會相同，則自可活用之，
　　　　此爲「古今一也」的歷史觀，於文學上，亦是有如此之時
　　　　間意識。〔註117〕

循此時間意識的情感陳述，如同川合康三「古今一也」之觀點，或可參看虎關於韓愈之仰慕之情，正有著「心有戚戚，體會相同」之意。

　　其二，關於韓愈究竟有無「排佛」一說，日本學者多有考證，芳賀幸四郎雖然對於韓愈排佛思想有概述，卻未深究，其偏重文章評價。〔註118〕而蔭木英雄惟提虎關見〈論佛骨表〉後未抨擊韓愈，反而認同韓愈思想的內涵。〔註119〕以此議題所論，最詳盡者爲日本學者比留間健一在〈虎關師鍊の韓愈評價について韓愈の排仏への態度を中心に〉一文，析辨韓愈究竟是否有「排佛」一事。論者從禪林寺壁圖等考查結果，以爲虎關並不認爲韓愈是排佛論者。〔註120〕

　　虎關嘗於《濟北集》記載，韓愈與大顛和尚相唱和，以見韓愈並非排佛之人。虎關〈文應皇帝外紀〉中提及：

　　　　永仁三年（1295 年），雲堂成……斯堂莊麗嚴好，障壁彩畫

〔註117〕　（日）川合康三：《中國の文學史觀》（東京：創文社，2002 年），頁 13～14。

〔註118〕　（日）芳賀幸四郎：《中世禪林の學問および文學に関する研究》（東京：日本學術振興會，1956 年），頁 278。

〔註119〕　（日）蔭木英雄：《五山詩史の研究》（東京：笠間書院，1977 年），頁 152。

〔註120〕　（日）比留間健一：〈虎関師鍊の韓愈評價について韓愈の排仏への態度を中心に〉（譯爲〈虎関師鍊對韓愈的評價──以韓愈排佛態度爲中心〉），《上智大學國文學論集》，第 19 期，1986 年 1 月，頁 83～98。

非尋常山水，皆施禪會圖。李翱參藥、韓愈見大顛、船子
泛華亭、蜆子摵洞水等也。〔註121〕

又於〈宗門十勝論〉中有言：

凡唐宋帝者，與諸禪道話不易枚舉。……道亮之賀知章，
大顛之韓愈，歸宗之李渤，藥山之李翱，南泉之陸亙……。

〔註122〕

在〈文應皇帝外紀〉中載禪林壁畫中有「韓愈見大顛」之圖，而〈宗
門十勝論〉則載「大顛」和「韓愈」交往之證。

除此以見韓愈非排佛者之外，一般以為韓愈被謫至潮州，是因為
〈諫佛骨表〉中對佛教之批評，然而，就佛典所記載的內容，則是因
為韓愈批評唐憲宗只是表面上理解佛教。《祖堂集》卷五〈大顛傳〉
中記載：

大顛和尚嗣石頭，在潮州，元和十三年戊戌。

元和皇帝於安遠門，躬自焚香，迎候頂禮。皇帝及百寮
俱見五色光現，皆云是佛光。百寮拜賀聖感，惟有侍郎
韓愈一人獨言不是佛光，不肯拜賀聖德。帝問：「既不是
佛光，當此何光？」侍郎當時失對，被貶潮州。侍郎到
潮州問左右：「此間有何道德高行禪流？」左右對曰：「有
大顛和尚。」侍郎今使往彼，三請皆不赴後，和尚方聞
「佛光」，故乃自來。……侍郎云：「既不是佛光，當時
何光？」師曰：「當是天龍八部釋梵助化之光。」侍郎云：
「其時京城若有一人似於師者，弟子今日終不來此。」

〔註123〕

另南宋釋悟明《聯燈會要》中以大顛的弟子作〈韓愈傳〉云：

〔註121〕 （日）虎關師鍊：《濟北集》卷 10〈文應皇帝外紀〉。
〔註122〕 （日）虎關師鍊：《濟北集》卷 14〈宗門十勝論〉。
〔註123〕 （南唐）釋靜，筠二禪德編纂：《祖堂集》（臺北：新文豐，1987 年），
頁 93。

> 公（韓愈）因唐憲宗迎佛骨入大內供養，夜放光明，次日
> 早期，群臣皆賀陛下聖德聖感，惟公不賀。上宣問：「群臣
> 皆賀，卿何獨不賀？」公奏云：「臣曾看佛書，佛光非青黃
> 赤白等相，此是神龍衛護之光。」上問：「如何是佛光」公
> 無對，因以罪出。〔註124〕

要之，從上述兩篇引文中可以得知，韓愈遭受貶謫，是因爲其認爲佛
骨所散發的光非佛光，當韓愈向憲宗直諫之際，卻又無法說明何謂佛
光，故而得罪憲宗。基於前論，便不難明白，虎關並不認爲韓愈有排
佛思想。

　　虎關推崇韓愈，亦肯定古文能救世之弊，故於《濟北集》中，嘗
多次提及相關論述，以爲「漢魏以降，人情浮矯多作詩矣」〔註125〕
又「世實有浮矯而作詩者矣。然漢魏以來，詩人何必例浮矯耶。……
浮矯之言吾不取矣。」〔註126〕從中實反映虎關之「浮矯之言吾不取
矣」的詩學主張。

（三）反思時人多浮矯之情

　　虎關何以認爲「浮矯之言吾不取矣」？蓋因其對於時人好爲情造
文，著重綺靡華美之弊應有所省思。其嘗以俗子誤解漢唐諸子詩賦，
追求格律高大爲美，而作「只以誇大語爲佳」之偈頌，作爲對時人之
警惕，其談及：

> 詩賦以格律高大爲上，漢唐諸子皆是也。俗子不知，只以
> 誇大句語爲佳，寔可笑也。若務句語之人，不顧格律，則
> 大言詩之比也。大言詩者，昔楚王與宋玉輩，戲爲此體，
> 爾來相承，或當優場之歡嬉。蓋詩之一戲也耳，豈風雅之
> 寔語，與優場之戲嘲竝按耶？近代吾黨偈頌中，此弊多矣，

〔註124〕　（宋）比丘悟明集：《聯燈會要》（高雄：佛光大藏經編修委員會主
　　　　　編，1994年）第二冊，第20，頁982～983。
〔註125〕　（日）虎關師鍊：《濟北集》卷11〈濟北詩話〉。
〔註126〕　（日）虎關師鍊：《濟北集》卷11〈濟北詩話〉。

　　　學者不可不辨矣。〔註127〕

是故，虎關提出以上觀點，著意於提醒近人之偈頌語不必爲工拙或鋪張刻意而作。

　　孫立曾提及日本早期詩人特愛談論「警策」（或曰「詩眼」）和「綺靡」兩種詩之元素，然彼此消長關係及因素爲：

　　　「警策」、「詩眼」多在唐宋詩之爭中涉及，「綺靡」則在平
　　　安朝以前爲主流，至五山以後則成爲被批評的對象。……
　　　「綺靡」與當時日本詩文作者多爲宮廷文人有關，他們受
　　　六朝文風影響，喜愛《文選》。五山文學以後，陶淵明、杜
　　　甫乃至宋詩流行，綺靡浮艷漸成爲負面評價的用語。〔註128〕

是以，虎關爲五山文學代表作家，且認爲作品應使復性情，故對於綺靡浮艷文風有所反思，亦憂心爲無病呻吟的浮矯之情。虎關在〈通衡之五〉便嘗以魏晉詩風之穨引之爲戒，他說：

　　　或問，陸子衡（按：陸士衡）〈文賦〉：「課虛無以責有，扣
　　　寂寞而求音。」是爲文之法乎？答曰：非也。文者，非造
　　　作焉，精思而自合者也。……若課虛扣寂者，皆雕蟲也，
　　　非至文矣。魏晉穨風，此句爲證也。〔註129〕

文中以爲陸機所謂「課虛扣寂」係爲刻意造作之態度，魏晉風格之穨究其因，以此爲證。

　　這段論述中，陸機和虎關乃基於不同審美觀點，故其論點自有未然相合之處。陸機以爲「詩緣情而綺靡」〔註130〕；而虎關則站在反思時人多浮矯之情的背景下，提出詩應「適理」之說，對於詩之核心，二者自有不同看法。

〔註127〕（日）虎關師鍊：《濟北集》卷11〈濟北詩話〉。
〔註128〕孫立：《日本詩話中的中國古代詩學研究》（北京：北京大學出版社，
　　　　2012年），頁163～164。
〔註129〕（日）虎關師鍊：《濟北集》卷20〈通衡之五〉。
〔註130〕（晉）陸機：《陸士衡文集》卷1，收入《續修四庫全書》（上海：
　　　　上海古籍，2002年），頁1。

又，早期日本漢文學，多著重詩之形式及技巧，此蓋與最初傳入日本的唐代文學中，多著重詩格、詩式、詩體、詩病等內容。然自遣唐使廢除，由禪僧自中國取經而產生文化交流後，宋文學之傳入，宋人偏好評詩、論詩、記載與詩或詩人相關之事，則逐漸影響日人，故五山詩僧逐轉將討論之重點，轉以詩句品評，論詩論事。

虎關以爲形式技巧並非詩之核心，而當爲情感眞，性情純正方爲佳作。因此，對於時人提出警惕與反思，認爲創作要避免浮矯之情，亦不必一味追求高尚之華美綺麗的詩風。

第三節　詩文應雅俗共賞，才力論高低

承前所述，虎關詩文主張在本質上應表現眞性情，兼以雅正之內容，故不取浮矯之言。然若就創作表現而言，虎關之傾向又爲何？本節即從「陽春白雪、下里巴人有間者」、「詩之由俗返雅，才力也」來探討。

一、陽春白雪、下里巴人有間者

虎關不以爲「眾好之」皆爲好作品，其引用《論語・衛靈公》中載孔子曰：「眾惡之，必寮（按：察）焉；眾好之，必察之（按：焉）。」〔註131〕孔子此說是針對人事而論，然虎關則將其放在創作而言，所謂「察焉」，即謂讀者在品賞詩文時應具有的態度，客觀考察作品「眾好」或「眾惡」之因，避免人云亦云，虎關說：

> 宋玉所謂：「陽春白雪、下里巴人有間者是也。」……二子（庾闡〈揚都賦〉、左太沖〈三都賦〉）之文傳時者，淺易之所致也。《春秋》、《太玄》之不振時者，嚴密之使然也。〔註132〕

〔註131〕　（日）虎關師鍊：《濟北集》卷20〈通衡之五〉。
　　　　　參（魏）何晏集解；（梁）皇侃義疏：《論語集解義疏》（臺北：廣文書局，1968年）〈衛靈公〉第十五，頁12。
〔註132〕　（日）虎關師鍊：《濟北集》卷20〈通衡之五〉。

虎關以爲好的作品應當爲何？其引宋玉「陽春白雪、下里巴人有間者是也。」〔註133〕所以，眞正好的作品應是「陽春白雪」和「下里巴人」相間。然而，何謂「陽春白雪」、「下里巴人」？此語典出《昭明文選》〈宋玉‧對楚王問〉一文，內容記載：

> 楚襄王問於宋玉曰：「先生其有遺行與？何士民眾庶不譽之甚也？」宋玉對曰：「唯，然，有之。願大王寬其罪，使得畢其辭。客有歌於郢中者，其始曰『下里巴人』，國中屬而和者數千人；其爲『陽阿』、『薤露』，國中屬而和者數百人；其爲『陽春白雪』，國中屬而和者不過數十人；『引商刻羽』，雜以『流徵』，國中屬而和者不過數人而已。是其曲彌高其和彌寡。……夫聖人瑰意琦行，超然獨處；夫世俗之民又安知臣之所爲哉！」〔註134〕

此處「陽阿」、「薤露」、「下里巴人」、「陽春白雪」都是樂曲名〔註135〕；而「引商」、「刻羽」、「流徵」則爲音調名。〔註136〕文中以樂曲、音調爲喻，表明「世俗之民」如何安知「（宋玉）瑰意琦行，超然獨處」之特質。

宋玉以「客奏之曲」喻「人」，以「國中相和人數」喻「相知者」，分成四個層次，如圖 3-3-1 所示：

〔註133〕（日）虎關師鍊：《濟北集》卷 20〈通衡之五〉。

〔註134〕（梁）蕭統撰；（唐）李善注：《昭明文選》，嘉慶十四年（1809 年），柳田泉舊藏，早稻田大學圖書館藏，卷 45〈宋玉對楚王問〉，頁 1〜2。

〔註135〕「下里巴人」相傳爲戰國時楚國的民間通俗歌曲；「陽春白雪」相傳爲春秋時晉師曠或齊劉涓子所作。陽春取其「萬物知春，和風淡蕩」之義。白雪則取其「凜然清潔，雪竹琳琅之音」之義。

〔註136〕古樂律音階中有宮、商、角、徵、羽五音。「引商」爲加長商聲；「刻羽」則爲削弱羽聲，「流徵」則爲徵音的流轉變化。

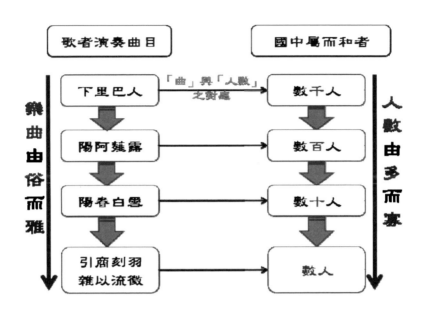

圖 3-3-1：圖解「曲高和寡」（梁姿茵製作）

此圖中，可以看見歌者演奏的「樂曲」由「俗」而「雅」，國中「屬而和者」，則由「多」而「寡」，其以「層遞」手法來敘事，說明樂曲演奏之變化，以及相和者流動之情況。

　　進而以「映襯」修辭，綜合表現「歌者演奏曲目」和「國中屬而和者」對應比較之結果，發現演奏樂曲愈「俗」之曲，人數愈「多」，反之，愈「雅」之曲，人數愈「寡」。宋玉藉「層遞」兼「映襯」的鋪陳，說明「曲彌高其和彌寡」之道理。

　　然而，宋玉爲何要陳述此事予襄王？正因其欲以「陽春白雪」之高雅曲子來比喻自己，用「下里巴人」通俗之曲來譬喻不解自己之人。緣此而論，若在文學之中，「陽春白雪」意指精深高雅的文學作品；而「下里巴人」則作爲通俗之文學。

（一）《春秋》、《太玄》之嚴密，〈揚都賦〉、〈三都賦〉之通俗

　　虎關在辨析《春秋》、《太玄》不振於時，以及〈揚都賦〉、〈三都

賦〉洛陽紙貴之因素時，便引用了「陽春白雪」和「下里巴人」之典
故。以下即承虎關之論，以明其意，他說：

> 昔者孔子作《春秋》也，門弟子中只丘明、子夏受其說，
> 餘子未聞矣；不啻餘子不聞矣，齊魯之國未傳誦矣；不啻
> 齊魯之不傳誦，天下未聞傳誦矣。何爲爾邪？詞嚴義密，
> 而常人不易到也，不特聖經也。揚子《大玄》（按：《太玄》）
> 亦有蓋醬瓿之言。宋玉所謂：「陽春白雪、下里巴人有間者
> 是也。」降逮于魏晉，其道委蕭，庾闡作〈揚都賦〉，都下
> 爲之紙貴，左太沖〈三都賦〉，又貴洛陽之紙。二子之文傳
> 時者，淺易之所致也。《春秋》、《太玄》之不振時者，嚴密
> 之使然也。〔註137〕

虎關以爲孔子的《春秋》，揚雄的《太玄》不振於時，蓋因詞義嚴密
之所致，故「常人不易到」。孔子作《春秋》以經世之用，然《春秋》
未能普及而爲「聖經」之故，蓋如《荀子・儒效》所言：

> 《春秋》言是其微也。〔註138〕

唐代楊倞注解爲：

> 微，謂儒之微旨，一字爲褒貶，微其文，隱其義之類是也。
>
> 〔註139〕

此言《春秋》既是微言，又隱其義，以知經義難明。朱子嘗謂：

> 《春秋》固是尊諸夏、外夷狄。然聖人當初作經，豈是要
> 率天下諸侯而尊齊、晉？自秦檜和戎之後，士人諱言內外，
> 而《春秋》大義晦矣。〔註140〕

〔註137〕　（日）虎關師鍊：《濟北集》卷20〈通衡之五〉。
〔註138〕　（周）荀卿著；（唐）楊倞注、王先謙集解：《荀子集解》（北京：
　　　　　中華書局，1954年）卷4，〈儒效〉，頁84。
〔註139〕　（周）荀卿著；（唐）楊倞注、王先謙集解：《荀子集解》（北京：
　　　　　中華書局，1954年）卷4，〈儒效〉，頁84。
〔註140〕　（宋）朱熹；（宋）黎靖德編：《朱子語類》（臺北：正中書局，1982
　　　　　年）卷83，頁3449。

此即指出解經、注經受時代背景影響，以致部份經義隱晦不明。然而，儘管如此，虎關仍十分肯定《春秋》的價值，其言：

> 文之嚴也，莫踰于《春秋》矣，不熟《春秋》而曰文者，
> 非也。……嗚呼！聖人於文也，何其精到此乎！然詩書者，
> 此等之文寡矣。〔註141〕

虎關推崇孔子爲聖人，於其《春秋》之文以爲「精到」，而其「文之嚴，莫踰于《春秋》」一說，正扣合虎關「詞義嚴密」之詩文要旨，能與之媲美者鮮矣。

惟虎關以層層相遞的說法，提及《春秋》除弟子左丘明、子夏受其說外，「餘子未聞」、「齊魯之國未傳誦」、「天下未聞傳誦矣」，如此以小而大之層遞手法，亦表達虎關層層慨嘆之情，蓋因《春秋》爲陽春白雪之作，即便文「精到」且「嚴密」，卻未得以傳誦。

至若揚雄之《太玄》，虎關同樣視爲陽春白雪，時有「蓋醬瓿之言」。後人以「蓋醬瓿」（同「覆醬瓿」）表示著作價值無人理解，不被重視。其以「覆醬瓿」指稱之故，或有二因，其一，「醬瓿」爲百姓日常之器具，而此書反作爲覆蓋醬瓿之用，二者相較，此書更爲不如；其二，藉以諷刺時人普遍愚庸，只識淺俗之作，不辨經典。而「覆醬瓿」一詞，典出《漢書·揚雄》中載：

> 時有好事者，載酒肴從游學，而鉅鹿侯芭常從雄居，受其
> 《太玄》、《法言》焉。劉歆亦嘗觀之，謂雄曰：「空自苦！
> 今學者有祿利，然尚不能明《易》，又如《玄》何？吾恐后
> 人用覆醬瓿也。」雄笑而不應，年七十一。〔註142〕

在此，劉歆以「覆醬瓿」來暗指學者既不能知曉《易經》，又如何能通達《太玄》之理。虎關以《漢書》典故言及揚雄之《太玄》，恐不易明於世人也。爲此，虎關肯定《春秋》、《太玄》既爲「陽春白雪」

〔註141〕　（日）虎關師鍊：《濟北集》卷19〈通衡之四〉。
〔註142〕　（漢）班固；（清）王先謙注：《漢書》（臺北：藝文印書館，1972
　　　　　年）卷57〈揚雄〉，頁1541。

之作，卻因嚴密雅正，使其不易傳誦，雖非眾所好之，亦非眾所惡之。

　　然而，相對於「雅正嚴密」而言，「淺易」之文反能傳誦一時。虎關提及西晉左思（字「太沖」）的〈三都賦〉為「貴洛陽之紙」，典出《昭明文選》的〈三都賦‧序〉，其說：「賦成，張華見而咨嗟，都邑豪貴，競相傳寫。」〔註143〕一時洛陽紙貴。虎關又舉東晉庾闡的〈揚都賦〉為例，言及「都下為之紙貴」，則出自《世說新語‧文學》記載：

> 庾仲初作〈揚都賦〉成，以呈庾亮。亮以親族之懷，大為
> 其名價云：「可三二京，四三都。」於此人人競寫，都下紙
> 為之貴。〔註144〕

此知，庾闡透過庾亮鼓吹〈揚都賦〉可與張衡的〈二京賦〉、左思的〈三都賦〉相媲美，亦是人人競寫之作。

　　職是之故，虎關以為洛陽紙貴之盛況，蓋因詩文淺俗之故。然而，何謂「淺俗」之語，清代陳衍《石遺室詩話》中提及「淺」即「人人能道語是也」；「俗」則「人人所喜語是也。」〔註145〕因此，若以〈三都賦〉、〈揚都賦〉為人人競寫，都下紙為貴之盛況，可謂人人所喜語，然而，是否人人能道之語，文中未及，則待保留，蓋因時人諸多傳抄，為能附庸風雅，僅盲從跟隨，不辨文意、不解內容者，或有人在。

　　是以，究竟人人爭相傳抄之文是否即是好文？東晉謝安以為〈揚都賦〉模仿之跡甚明，毫無創新，內容乏味，故言其賦，乃為：「屋下架屋耳。事事擬學，而不免儉狹。」〔註146〕然而，左思〈三都賦〉

〔註143〕　（梁）蕭統撰；（唐）李善注：《昭明文選》，嘉慶十四年（1809 年），柳田泉舊藏，早稻田大學圖書館藏，卷 4〈左太沖三都賦序〉，頁12。

〔註144〕　（南朝宋）劉義慶撰；（梁）劉孝標注：《世說新語》（東京：育德財團，1929 年）國立國會圖書館藏〈文學〉第四，頁 81～82。

〔註145〕　（清）陳衍：《石遺室詩話》卷 23，收入張寅彭編：《民國詩話叢編》（上海：上海書局，2002 年）第一冊，頁 318。

〔註146〕　（南朝宋）劉義慶撰；（梁）劉孝標注：《世說新語》（東京：育德財團，1929 年）國立國會圖書館藏〈文學〉第四，頁 82。

之作，是否眞爲淺易？其創作過程又爲何？《晉書・左思》云：

> 復欲賦三都，會妹芬入宮，移家京師，乃詣著作郎張載訪
> 岷邛之事。遂構思十年，門庭藩溷皆著筆紙，遇得一句，
> 即便疏之。自以所見不博，求爲祕書郎。〔註147〕

左思殫精竭慮多年，即爲能詳實考核材料，力求實證，故「遇得一句，
即便疏之」。其嘗於〈三都賦・序〉中述及寫作之態度而言：

> 余旣思摹〈二京〉而賦〈三都〉：其山川城邑，則稽之地圖；
> 其鳥獸草木，則驗之方志。風謠歌舞，各附其俗；魁梧長
> 者，莫非其舊。何則？發言爲詩者，詠其所志也；升高能
> 賦者，頌其所見也。美物者貴依其本，贊事者宜本其實；
> 匪本匪實，覽者奚信？〔註148〕

要之，左思以爲詩賦之作，應詠其志，頌其見，若「玉卮無當，雖寶
非用；侈言無驗，雖麗非經。」〔註149〕因此，其對於〈三都賦〉中
「山川城邑」、「鳥獸草木」、「風謠歌舞」都有本可依據，給予後人豐
富的博物類知識。是故，〈三都賦〉蓋合孔子以爲學《詩》可以「多
識於鳥獸草木之名」之功用。

　　皇甫謐〈三都賦・序〉嘗批評時人賦作，敘述物產不合事實，反
襯左思之作爲「其物土所出，可得披圖而校；體國經制，可得按記而
驗。」〔註150〕緣此得見，〈三都賦〉以鋪陳其事的散筆手法，不若詩
歌的隱晦之語，故予人易讀；又詳考地理、風俗、鳥獸草木之名實，

〔註147〕（唐）房玄齡等：《晉書》（臺北：臺灣中華，1971 年）卷 92〈文
　　　　苑傳論・左思〉，頁 4。

〔註148〕（梁）蕭統撰；（唐）李善注：《昭明文選》，嘉慶十四年（1809 年），
　　　　柳田泉舊藏，早稻田大學圖書館藏，卷 4〈左太沖三都賦序〉，頁
　　　　13～14。

〔註149〕（梁）蕭統撰；（唐）李善注：《昭明文選》，嘉慶十四年（1809 年），
　　　　柳田泉舊藏，早稻田大學圖書館藏，卷 4〈左太沖三都賦序〉，頁
　　　　13。

〔註150〕（梁）蕭統撰；（唐）李善注：《昭明文選》，嘉慶十四年（1809 年），
　　　　柳田泉舊藏，早稻田大學圖書館藏，卷 45〈皇甫士安三都賦序〉，
　　　　頁 30。

所敘真切，又有博物之識，故予人真實貼切。因此，虎關批評二賦爲淺易之語，並非否定其作，而是提出警示，其引孔子之言「眾惡之，必察（按：察）焉；眾好之，必察之。」〔註 151〕說明作品廣爲流傳之際，實應察焉，而非因此譽之太過。虎關此說，若對應當時五山禪林文學，亦有著「一篇一章，紙價爲貴。」〔註 152〕之盛況，虎關以斯爲例，或有意作爲禪林詩風之借鏡。

承前總論，虎關以《春秋》、《太玄》爲陽春白雪之代表，而以〈揚都賦〉、〈三都賦〉爲下里巴人之作，前者曲高和寡，文詞雖雅正嚴密，卻乏興發之情，故不易爲人所理解傳誦；後者易流於市井之作，缺乏雅正之言與性情之真。二者過猶不及，然若能「陽春白雪、下里巴人有間者」，便能雅俗共賞，當爲佳品。

然而，若再進一步闡明《春秋》、《太玄》與〈揚都賦〉、〈三都賦〉何以能傳於時或不振於時之說，筆者由下兩個部份來闡明。

其一，從「圖書分類之部類」而言

《春秋》與《太玄》歸爲「經書」。「經書」易因古語難明其意，故有專門解「經」之書而爲「傳」，亦有匯合「經」、「傳」之解釋者爲「集解」。因閱讀經書本身即有難度，故要使其廣爲傳誦爲之不易。

而〈揚都賦〉、〈三都賦〉屬「集部」。「集部」文學性高，再加上「賦體」主要作爲摹寫事物，抒發情志之故，王力說：「賦比騷抒情的成分少，詠物說理的成分多，詩的成分少，散文的成分多。」〔註 153〕因此，用語遣詞較經書淺易，使讀者易於接受。

其二，從「時代風氣」而言

虎關認爲魏晉之風，多爲浮矯之言。虎關除了在此提出「降逮于魏晉，其道委薾」之外，於〈清言〉亦載：「虞夏商周之有言也，典

〔註 151〕　（日）虎關師鍊：《濟北集》卷 20〈通衡之五〉。
〔註 152〕　（日）江村北海：《日本詩史》卷 2，收入（日）池田四郎次郎：《日本詩話叢書》第一卷（東京：文會堂書局，1920 年），頁 199。
〔註 153〕　王力：《古漢語通論·賦的構成》（香港：中外出版，1976 年），頁 157。

謨誓誥而已,故其文淳厚,降至漢魏瑣碎甚矣。」〔註154〕又於〈通衡之五〉中提及:「課虛扣寂者,皆雕蟲也,非至文矣。魏晉頹風,此句爲證也。」〔註155〕

由此可見,虎關雖未直言「嚴密」和「淺易」之文何者爲佳,然而,卻可從其詩文主張來看,一方面,虎關好「雅正之言」,另一方面,則評魏晉之文多「浮矯之言」,故若眞正要評《春秋》、《太玄》與〈揚都賦〉、〈三都賦〉二者之高下,《春秋》、《太玄》概高於〈揚都賦〉、〈三都賦〉。

(二)元輕白俗之說

虎關追求之理想詩文爲「詞嚴義密」,然易流於曲高和寡;但對於淺俗之詩文,雖易於傳誦,卻恐多「浮矯之情」,二者之間,不可不辨。但虎關是否爲此不喜歡淺俗詩文?其承續上文,以白居易爲例,曰:

> 《白氏長慶集》,元積序之。予笑微之之不知文矣。夫文者,豈以兒女牧豎之稱贊爲爾乎哉?……由是而言,微之之序非文法也。或云樂天〈與元九書〉,自誇兒女之事,微之承於此與?予曰:後世議樂天之淺俗者是也,然元氏若知,文不可瓦合矣。孔子曰:「眾惡之,必察(按:察)焉;眾好之,必察之。」元氏何任眾之好惡而不察焉乎?〔註156〕

此段引文中,虎關看似批評元積「不知文」,然其欲傳達的意涵實指詩文不該是「兒女牧豎之稱贊爲爾乎」,此謂「兒女」者,蓋指婦人、女子,北宋惠洪《冷齋夜話》嘗載:

> 白樂天每作詩,令一老嫗解之,問曰:「解否」?嫗曰:「解」,則錄之;「不解」,則易之。〔註157〕

〔註154〕 (日)虎關師鍊:《濟北集》卷12〈清言〉。
〔註155〕 (日)虎關師鍊:《濟北集》卷20〈通衡之五〉。
〔註156〕 (日)虎關師鍊:《濟北集》卷20〈通衡之五〉。
〔註157〕 (宋)惠洪:《冷齋夜話》,收入朱易安主編:《全宋筆記》2編第9

惠洪提及白居易之詩成時，會詢問老婦人能否解詩意，進而再調整詩句。至若「牧豎」則爲放牧的童子。換言之，若是詩作連婦人與牧童都看得懂，亦給予稱讚，即表示此詩過於淺露。是故，虎關並非全然認同以元白爲代表之俗下淺白文字，及其流傳範圍普及的創作內容與方法，反而認爲「眾好之，必察焉」。虎關此看法，大抵承中國詩論而致。南宋張戒在《歲寒堂詩話》以爲元、白之作：

　　專以道得人心中事爲工，然其詞淺近，其氣卑弱。〔註158〕

張戒又說：

　　只知道得人心中事，而不知道盡則又淺露也，後來詩人能
　　道得人心中事者少爾，尚何無餘蘊之責哉？〔註159〕

要之，元、白受批評之處，乃因詞意淺露無餘蘊，惟「專以道得人心中事」，方能爲「兒女牧豎之稱贊」，故其文氣卑弱。雖然張戒提出元、白作品之病，卻不全然否定其作，故言及「後來詩人能道得人心中事者少爾，尚何無餘蘊之責哉？」事實上，元、白能道心中事，正反映在元稹、白居易合倡新樂府方面，所持立場即是「文章合爲時而著，歌詩合爲事而作。」〔註160〕故詩文爲反映時事，又爲使普羅百姓能解，因此，詩文必須通俗淺白，方能傳播之廣，此說便有實質意義，如斯，更無須斥責元、白詩文乏餘蘊之說。然而，虎關提出這個命題論點，已與平安時期對白居易詩高度推崇有了不同。

　　關於五山禪僧對「元輕白俗」之理解，蓋因受到宋詩文評價之影響，亦是與平安時期倚重白居易詩不同之故。如南宋許顗《許彥周詩話》載：

　　　　冊卷1（鄭州：大象，2003年），頁35。

〔註158〕（宋）張戒：《歲寒堂詩話》（北京：中華書局，1985年）卷上，頁1。

〔註159〕（宋）張戒：《歲寒堂詩話》（北京：中華書局，1985年）卷上，頁4。

〔註160〕（唐）白居易著，朱金城箋校：《白居易箋校》（上海：上海古籍出版社，1988年）卷45〈與元九書〉，頁2792。

〈東坡祭柳子玉文〉：「郊寒島瘦，元輕白俗。」此語具眼。

客見詰曰：「子盛稱白樂天、孟東野詩，又愛元微之詩，而
取此語，何也？」僕曰：「論道當嚴，取人當恕，此八字，
東坡論道之語也。」〔註161〕

緣此，五山禪僧景徐周麟（1440～1518）之〈龍阜春庸首座〉一
詩嘗載：「婢視元輕兼白俗，奴呼馬異與盧同。」〔註162〕在此可知，
東坡所謂「元輕白俗」之語，已影響了五山時期的詩文之風，而虎關
則開啓了由俗返雅詩學之取向。

二、詩之由俗返雅，才力也

然虎關在由俗返雅之取向中，是否真的全然否定「俗」之觀點？
還是其有先備條件？在此之前，欲先討論「以俗爲雅」〔註163〕之創
作內容與手法，再與虎關之論點相互參酌。「以俗爲雅」首見《後山
詩話》所載：

閩士有好詩者，不用陳語常談，寫投梅聖俞。答書曰：「子
詩誠工，但未能以故爲新，以俗爲雅爾。」〔註164〕

梅氏答書似已失傳，目前僅見後山援引。此後有蘇軾〈題柳子厚
詩〉之二：

用事當以故爲新，以俗爲雅。好奇務新，乃詩之病。〔註165〕

〔註161〕（宋）許顗：《許彥周詩話》（北京：中華書局，1985年），頁6。

〔註162〕（日）景徐周麟：《翰林葫蘆集》第6卷，收入（日）上村觀光：《五
山文學全集》第四卷（京都：思文閣出版社，1992年），頁324。

〔註163〕周裕鍇從禪宗的視角探視宋代「以俗爲雅」，其提出從詩歌的題材
和語言兩方面來看。題材的「以俗爲雅」與生活態度和審美態度的
世俗化有關；宋詩語言的「以俗爲雅」，則更是受到禪宗典籍通俗
活潑語言風格的直接啓示。周裕鍇：〈以俗爲雅：禪籍俗語言對宋
詩的滲透與啓示〉，《四川大學學報（哲學社會科學版）》第3期（2000
年），頁73～80。

〔註164〕（宋）陳師道：《後山詩話》，收入（明）毛晉輯：《津逮秘書》第
五集（崇禎中刊）國立國會圖書館藏，頁18。

〔註165〕（宋）蘇軾著，孔凡禮點校：《蘇軾文集》（北京：中華書局，1986

黃庭堅則云：

> 蓋以俗爲雅，以故爲新，百戰百勝，如孫吳之兵。〔註166〕

三人所持之論點，雖將「俗」與「雅」合而討論，其實仍將重點放在「雅」之層面，而「俗」之內容材料或俚語、方言等，經詩人提煉後，都約歸爲「雅」之審美意趣，但是，能否「化俗爲雅」，又見功力之深厚。

（一）新變生新，才辨高低

虎關於〈濟北詩話〉中說：

> 詩貴熟語賤生語，而上才之者，時或用生語，句意豪奇，
>
> 下才慣之，冗陋甚。〔註167〕

虎關指出詩當「貴熟語」而「賤生語」。「熟語」者，常用之詞語；「生語」者，新生之詞語，虎關雖未言明何爲俗？何爲雅？然不管「熟語」或「生語」，若爲「上才」而言，自爲「豪奇」，若爲「下才」之作，便顯「冗陋」，此強調詩人才力的重要。然而，「熟語」、「生語」和「雅語」「俗語」之間當爲如何？張高評以爲「陳言熟詞、方俗常語之運化使用。」〔註168〕方能「以俗爲雅」。錢鍾書亦有：

> 文詞最易襲故蹈常，落套刻板，故作者手眼須「使熟者生」，
>
> 或亦曰「使文者野」。竊謂聖俞二語，夙悟先覺。夫「以故
>
> 爲新」，即「熟者生也」；而「使文者野」，亦可謂之「使野
>
> 者文」，驅使野言，倬入文語，納俗於雅爾。〔註169〕

而周振甫、冀勤則在《《談藝錄》導讀》中，以錢氏之言爲立基，

年）卷〈題柳子厚詩〉，頁2109。

〔註166〕（宋）黃庭堅：《山谷全集》（臺北：中華書局，1970年）卷12〈再次韻楊明叔〉「序」，頁7。

〔註167〕（日）虎關師鍊：《濟北集》卷11〈濟北詩話〉。

〔註168〕張高評：〈評詩人玉屑述詩家造語──以創意之詩思爲核心〉，《文與哲》第17期（2010年12月），頁172。

〔註169〕錢鍾書：《談藝錄》（臺北：書林出版有限公司，1988年），頁320～321。

而有「新變」之概念，其言：

> 「以俗爲雅，以故爲新」，另一種提法是「使熟者生，使文
> 者野」……提出「新變」，即變庸俗爲雅正，變陳舊爲清
> 新。……錢（鍾書）先生從另一角度講，「使文者野」，反
> 過來即「使野者文」，使鄉野的俗語變爲文雅，即「以俗爲
> 雅」。錢先生又指出「選材取境，亦復如是。」〔註170〕

要之，文人倡言「俗」乃爲「生新」，無論指陳的爲語言或是選材取
境，都能化俗爲雅，方予人產生新鮮與清新感。然而，要將俗語、熟
材轉化爲典雅的本質，非人人所能爲，當與「才」相關。南宋張戒嘗
以世人評杜詩爲例指出：

> 世徒見子美詩之麤俗，不知麤俗語在詩句中最難，非麤俗，
> 乃高古之極也。〔註171〕

要之，詩歌創作題材和語言之俚俗化，非麤俗，乃「高古之極也」。
南宋李耆卿於《文章精義》中亦提及文章「不難於細而難於麤」〔註172〕
因此，也可以說此手法「或爲體類之轉化，或爲題材之轉化，或爲
語言之轉化，或爲品格之轉化，多有助於詩美之生、新、變、異。」
〔註173〕

　　是故，虎關既認爲「詩貴熟語」，其實也可以得知其並不一味反
對「俗語」，故上述對元白之評論，除了強調「義密雅正」之內容外，
可以再補充如何「以俗返雅」、「化俗爲雅」，實脫離不開詩人爲天才
或平庸之才的特質。

　　虎關在討論「和韻」創作適當與否時，便是從「才力」的角度來

〔註170〕周振甫、冀勤：《《談藝錄》導讀》（臺北：洪葉文化，1995 年），〈創
　　　　作論〉「以俗爲雅，以故爲新」條，頁 179。

〔註171〕（宋）張戒：《歲寒堂詩話》（北京：中華書局，1985 年）卷上，頁
　　　　1。

〔註172〕（宋）李耆卿：《文章精義》（臺北：臺灣商務，1975 年），頁 4。

〔註173〕張高評：《宋詩特色研究》（長春：長春出版社，2000 年），頁 388
　　　　～408。

論述，其以「李杜」和「元白」爲比較，他說：

> 李杜無和韻，元白有和韻，而詩大壞者，非也。夫人有上
> 才焉，有下才焉。李杜者，上才也，李杜若有和韻，其詩
> 又必善矣。李杜世無和韻，故賡和之美惡不見矣，元白下
> 才也，始作和韻，不必和韻而詩壞矣，只其下才之所爲也。
> 故其集中，雖興感之作，皆不及李杜，何特至賡和責之乎？
> 〔註 174〕

前人說元白詩大壞是因有「和韻詩」〔註 175〕，虎關認爲這個說法不
盡合理，他再次強調「夫人有上才焉，有下才焉」。李杜爲上才，故
即便有賡和之詩同樣是上品，反之，元白本爲下才，即使不作和韻詩，
詩已壞矣，又何必以「元白有和韻，而詩大壞」來評論，因此，若能
和韻又得佳作者，實爲天份之故。

（二）杜甫「情真」、「詞正」、「才高」

王國維亦認爲詩人創作自有天份，故曾標舉四大天才，即屈原、
陶淵明、杜甫、蘇軾是也，杜甫亦在其中，他說：

> 天才者，或數十年而一出，或數百年而一出，而又須濟之
> 以學問，帥之以德性，始能產真正之大文學。此屈子、淵
> 明、子美、子瞻等所以曠世而不一遇也。〔註 176〕

王國維以爲所謂「天才」，必須學問與德性兼具，且天才不常有，得
數十年或數百年方有一出。王氏的觀點，正與虎關謂詩人才力論高下
相呼應，二人同時給予杜甫詩才極高的評價。

然而，虎關何以特讚杜甫，亦可從當時禪林著詩的氛圍來看，根

〔註 174〕 （日）虎關師鍊：《濟北集》卷 11〈濟北詩話〉。

〔註 175〕 「和韻詩」有三體，一曰「依韻」，謂同在一韻中，而不必用其字
也；二曰「次韻」，謂和其原韻而先後次第皆因之也；三曰「用韻」，
謂有其韻而先後不必次也。詳參（明）徐師曾：《詩體明辯》（臺北：
廣文書局，1972 年）卷 14〈和韻詩〉，頁 1039。

〔註 176〕 王國維：〈文學小言·七〉，收入周錫山編校：《王國維文學美學論
著集》（太原：北嶽文藝社，1987 年），頁 26。

據〈日本中世禪林における杜詩受容――中期における杜甫の情に対する関心〉一文提及，隨著禪僧與貴族接觸增多，爲能應付交酬，因此「贈答詩」隨之激增，如：杜詩〈春日憶李白〉詩中之「渭北春天樹，江東日暮雲」即被頻繁引用；而杜甫〈貧交行〉中敘寫與嚴武之情誼，使其詠嘆世上友情已然淡薄，故杜甫交友富「情」且「道義」的詩作，便成爲中期禪僧創作「贈答詩」必然之參考。〔註177〕

就此而論，杜甫之詩作，便符合虎關之詩文主張：「情眞」、「詞正」、「才高」。是以，就王氏的「天才說」而言，蘇珊玉從王氏終極關懷的自覺來討論「天才」之意，正可呼應虎關詩學之主張，其以爲：

> 「天才」之人格特質，關注人品與文品、作家修養、才學
> 識關係的探討，使得「天才」之人文情懷，充滿個性化之
> 人類情感特質。〔註178〕

職是之故，虎關極力推崇李杜，對於元白給予次要評價，亦開啓五山文學對杜詩的重視。

然而，值得關注的是虎關後有義堂周信，亦提及詩文內容力避俗氣，但是其所謂「俗氣」，則是從五山禪僧當時受幕府政治團體之庇護，除追求儒家宋學究理之學問外，有些禪僧亦因官樣富貴而故作風雅者。

因之，義堂周信有詩云：「吟出陽春并白雪，洗空嶋瘦與郊寒。」〔註179〕亦從時人態度以反俗，其謂：「今時僧詩，皆俗樣也，學高僧詩最好今僧詩例學士大夫之體，尤可笑也。官樣富貴，金玉文章，衣

〔註177〕　（日）太田亨：〈日本中世禪林における杜詩受容――中期における杜甫の情に対する関心〉，《中國中世文學研究》，第 29 號，2007年 12 月，頁 72～82。

〔註178〕　蘇珊玉：《人間詞話之審美觀》（臺北：里仁書局，2009 年），頁 126。

〔註179〕　（日）義堂周信：《空華集》卷 7〈借韻酬書狀秀峰〉，收入（日）上村觀光：《五山文學全集》第二卷（京都：思文閣出版社，1992年），頁 1515。

冠高名崇位等，弊尤多。」〔註180〕又說：「今時禪子作偈，變爲俗人秀才花鳥之詞，是可痛惜也。假令作詩，當學禪祖之體。」〔註181〕提醒禪僧應避免「官樣富貴，金玉文章」、「俗人秀才花鳥之詞」，這些都是從詩文避俗來說。

　　綜上所論，詩的「俗」與「雅」在虎關而言，並非全然對立，亦不在其使用詞語或方法之工樸，或將「俗」與時人相待之態度相關聯。就虎關由俗返雅之觀點，除了鎔裁中國詩話之觀點外，仍關注「雅」之層面，並呼應創作者性情正邪論詩之優劣，同時虎關更著力於詩人才力高低與作品好壞有密切關係。

〔註180〕（日）義堂周信著，辻善之助編：《空華日用工夫略集》卷1「應安三年八月四日」條（東京：太洋社，1939年），頁42。

〔註181〕（日）義堂周信著，辻善之助編：《空華日用工夫略集》卷2「應安五年二月十一日」條，頁68。

第四章　虎關師鍊詩學與中國詩話（一）：論詩及辭

　　關於詩話內容與作用，南宋許顗在《許彥周詩話》載：「詩話者，辨句法，備古今，紀盛德，錄異事，正訛誤也」〔註1〕，至清代章學誠《文史通義・詩話》中則將詩話分爲「論詩及辭」和「論詩及事」二類。〔註2〕

　　章學誠所謂「論詩及辭」者，其意爲何？從其例舉《詩經・大雅》中〈烝民〉、〈崧高〉之詩句……以領會所謂「論詩及辭」者：「又如『吉甫作誦，穆如清風』，『其風孔碩，其風肆好』，此論詩及辭也。」尹吉甫作詩，如和風吹拂，其詩甚爲大美，其意甚爲深長……可知，「論詩及辭」與詩歌之風格、評價有關。至若「論詩及事」者，章氏則言：「然考之經據，如云：『爲此詩者，其知道乎？』又云：『未之思也，何遠之有？』此論詩及事也。」由此可見，「論詩及事」與「考之經據」有關；蓋「爲此詩者，其知道乎？」出自《孟子・告子》〔註3〕；「未之

〔註1〕　（宋）許顗：《許彥周詩話》（北京，中華書局，1985年），頁1。
〔註2〕　（清）章學誠：《文史通義・詩話》（臺北：頂淵文化事業有限公司，2002年），頁559。
〔註3〕　（宋）朱熹集註；蔣伯潛廣解：《語譯廣解孟子讀本》，收入《民國時期經學叢書》第三輯（全60冊）第42冊（臺中：文听閣，2009年），頁266。

思也，夫何遠之有哉也？」出自《論語・子罕》〔註4〕，皆可考據。

　　如是而論，根據許顗《許彥周詩話》中的內容，「辨句法」、「正訛誤」大抵屬「論詩及辭」，而「紀盛德」、「錄異事」則屬「論詩及事」之範圍。蔡鎮楚概說「論辭體」，係以「論述」為主，重在評騭、品藻、詩法、詩格、聲律諸方面；「論事體」，則以「記事」為主，重在詩本事，通常以說部之筆調，述作詩之故事，兼寓論詩之意。〔註5〕又在《域外詩話珍本叢書》序言中，對論詩內容提出看法，以為：

　　　　既包括詩論，更多的是論詩之本事故實，論詩人生活方式
　　　　與生活情趣，論詩歌創作所包含的文化義蘊。〔註6〕

　　劉德重、張寅彭：《詩話概說》則歸納前人之論述，以為「論詩及辭」包括「談理論」、「寓品評」、「述體變」、「講法式」、「作考辨」；而「論詩及事」則為「記述詩歌本事」、「記述詩人軼事」、「記述與詩有關的各種資料及見聞等」。至若郭紹虞以為不必然非此即彼，而是：

　　　　詩話中間，則論詩可以及辭，也可以及事；而且更可以辭
　　　　中及事，事中及辭。〔註7〕

　　近人羅根澤則將「記事」和「評詩」的詩話，認為：

　　　　記事貴實事求是，評詩貴闡發詩理；前者為客觀之記述，
　　　　後者乃主觀之意見。〔註8〕

是故，上述對於詩話內容定義，彼此相互補充，本章與第五章即摘錄〈濟北詩話〉條則中相關內容，自「論詩及辭」、「論詩及事」二個主軸展開論述，其中，「論詩及辭」參考劉德重、張寅彭之歸納與章學誠的定義，主要以詩歌之風格、評價為主，分為「章法形式」、「品評」

〔註4〕（魏）何晏集解；（梁）皇侃義疏：《論語集解義疏》（臺北：廣文書局，1968年）〈子罕〉第九，頁19。

〔註5〕蔡鎮楚《詩話學》（湖南：湖南教育出版社，1992年），頁83。

〔註6〕蔡鎮楚：《域外詩話珍本叢書》第一冊（北京：北京圖書館出版社，2006年），頁4。

〔註7〕郭紹虞：《宋詩話輯佚・序》（臺北：華正書局，1981年），頁2。

〔註8〕羅根澤：《中國文學批評史》（臺北：學海出版社，1978年），頁305。

二者〔註9〕；而「論詩及事」則以詩歌本事、詩人軼事及與詩相關的資料等內容相關。然而，誠如郭紹虞所言，詩話中間彼此可以相生發，因此，本論文所歸類乃方便法門。

第一節　章法形式：用古人意不用其句；用古人句不用其意

虎關以為詩之品評與好惡，雖無標準，但詩人可因個人喜好而取前輩佳句，改造成為自己的詩作，至若襲改化用後，詩之好惡，又因各人體悟之異，而呈現不同評價。以下即從虎關提到「奪胎」之詞說起。

一、奪胎與剽竊

虎關在〈濟北詩話〉中分析唐代韓愈〈城南聯句〉之一聯，同時將北宋謝逸詩中一聯與之相較提出看法，其言：

> 予愛退之〈聯句〉，句意雄奇，而至「遙岑出寸碧，遠目增雙明。」以為後句不及前句，後見謝逸詩：「忽逢隔水一山碧，不覺舉頭雙眼明。」始知韓聯圓美渾醇。凡詩人取前輩兩句竝用者，皆無韻。然此謝聯，不覺醜，豈其奪胎乎？〔註10〕

虎關此說概源自於南宋陳巖肖《庚溪詩話》，他說：

> 韓退之〈聯句〉云：「遙岑出寸碧，遠目增雙明」固為佳句。後見謝無逸云：「忽逢隔水一山碧，不覺舉頭雙眼明」。若敷衍退之語，然句意清快，亦自可喜也。〔註11〕

〔註9〕「章法形式」：對詩歌的格律、聲調、音韻、對偶、造語、用事等藝術技巧問題加以研討，提出一定的作詩法則或規範等。

「品評」：對前代或當代詩人詩作進行分析、評價、指出其風格、成就、地位及前後繼承關係、品第高低、比較優劣、標舉雋句，提出批評性或鑑賞性的意見等。

〔註10〕（日）虎關師鍊：《濟北集》卷11〈濟北詩話〉。

〔註11〕（宋）陳巖肖：《庚溪詩話》（北京：中華書局，1985年）卷下，頁

二人所評大抵相同，皆肯定謝詩雖敷衍退之句，卻自有風格，然陳氏所評與虎關之語或可相互補充。

一則，陳巖肖以爲退之〈聯句〉「固爲佳句」，卻未詳明，而虎關從「句意雄渾」之批評語，以爲「後句不及前句」品評之，其概以爲前句「遙岑出寸碧」從空間意識是由視覺角度向遠處遙望，而又收攏如寸碧，一句一景一畫，取空間景象的凝練與變化，然「遠目增雙明」則平遠視之，少了詩味。

二來，虎關以爲謝逸化用韓愈詩不覺醜，陳巖肖則補述之，其言謝詩「句意清快」，以「忽逢」、「不覺」帶出不矯飾之態與新奇之感，而上下句連貫，意脈相通自然暢達。若以句式結構而言，五言因字數少，須凝練，應少用虛字；然七言則可於句頭增加虛字轉折詩意，因「詞最忌板，須用虛字轉折方活」〔註12〕，使詩句流利，語氣活潑動蕩。是故，虎關以「韓聯圓美渾醇」，即是說韓愈五言詩句凝練、渾厚，至若謝逸改韓愈五言爲七言，句頭皆以虛字爲轉折，自然能表現「句意清快」，正是虎關稱賞謝逸奪胎韓詩而「不覺醜」。

在此，值得一提的則是虎關詩話中，以謝無逸詩取韓愈兩句詩並用，而謂「豈其奪胎乎？」此技巧手法乃借北宋黃庭堅主張之「奪胎換骨」〔註13〕法。日人始知「奪胎換骨」是在五山時期的元僧清拙正澄，於嘉曆元年（西元 1326，元泰定三年）東渡日本傳道，開始向五山詩僧介紹「江西詩派」的詩學理論，他說：

21。

〔註12〕（清）李佳：《左庵詞話》（臺北：新文豐，1988 年）。

〔註13〕宋代黃庭堅在〈答洪駒父書〉中所云：「自作語最難，老杜作詩，退之作文，無一字無來處；蓋後人讀書少，故謂韓杜自作此語耳。古之能爲文章者，真能陶冶萬物。」故主張「取古人之陳言入於翰墨，如靈丹一粒，點鐵成金也。」又謂「不易其意而造其語，謂之換骨法；規摹其意形容之，謂之奪胎法。」《詩憲》：「換骨者，意同而語異也。」即不改變原詩之詩意和構思，而另造新語和句法結構。「奪胎者，因人之意，觸類而長之。」即體悟原詩之詩意，追求意境之深化，再重新演繹，似如己出。（郭紹虞：《宋詩話輯佚》（臺北：華正書局，1981 年），頁 534。）

　　詩有奪胎換骨法。人亦有奪胎換骨。用古人意，不用其句；

　　用古人句，不用其意。此詩奪換也。〔註14〕

　　在五山文學中，即有多首詩句運用奪胎換骨之方式，如《東歸集》中天岸慧廣〈偈頌・象先〉詩：「暗香浮動月黃昏，何處早梅風裡開。」〔註15〕即是引用林和靖〈山園小梅二首〉其一「疎影橫斜水清淺，暗香浮動月黃昏。」

　　又竺仙梵仙（西元 1292～1349）《天柱集》〈送小師裔澤藏主之九州〉之「行行重行行，作言爲相送。」〔註16〕即是引用《文選・古詩十九首・其一》「行行重行行，與君生別離。」之方式。由此可知，黃庭堅「奪胎換骨」之創作手法，影響五山詩僧，以此來鍛鍊作詩之功力。

　　西方現代派大師艾略特（T. S. Eliot，西元 1888～1965）提出「模倣」（imitate）和「剽竊」（steal）說法，可與「奪胎換骨」相觀照。艾略特認爲：

　　創作不外是一種點鐵成金的藝術手段，換句話說，不外是將舊材料給與新組合的一種過程。……最可靠的判斷方法之一，在於詩人怎樣借用。不成熟的詩人模倣；成熟的詩人剽竊；拙劣的詩人毀污所偷來的東西，而優秀的詩人使它變成某種更美好的，或者至少把它變成某種別的東西。〔註17〕

〔註14〕 此爲元僧清拙正澄於辛未中夏所記，記錄於（日）別源圓旨：《南游東歸集》卷後，收入（日）上村觀光：《五山文學全集》第一卷（京都：思文閣出版社，1992 年），頁 791。

〔註15〕 （日）天岸慧廣：《東歸集》，收入（日）上村觀光：《五山文學全集》第一卷（京都：思文閣出版社，1992 年），頁 10。

〔註16〕 （元）竺仙梵仙：《天柱集》，收入（日）上村觀光：《五山文學全集》第一卷（京都：思文閣出版社，1992 年），頁 696。（竺仙梵仙爲元代臨濟宗僧。天曆二年（西元 1329），隨徑山之明極楚俊東渡日本。建武二年（西元 1335），成爲無量寺之開山一祖。嗣法者有大年法延、椿庭海壽等，該法系稱爲竺僊派，爲日本禪宗二十四流之一）。

〔註17〕 （美）艾略特著，杜國清譯：《艾略特文學評論選集》（臺北：田園

文中指出，創作在既有材料取得之際，如何審視改造後的作品優劣？
端視詩人創作手法拙劣或優秀，艾略特雖未評論此手法是否得宜，然
若能將其變成更美好之作品或從中轉而有自己風格特色之作品都是
成熟詩人之所爲。成熟作者的模倣，「除個別作品在題目中標明外，
往往都不顯山露水，甚至還要掩藏模倣的痕跡。」〔註18〕中國詩話，
有類於剽竊之說，亦認同眞正的高手，即便竊取前人詩句，卻無迹可
尋。見諸唐代皎然《詩式》的〈三偷〉，乃將文本的相似性概括評爲
三個層次，由低而高依序爲：偷語、偷意、偷勢，其言：

> 偷語最爲鈍賊……不暇采詩，致使弱手無才，公行劫剝，
> 若許貧道片言，可折此輩無處逃刑。其次偷意，事雖可罔，
> 情不可原，若欲一例平反，詩教何設？其次偷勢，才巧意
> 精，若無朕迹，蓋詩人閫域之中偷狐白裘之手，吾亦賞俊，
> 從其漏網。

> 「偷語」詩例：

> 如陳後主〈入隋侍宴應詔〉詩云：「日月光天德」，取傅長
> 虞〈贈何劭王濟〉：「日月光太清」。上三字同，下二字義同。

> 「偷意」詩例：

> 如沈佺期〈酬蘇味道〉詩：「小池殘暑退，高樹早涼歸。」
> 取柳惲〈從武帝登景陽樓〉：「太液滄波起，長楊高樹秋。」

> 「偷勢」詩例：

> 如王昌齡〈獨遊〉詩：「手攜雙鯉魚，目送千里鴈。悟彼飛
> 有適，嗟此罹憂患。」取嵇康〈送秀才入軍〉詩：「目送歸
> 鴻，手揮五絃。俯仰自得，游心太玄。」〔註19〕

出版社，1969 年），頁 451～452。

〔註18〕陳致：《中國詩歌傳統及文本文》（北京：中華書局，2013 年），頁
476。

〔註19〕（唐）皎然：《詩式》（北京：中華書局，1985 年）卷 1〈三不同：
語、意、勢〉，頁 7～8。

皎然總結前人詩歌因襲與點竄之貌，歸納出「偷語」、「偷意」、「偷勢」，其未論才情高低，皆以「偷」字爲首，看似有所鞭笞，但卻又不全然否定摹擬手法，若能「才巧意精……吾亦俊賞」。

　　皎然認爲「偷語」最不高明，易數字而爲己用，讓人看了原形立現，故爲「鈍賊」；其次「偷意」，雖不改作者原意，僅另創新語，卻仍能見與原作貌同之處，故爲「事雖可罔，情不可原。」

　　然若「偷勢」〔註 20〕則是將詩文內容結構，重新解構再重構，似如己出，雖再見原作，亦不確定此作具摹仿之跡，故皎然謂「若無朕跡，蓋詩人闊域之中偷狐白裘之手，吾亦俊賞。」清代賀裳論「三偷」甚而以爲：

　　　　詩有同出一意而工拙自分。〔註21〕

　　又載：

　　　　詩惡蹈襲古人之意，亦有襲而愈工，若出于己者，蓋思之
　　　　愈精，則造語愈深也。〔註22〕

揆其立意，《詩式》拈出「三偷」，指出摹仿自有高下之分，詩人沿襲前人詩文再創新，有工拙之別，若排除「偷語」、「偷意」之拙，「偷勢」若爲工而無迹者，即是張高評所謂「創造性模仿」〔註23〕，蓋在

〔註20〕　（唐）皎然：《詩式》卷 1〈明勢〉，頁 1，其載：「高手述作，如登衡巫，覿三湘鄢郢山川之盛，縈迴盤礴，千變萬態：或極天高峙，崒焉不羣，氣騰勢飛，合沓相屬；或脩江耿耿，萬里無波，淡出高深重複之狀。古今逸格，皆造其極妙矣。」皎然論「勢」強調章句結構安排，務求波瀾起伏，變化多姿。關於「勢」之內涵及其演變，可參筆本棟：〈環繞唐五代詩格中「勢」論的諸問題〉，《文史哲》第 1 期，2007 年，頁 95～102。

〔註21〕　（清）賀裳：《載酒園詩話》卷 1〈三偷〉，收入郭紹虞編：《清詩話續編》（上海：上海古籍出版社，1983 年），頁 218～219。

〔註22〕　（清）賀裳：《載酒園詩話》卷 1〈三偷〉，收入郭紹虞編：《清詩話續編》（上海：上海古籍出版社，1983 年），頁 218～219。

〔註23〕　所謂「偷勢」即在創造性模仿優秀作品之結構安排，造語情意。平情而論，沿襲前人之造語及情意，加以點化、改造，所謂創造性模仿者，本爲詩文中常見之藝術現象與修辭手段。（出自張高評：《創意造語與宋詩特色》（臺北：新文豐，2008 年），頁 69）。而程千帆區分「模擬」與「創

創新而非竊取。

虎關在皎然《詩式》「三偷」之基礎上，提出「三竊」，由高而低依序爲：竊勢、竊意、竊詞。虎關改皎然「三偷」中之「偷語」爲「竊詞」，同時舉北宋王荊公三首詩各一聯，提出討論：

> 1. 王荊公詩：「披香殿上留朱輦，太液池邊送玉杯。」(〈和御製賞花釣魚韻〉) 者，取柳詞「大液波翻，披香簾捲。」〔註24〕(〈醉蓬萊〉) 也；
>
> 2. 又「北澗欲通南澗水，南山正遶此 (案：北) 山雲。」(〈江雨〉) 者，取樂天「東礀水流西澗水，南山雲起北山雲。」(〈寄韜光禪師〉) 也；
>
> 3. 又「肘上柳生渾不管，眼前花發即欣然。」(〈東皋〉) 者，取白氏「花發眼中猶足怪，柳生肘上亦須休。」(〈病眼花〉) 也，此等類往往在焉。
>
> 夫詩人剽竊者，常也。然有三竊，竊勢爲上，竊意爲中，竊詞爲下。其竊詞者，一詩中，一句之 〔註25〕 一兩字耳，猶爲下也，一連雙偶并取，寧非下下邪。〔註26〕

造」謂：「以今作與古作，或己作與他作相較，而第其心貌之離合，合多離少，則曰模擬；合少離多，則曰創造，故非絕對之論也。」(出自程千帆：〈模擬 (論模擬與創造)〉，莫礪鋒主編：《程千帆全集》(石家莊：河北教育出版社，2001 年)，第 6 卷，頁 226～227)

〔註24〕 《詩林廣記》有相關記載：《西清詩話》：「仁宗嘉祐中，後苑賞花釣魚，介甫以知制語預末座。帝出詩示群臣，次第屬和。傳至介甫，日將夕矣，亟欲奏御。得「披香殿」字，未有對。時鄭毅夫獬接席，顧介甫曰：「宜對『太液池』」，故其詩有云：「披香殿上留朱輦，太液池邊送玉杯。」翌日，都下盛傳王舍人竊柳耆卿詞「太液波翻，披香簾捲」之語，介甫頗銜之。」

《復齋謾錄》考而云：「余讀唐上官儀〈初春〉詩云：『步輦出披香，清歌臨太液。』乃知荊公取儀詩，豈謂柳詞耶？」詳參 (宋) 蔡正孫：《詩林廣記》後集卷 2，收入蔡鎮楚編：《中國詩話珍本叢書》第 2 冊 (北京：北京圖書館，2004 年)，頁 396。

〔註25〕 (日) 虎關師鍊：《濟北集》卷 11〈濟北詩話〉。

〔註26〕 (日) 虎關師鍊：《濟北集》卷 11〈濟北詩話〉。

虎關既認為「竊詞為下」，所謂竊詞，意指「一詩中，一句之一兩字」
之襲用，然若「一連雙偶并取，寧非下下邪」。換言之，若一句竊數
字已非佳作，更何況荊公一聯兩句連用，大抵為末座之詩。虎關舉荊
公〈江雨〉：「北澗欲通南澗水，南山正遶北山雲。」乃化唐代白樂天
〈寄韜光禪師〉一聯：「東㵎水流西澗水，南山雲起北山雲。」樂天
詩以東西南北四個方位，拓展無限空間，使東西水流與南北山雲詩味
迴環。而荊公取「南北」方位與「水流」、「山雲」之素材，重組為〈江
雨〉一聯，然因竊詞過多，故乏新意，因此清代袁嘉穀嘗評：

> 吾論作詩，毋問高下淺深，總須古人未道過。山川不改，
> 光景常新，領會得來，何用沿襲？……香山云：「東澗水
> 流西澗水，南山雲起北山雲。」已為雅人所弗尚。荊公
> 襲之曰：「北澗欲通南澗水，南山正遶北山雲。」尤墮惡
> 道。〔註27〕

當然，袁氏批評或有過之，然若站在山川光景常新，藝術之創造應「舒
寫胸襟，發揮景物，境皆獨得，意自天成。」〔註28〕的角度，詩人應
自然呈現天地自有之美善。

　　虎關既強調詩應使復性情，觸感於外物，故荊公取香山景語為己
語，便未盡虎關之審美意趣。除此之外，雖然有人為荊公辯護為：「一
連雙偶，實非也，恐荊公暗合耳。」〔註29〕然，虎關認為荊公實為點
竄前人詩句，惟因手法不高妙以致，他說：

> 王氏平居衒記覽，百家衣詩自荊公始，柳詞、白句，常人
> 之所口占也，王氏豈不記乎？只是荊公非狐白手之所致
> 乎。〔註30〕

〔註27〕　（清）袁嘉穀：《臥雪詩話》卷3，收入張寅彭編：《民國詩話叢編》
　　　　　（上海：上海書店，2002年），頁351。
〔註28〕　（清）葉燮：《原詩》，收入丁福保編：《清詩話》（臺北：藝文印書
　　　　　館，1965年）外篇，頁21。
〔註29〕　（日）虎關師鍊：《濟北集》卷11〈濟北詩話〉。
〔註30〕　（日）虎關師鍊：《濟北集》卷11〈濟北詩話〉。

虎關認爲荊公平日博學記覽，尤世以「百家衣詩自荊公始」〔註31〕，故對於凡有井水處皆可歌之「柳詞」與老嫗能解之「白句」，荊公豈會不知？因此，最後歸結爲「荊公非狐白手之所致」，乃因其無法達到《詩式》中「才巧意精，若無朕跡」，故未被虎關所評賞。

　　虎關又載北宋陳正敏《遯齋閑覽》評荊公〈梅花〉詩時，過於美譽而評其「可笑」，他說：

　　　凡詠梅，多詠白。而荊公詩，獨云：「鬚撚黃金危欲墮，蒂團紅蠟巧能裝。」不惟造語巧麗，可謂能道人不到處矣。

　　　荊公此詩，麗則麗矣，能道人不到處者，非也。和靖詩云：「蒂團紅蠟綴初乾」荊公豈不見此句耶？《遯齋》過稱，可笑矣。〔註32〕

荊公詩：「鬚撚黃金危欲墮，蒂團紅蠟巧能裝。」設色鮮麗，文字精巧，虎關僅認同「造語巧麗」之評，對於「能道人不到處」之說則以爲評其太過，因虎關認爲荊公詩乃仿效和靖詩「蒂團紅蠟綴初乾」而來，非獨創，但虎關未評論二詩之優劣。然北宋何薳《春渚紀聞》則載：

　　　王舒公嘗賦梅花詩云：「須裊黃金危欲墜，蒂團紅蠟巧能粧。」與林和靖所賦一聯極相似。林云：「蕊訝粉綃裁太

〔註31〕　《冷齋夜話》云：「集句詩，山谷謂之『百家衣』體，其法貴拙速而不貴巧遲。如前筆曰：『晴湖勝鏡碧，衰柳似金黃。』又曰：「坐持閑景象，摩挲白髭鬚」……人以爲巧，然皆疲費精力，積日月而後成，不足貴也。」又宋代胡仔《苕溪漁隱叢話前集》載王直方《詩話》云：「荊公始爲集句，多者至數十韻，往往對偶親於本詩，蓋以誦古今人詩多，或坐中率然而成，始可以爲貴也，其後多有効之者。」而宋代蔡啓於《蔡寬夫詩話》中云：「荊公晚多喜取前人詩句爲集句詩，世皆言此體自公始。」詳參（宋）惠洪：《冷齋夜話》，（北京：中華書局，1985 年）卷 3，頁 43；（宋）胡仔：《苕溪漁隱叢話前集》卷 35，頁 235～236；（宋）蔡啓：《蔡寬夫詩話》，收入《宋詩話輯佚》卷下（臺北：華正書局，1981 年）〈胡歸仁集句詩〉，頁 407。

〔註32〕　（日）虎關師鍊：《濟北集》卷 11〈濟北詩話〉。

　　碎，蔕凝紅蠟綴初乾。」或謂移林上句合王下句，似爲

　　全勝。〔註33〕

何蓮以爲王詩與林詩相類，且提出「移林上句，合王下句，似爲全勝。」
筆者以爲此說或爲符合梅之淡雅疏秀，亦能將雅潔小花初掛梅枝之意
蘊表現出來。

二、反其意而用

　　虎關對於王荊公之詩評，除了提及竊詞手法外，亦說其將前人詩
句「反其意而用」。虎關對於《苕溪漁隱叢話》評荊公將文海詩意倒
反而用，乃爲「不言沿襲之耳」的說法並不全然同意，卻從而提出「詩
之品藻甚難矣」之說，虎關言及：

　　昔王荊公謂山谷曰，古云：鳥鳴山更幽，我謂：不若不鳴
　　山更幽。故〈鍾山即事〉落句云：「茅簷相對坐終日，一鳥
　　不鳴山更幽。」《苕溪》胡氏云：王文海云：「鳥鳴山更幽」，
　　荊公云：「一鳥不鳴山更幽」，反其意而用之，蓋不言沿襲
　　之耳。予曰：荊公不及文海者遠矣。大凡物相兼而成奇，
　　其奇多矣，不相兼而奇，其奇鮮矣。文海之句，即動而靜
　　也，荊公之句，唯靜而已，其奇鮮矣哉。《苕溪》爲説其惑
　　甚矣。只反其意而用之者，可也，不言沿襲者，非也，寧
　　未有前句而得後句乎？若有之者，不爲佳句矣。故云：詩
　　之品藻甚難矣。〔註34〕

此段引文可以討論二事：

　　其一，虎關贊成胡仔提出北宋王荊公〈鍾山即事〉：「茅簷相對
坐終日，一鳥不鳴山更幽。」是反用唐代王籍〈入若耶溪〉：「蟬噪
林逾靜，鳥鳴山更幽。」之意。文海以「蟬鳴」、「鳥鳴」之有聲凸

〔註33〕　（宋）何薳：《春渚紀聞》（北京：中華書局，1985 年）卷 7〈王林
　　　　　梅詩相類〉，頁 82。
〔註34〕　（日）虎關師鍊：《濟北集》卷 11〈濟北詩話〉。

顯「山更幽」之無聲；而荊公則以「一鳥不鳴」之無聲再表現「山更幽」。

虎關在此已對二人詩句作出評價，以爲「荊公不及文海者遠矣」。何以如此？虎關提出一看法：「大凡物相兼而成奇，其奇多矣；不相兼而奇，其奇鮮矣。」換言之，此可謂從映襯角度解讀詩境，虎關認爲王文海詩「相兼而成奇，其奇多矣」，因其以蟬、鳥鳴聲之聽覺熱鬧的動態感，反襯出山林之清幽閒適之靜態，兩者意象對舉，「即動而靜」；反觀荊公詩，則以閒適態獨與茅簷相對，儼然已爲靜意，再以「一鳥不鳴」之靜語，兩者意象相似，「唯靜而已」，故爲「不相兼而奇，其奇鮮矣」。

南宋曾季貍亦有如是看法，其言：

> 南朝人詩云：「蟬噪林逾靜，鳥鳴山更幽。」……至荊公絕句云：「茅簷相對坐終日，一鳥不鳴山更幽。」卻覺無味。蓋鳥鳴即山不幽，鳥不鳴即山自幽矣，何必言更幽乎此，所以不如南朝之詩爲工也。〔註35〕

荊公在此詩之化用上，多爲後人所疵。事實上，荊公並非不喜文海「鳥鳴山更幽」一句，北宋沈括於《夢溪筆談》中曾談及：

> 古人詩有「風定花猶落」之句，以謂無人能對，王荊公以對「鳥鳴山更幽」。「鳥鳴山更幽」本宋（按：南朝梁）王籍詩，元對「蟬噪林逾靜，鳥鳴山更幽」，上下句只是一意，「風定花猶落，鳥鳴山更幽。」則上句乃靜中有動，下句動中有靜。荊公始爲集句詩，多者至百韻，皆集合前人之句，語意對偶，往往親切過於本詩。〔註36〕

由此可知，荊公在此有意以「鳥鳴山更幽」與南朝謝貞〈春日閑居〉

〔註35〕（宋）曾季貍：《艇齋詩話》（臺北：廣文書局，1971 年），頁 50～51。

〔註36〕（宋）沈括：《夢溪筆談》（臺北：臺灣商務，1968 年）卷 14，頁 96～97。

詩「風定花猶落」相對，亦對動靜相襯有所玩味，曾季貍在此則爲肯定荊公此聯，以爲：「南朝人詩云：『蟬噪林逾靜，鳥鳴山更幽。』荊公嘗集句云：『風定花猶落，鳥鳴山更幽。』說者謂上句靜中有動意，下句動中有靜意，此說亦巧矣。」〔註37〕

　　沈括謂「集句」〔註38〕自荊公始，然南宋張鎡《仕學規範》中則載「集句，自國初有之，未盛也。至石曼卿，人物開敏，以文爲戲，然後大著。至元豐間，王文公益工於此。人言起自公，非也。」〔註39〕筆者在此不考集句始於何時或何人，不過，張鎡提到宋人「以文爲戲」之創作方式，或者荊公除戲取集句之外，其對「一鳥不鳴山更幽」詩句亦是有意以游戲手法爲之。

　　儘管虎關在〈濟北詩話〉中提到王荊公處大抵都被放在點竄他人文字或反其意而用之，姑且不論其化用作品之優劣爲何？至少荊公在宋代對於盡古今之變有其指標性意義：

　　　　《觀林詩話》載山谷云：「余從半山老人得古詩句法云：『春風取花去，酬我以清陰』」〔註40〕

　　　　《詩話總龜》：「造語之工，至於舒王、東坡、山谷，盡古今之變。」〔註41〕

　　　　《冷齋夜話》：「用事琢句，妙在言其用不言其名耳，此法唯荊公、東坡、山谷三老知之。」〔註42〕

〔註37〕（宋）曾季貍：《艇齋詩話》（臺北：廣文書局，1971 年），頁 50～51。

〔註38〕集句：通篇盡集古人現成語句而成的一種奇特的引用方式，又稱集錦。（參侯忠義等主編：《中國古代珍稀本小說・東坡詩話》（瀋陽：春風文藝出版，1994 年），頁 293。）

〔註39〕（宋）張鎡：《仕學規範》卷 39〈作詩〉，收入《景印文淵閣四庫全書》（臺北：臺灣商務，1983），頁 193。

〔註40〕（宋）吳聿：《觀林詩話》（北京：中華書局，1985 年），頁 11。

〔註41〕（宋）阮閱：《詩話總龜》（臺北：廣文書局，1973 年），第 1 冊《前集》卷 9，頁 232。

〔註42〕（宋）惠洪：《冷齋夜話》（北京：中華書局，1985 年）卷 4，頁 50。

由是而論，用事琢句，期能造語之工，點鐵成金之創作手法，雖流行於山谷所主的江西詩派詩論，然在此之前，山谷已得古詩句法於王荊公。

其二，否定《茗溪》謂荊公詩「蓋不言沿襲」之語。

虎關認為詩句與詩句之間的關係，「寧未有前句而得後句乎？若有之者，不為佳句矣。」從這個說法來看，虎關似乎不認同詩有暗合之說法，大抵這樣的可能性少了些，即便取其反意，仍為沿襲。特別是前已存在之詩：「鳥鳴山更幽」和後出之詩：「一鳥不鳴山更幽」兩句雖然語序更異，但語詞仍相同。

胡仔認為荊公不沿襲，或許非著眼於字詞之同，而是立基於詩意與詩境之變，荊公既「反其意而用之」，那麼，隨著句式顛倒，即會產生不同情韻與內容，如此正體現語序改變，語境跟著改變，若此，胡仔則謂「不言沿襲」。

然對虎關而言，既有前句而得後句，兩者之間相似性之高，即便詩意、語境不同，仍舊不是作者自創詩句，尚且屬沿襲耳。胡仔與虎關批評觀點有異，卻無所謂是非對錯，因而，虎關方得提出「詩之品藻甚難」。

綜而觀之，若能於摹仿、化用，點竄前人詩文不著痕迹，乃為狐白手者，蓋鮮有爭論孰偷孰語？孰竊孰詞？孰仿孰句等說法，然若「有迹」可尋，但卻能襲而愈工，思之愈精，造語愈深，改造前人詩句而若己出，此便可謂具有創新性。

虎關並非全然反對奪胎換骨之摹仿、襲改、化用前人之作，因其仍肯定謝逸詩：「忽逢隔水一山碧，不覺舉頭雙眼明。」奪胎自退之詩：「遙岑出寸碧，遠目增雙明。」而不覺醜。

是故，虎關以荊公點竄前人詩句為例，卻未否定此手法，大抵以為荊公非改造之能手而已。因此，虎關對中國詩話批評或有贊同，或有質疑，但對品藻詩文之好惡與優劣，仍留有斟酌空間。

第二節　品評：詩之品藻甚難

　　虎關對中國詩話內容之理解與引用，或有贊同而賞評者，或有品評意見相佐而提出己見者，或有同時提出賞與不賞之立論點及其以為未盡善盡美之處。因此，他二次提出「詩之品藻甚難矣」〔註43〕，明讀者各有所好，故又言「文章大槩亦如女色，好惡繫於人」〔註44〕，詩之品評與好惡，因人而異。以下，依虎關在〈濟北詩話〉中對於詩歌有評賞而提出己見者，蓋由三個創作要點：「夸而有節，飾而不誣」、「盡美盡善：形似句好，實事句卑」分述之。

一、夸而有節，飾而不誣

　　虎關引《玉屑集》中，對於「句豪畔理」之理論提出看法，他說：

　　《玉屑集》句豪畔理者，以石敏若「冰柱懸簷一千丈」與李白「白髮三千丈」之句並按。予謂：「不然」。李詩曰：「白髮三千丈，緣愁若（按：似）箇長。」蓋白髮生愁裏，人有愁也，天地不能容之者有矣。若許緣愁三千丈，猶為短焉。翰林措意極其妙也，豈比敏若之無當玉巵乎？〔註45〕

　　虎關又從中國對「杜詩」之箋註，表示此註解「不活」，故而提出自己之看法，虎關說：

　　杜詩：「吳楚東南坼，乾坤日夜浮。」註者云：「洞庭在乾坤之內，其水日夜浮也。」予謂此箋非也。蓋言洞庭之闊，好浮乾坤也。如註意此句「不活」。客曰：「萬境皆天地內物也，洞庭若浮天地，湖在何處？」曰：「不然，詩人造語，此類不鮮。王維〈漢江〉詩曰：『江流天地外，山色有無中。』如子言，漢江出天地外，流何所邪？」客，不對。〔註46〕

虎關在此引用了《玉屑集》和中國「杜詩箋註」的說法，主要針對李

〔註43〕　（日）虎關師鍊：《濟北集》卷 11〈濟北詩話〉。
〔註44〕　（日）虎關師鍊：《濟北集》卷 11〈濟北詩話〉。
〔註45〕　（日）虎關師鍊：《濟北集》卷 11〈濟北詩話〉。
〔註46〕　（日）虎關師鍊：《濟北集》卷 11〈濟北詩話〉。

白〈秋浦歌〉：「白髮三千丈，緣愁似箇長」，以及杜甫〈登岳陽樓〉詩：「吳楚東南坼，乾坤日夜浮。」二首詩句作後設批評，特別是針對《玉屑集》以「句豪畔理」評「石敏若」與「李白」詩時，虎關對「李白」之評與其不同， 大有「句豪不畔理」之意味，表示虎關以爲李白句豪卻不違背理，文學語言措意極妙。依李、杜二詩，可見其皆使用「夸飾」手法，然而，李、杜此詩句，使用「夸飾」之詞時，是否妥貼？以下先概述「夸飾」之意。

南朝梁劉勰於《文心雕龍‧夸飾》中對於詩書雅言，有「夸而有節，飾而不誣」〔註47〕之說。「夸」者，有大言、誇大意；「飾」者，有修飾華美意；因此，「夸飾」即以誇大形容，修飾美巧之文辭。然若依劉勰之意，詩文使用「夸飾」，應於誇大之時有節制，順情而爲，避免「夸過其理，則名實兩乖」〔註48〕，若要美化文句，亦要以眞實爲基礎，合乎想像，以凸顯事物之特徵，增加文學藝術之感染力。事實上，虎關對於「句豪不畔理」之概念，與劉勰「夸而有節，飾而不誣」可相呼應。

明代周履靖於《騷壇祕語‧命意》引古人云：「操詞易，命意難」〔註49〕，以爲命意應「信不誣矣」，承前劉勰所言，應眞實而不欺騙，卻又能達到情之所至，正因「命意難」，故周氏方云：「命意欲其高遠超詣，出人意表，與尋常迥絕，方可爲主。」〔註50〕此提及若要「命意」，則須當心意、想法欲出時，能有高超深遠、超逸不踰矩之語，故不易爲之，然若「李、杜所以稱大家者，無意之詩十不得一二也」〔註51〕，清

〔註47〕　（梁）劉勰：《文心雕龍》（臺北：臺灣商務，1979 年）卷 8〈夸飾〉，頁 39。

〔註48〕　（梁）劉勰：《文心雕龍》（臺北：臺灣商務，1979 年）卷 8〈夸飾〉，頁 39。

〔註49〕　（明）周履靖：《騷壇祕語》（臺北：廣文書局，1960 年）卷下〈命意〉，頁 65。

〔註50〕　（明）周履靖：《騷壇祕語》（臺北：廣文書局，1960 年）卷下〈命意〉，頁 65。

〔註51〕　（清）王夫之：《薑齋詩話》〈夕堂永日緒論內編〉，收入《船山全書》

代王夫之即肯定李白、杜甫詩以意爲主。清代顧炎武亦言「李、杜之詩所以獨高於唐人者，以其未嘗不似，而未嘗似也。」〔註52〕顧氏以爲李、杜才高於唐人，正因能使詩合於眞實卻又不拘泥於眞實，肯定其詩能爲尋常迥絕之能事。於此觀李、杜詩，大抵能出於意。

　　承前之論，虎關引李白、杜甫之詩句，是否眞能符合「句豪不畔理」？或如周履靖、王夫之、顧炎武對李、杜詩之評，以爲其能有出人意表之句？而虎關對中國詩話接受後之評論，是否合理？又是否自成新意？要之，本節即援引中國詩話之看法與虎關之批評探究如下。

（一）句豪不畔理，自然而高妙

　　虎關轉引南宋魏慶之《玉屑集》之內容，進而提出自己的意見，其言：

> 《玉屑集》句豪畔理者，以石敏若「冰柱懸簷一千丈」與李白「白髮三千丈」之句並按。予謂：「不然」。李詩曰：「白髮三千丈，緣愁似箇長。」蓋白髮生愁裏，人有愁也，天地不能容之者有矣。若許緣愁三千丈，猶爲短焉。翰林措意極其妙也，豈比敏若之無當玉卮乎？〔註53〕

虎關引《詩人玉屑》之詩評，然而，《詩人玉屑》之評，亦非魏氏所言，而是載南宋嚴有翼《藝苑雌黃》之論，嚴有翼云：

> 吟詩喜作豪句，須不畔於理方善。……石敏若《橘林》文中〈詠雪〉有「燕南雪花大於掌，冰柱懸簷一千丈」之語，豪則豪矣，然安得爾高屋耶！雖豪覺畔理。……〈秋浦歌〉云：「白髮三千丈」，其句可謂豪矣，奈無此理何！〔註54〕

　　南宋魏慶之《詩人玉屑》依嚴有翼《藝苑雌黃》之內容，則載：

　　　　（長沙：嶽麓書社出版，1988～1996年），頁819。

〔註52〕　（清）顧炎武：《日知錄》（臺北：臺灣商務，1965年）卷21〈詩體代降〉，頁70。

〔註53〕　（日）虎關師鍊：《濟北集》卷11〈濟北詩話〉。

〔註54〕　（宋）嚴有翼：《藝苑雌黃》，收入《宋詩話輯佚》附輯（臺北：華正書局，1981年）〈豪句〉，頁536。

吟詩喜作豪句，須不畔於理方善。……石敏若《橘林文》
中，〈詠雪〉有「燕南雪花大於掌，冰柱懸簷一千丈」之語，
豪則豪矣，然安得爾高屋耶！余觀李太白……〈秋浦歌〉
云：「白髮三千丈」，其句可謂豪矣，奈無此理何！〔註55〕

又南宋胡仔《苕溪漁隱叢話》亦載《藝苑雌黃》之評，胡仔較魏
慶之多了「雖豪覺畔理」一句，胡仔與嚴有翼之說大致相同，其云：

吟詩喜作豪句，須不畔於理方善。……石敏若〈詠雪〉
詩有：「燕南雪花大于掌，冰柱懸簷一千丈」之語，豪則
豪矣，然安得爾高屋邪！雖豪覺畔理。……余又觀李太
白……〈秋浦歌〉云：「白髮三千丈」，其句可謂豪矣，
奈無此理何。〔註56〕

魏氏與胡氏皆引嚴有翼之詩評，然未見對嚴氏之說的再批評。若依嚴
氏之語，吟詩創作喜豪句，必須「不畔於理方善」，「畔」者，違背之
意。於此，嚴氏引石敏若〈詠雪〉和李白〈秋浦歌〉為例，以為二人
詩句皆「句豪畔理」。然而，虎關對於此評並不全然認同，其以為「翰
林措意極其妙也，豈比敏若之無當玉卮乎？」以下就虎關與嚴有翼之
看詩評，筆者從二方面說明之。

其一：虎關認同嚴有翼評石敏若〈詠雪〉詩，以「冰柱懸簷一千
丈」為「豪則豪矣，然安得爾高屋邪！雖豪覺畔理。」詩人在使用「夸
飾」手法時，必須「句豪不畔理」，而且要「夸而有節，飾而不誣」。

然而，「冰柱懸簷一千丈」，將千丈冰柱之「夸張」，欲使「句豪」，
卻掛於簷下則是「悖理」，「悖理」即是嚴氏所謂「安得爾高屋」之故。
因此，若要增飾文章之豪美，道人所未道，亦要「有節」、「不誣」，
否則雖然豪覺反而畔理，失卻詩意之美。

〔註55〕（宋）魏慶之：《詩人玉屑》（臺北：世界書局，1970 年）卷 3〈句
豪而不畔於理〉，頁 49。
〔註56〕（宋）胡仔：《苕溪漁隱叢話後集》（臺北：世界書局，2009 年）卷
26，頁 603～604。

　　就藝術審美而言，夸張手法應使讀者感受到詩人透過外在客觀事實，以詩章筆法之豪情，大筆勾勒，又能流露出內在主觀之情感。《晉書・文苑傳論》曰：「剛柔本於性情之所適發乎。」〔註57〕，大抵如童慶炳所言：「詩中的一切都從自己的眼中見出，從自己的心中化出，那麼自然就能闖前人未經之道，闢前人未歷之境，造前人未造之言。」〔註58〕那麼，石敏若詩作「燕南雪花大于掌，冰柱懸簷一千丈」二句，雖於客觀上欲發豪情，欲造前人未造之言，然而，其未思慮外在客觀事實，亦未使夸飾的使用產生情感上的連結與內蘊之壯闊。易言之，石敏若爲夸飾而夸飾，未得理之合宜，未有情思之渲染，未及詩意之高遠超諧，故有「句豪畔理」之批評。

　　承此而論，虎關認同嚴有翼對石敏若之批評，因此言及「敏若之無當玉卮」。換言之，虎關認爲石敏若詩雖豪美卻悖於情理，失了形象。

　　其二：虎關以「翰林措意極其妙也，豈比敏若之無當玉卮乎？」則與嚴有翼有不同之看法。嚴氏以爲李白〈秋浦歌〉云：「白髮三千丈」之句「可謂豪矣，奈無此理何。」此說即爲「句豪畔理」之意。然而，究竟虎關與嚴有翼之批評，何者能貼近詩歌創作論？唐代李白〈秋浦歌〉原詩爲：

　　　　白髮三千丈，緣愁似箇長。不知明鏡裡，何處得秋霜？

明代李于麟《唐詩廣選》中說首二句「令人捉摸不著」〔註59〕，何以令人捉摸不著？明代周珽《唐詩選脈會通評林》可解：「髮因愁而白，愁既長，則髮亦長矣，故下句解之。」〔註60〕清代王琦《李太白全集》

〔註57〕　（唐）房玄齡等：《晉書》（臺北：藝文印書館，1972 年）卷 92〈文苑傳論〉，頁 1573。

〔註58〕　童慶炳：《中國古代心理詩學與美學》（臺北：萬卷樓，1994 年），頁 96。

〔註59〕　（明）李于麟：《唐詩廣選》卷 6，收入《四庫全書存目叢書補編》（濟南：齊魯書社，2001 年），頁 124。

〔註60〕　（明）周珽：《唐詩選脈會通評林》（臺北：國立中央圖書館，1991

亦有此說，其云：「起句怪甚，得下文一解，字字皆成妙義，洵非老手不能。尋章摘句之士，安可以語此？」〔註61〕王琦雖然以為「起句怪甚」，但「得下文一解」，意即承周珽之說，人因「愁」而生「白髮」，然「愁」為抽象之情感，此「愁」有多深？有多少？李白便以「三千丈」喻愁思之深長。王琦言此妙義，若非「老手」無以復得，表李白才高、意遠，語言尋常迥絕，非「尋章摘句之士」可道之語。

是以，「白髮三千丈」表現詩意之「豪」，但是，白髮何來三千丈？又為詩意之「奇」；若次句「緣愁似箇長」承其意轉為細膩，合於情感，明白一切因「愁」而起。易言之，李白詩句之豪、奇、甚怪之起句皆為說「愁」而來，「白髮」因「愁」起，「三千丈」喻「愁」之長，李白「白髮三千丈，緣愁似箇長」之豪句，雖為奇想，卻又不悖於理，虎關依此二句說：

> 蓋白髮生愁裏，人有愁也，天地不能容之者有矣。若許緣
> 愁三千丈，猶為短焉。〔註62〕

虎關認為「白髮生愁裏」，此見解與其他中國詩評所引述之概念相同，然虎關又提出自己之看法，言及人之有愁，乃為「天地不能容之者有矣」，如是論「愁」僅「三千」，實猶「短」也。

虎關此評別有新意，其大抵以為人本「無明」，受往昔所造諸惡業，皆由無始貪、嗔、癡，使人產生煩惱障而生愁，當得人身之剎那，即無法避開「八苦」：「一生苦，二老苦，三病苦，四死苦，五所求不得苦，六怨憎會苦，七愛別離苦，八五受陰（色、受、想、行、識）苦。」因此，人於天地之間，煩惱、愁思無處不生，累世不斷，那麼，李白以「白髮三千丈」喻「愁」，自然「猶為短焉」。

虎關雖然認為李白未能恰如其分地喻愁之長，但仍肯定「翰林措

年）。
〔註61〕（唐）李白撰；（清）王琦集注：《李太白全集》（臺北：臺灣中華，1955 年）卷 8〈秋蒲歌〉其十五，頁 3。
〔註62〕（日）虎關師鍊：《濟北集》卷 11〈濟北詩話〉。

意極其妙也」，正是虎關能見李白「白髮三千丈，緣愁似箇長」詩中，
表現情感的奔放，以健筆寫柔情。清代李重華《貞一齋詩說》即言：
「詩情要軟，詩筆要健。」〔註63〕若晚唐五代詞人李煜亦有以「春水」
喻「愁」，詞云：「問君能有幾多愁？恰似一江春水向東流」，即以「春
水」喻「愁」之綿長，所表現之婉約風格即與李白之豪氣有異，然其
所出之情都來自肺腑。

　　承接李白詩之三、四句「不知明鏡裡，何處得秋霜？」則清代
《唐宋詩醇》云：「突然而起，四句三折，格力極健，要是倒裝法耳。」
〔註64〕此「三折」意為倒裝手法，其因「愁多故易白」，而以「『秋
霜』形其白」，「以『三千丈』言其長」，能以倒裝展現筆力之豪健，
剛中有柔，表現出「倏然對鏡，覩此皤然，感茲暮年，愁懷莫述，
偶於秋浦自嘆」〔註65〕之感懷。清代黃叔燦《唐詩箋注》即言：「因
照鏡而見白髮，忽然生感，倒裝說入，便如此突兀，所謂逆則成丹
也。」〔註66〕便有此意。

　　明代唐汝詢《唐詩解》言李白〈秋浦歌〉有「託興深微，辭難實
解，讀者當求之意象之外。」〔註67〕李白此詩作於天寶十三年，時年
五十四歲。曾經李白亦有「奮其志能，願為輔弼」之志，然其歷經唐
代由盛轉衰，平生之志已不得如願，壯志未酬，白髮已生，當攬鏡自
照，竟不知「何處得秋霜？」然而，終歸緣於「愁」，而此愁在回首
大半歲月後，由「白髮三千丈」形象地描繪而呈現。清代沈德潛《說

〔註63〕（清）李重華：《貞一齋詩說》，收入《貞一齋集》（上海：上海古籍，
　　　　2010年），頁107。
〔註64〕（清）高宗御選：《唐宋詩醇》（臺北：臺灣中華，1971年）卷5〈秋
　　　　蒲歌〉，頁93。
〔註65〕（唐）李白；詹鍈主編：《李白全集校注彙釋集評》（天津：百花文
　　　　藝出版，1996年），頁1142。
〔註66〕（唐）李白；詹鍈主編：《李白全集校注彙釋集評》（天津：百花文
　　　　藝出版，1996年），頁1141。
〔註67〕（明）唐汝詢選釋；王振漢點校：《唐詩解》（保定：河北大學出版
　　　　社，2001年），頁474。

詩晬語》以為：「事難顯陳，理難言罄，每託物連類以形之。……其言淺，其情深也。倘質直敷陳，絕無蘊蓄，以無情之語而欲動人之情，難矣。」〔註68〕此大抵能深刻地將李白寓託之意，以白髮喻其愁以形之，亦因情深，方能使情感內涵渾厚而博大。

　　關於李白「白髮三千丈，緣愁似箇長」之詩，後人有襲改者，如南宋辛棄疾有詩云：「甚矣吾衰矣，悵平生交遊零落，只今餘幾？白髮空垂三千丈，一笑人間萬事。」（〈賀新郎〉）詩詞互觀，雖同為夸飾，其欲表達之意則有不同。李白寓愁絲於白髮三千丈，章法奇豪，情感深蘊；辛棄疾則以「吾衰」形容老境，再敷以「白髮空垂三千丈」，以「空垂」凸顯一生之孤寂而惆悵，世情既未得如願，只能「一笑人間萬事」，將「一笑」與「萬事」相對，則有經世事洗練之後的豁達，安然而自得之趨向。至若江戶中期日本祇園南海（西元 1676～1751）於《南海先生文集》中，即對「白髮三千丈，緣愁似箇長」提出不同意見，詩云：「剪除白髮三千丈，何處窮愁著箇長。」〔註 69〕祇園南海之言，乃因其懷愁憂，而刻意為之。

　　緣此，清人馬位《秋窗隨筆》之說，正可見虎關與嚴有翼對此詩評論眼界之高低，其云：

　　　太白「白髮三千丈」，下即接云「緣愁似箇長」，並非實詠。

　　　嚴有翼云：「其句可謂豪矣，奈無此理。」詩正不得如此講

　　　也。〔註70〕

馬位以「詩正不得如此講也」，呼應了虎關得李白以「白髮生愁裏」之旨趣，且虎關讚「翰林措意極其妙」，此「妙」為詩歌語言章法之超逸不拘，詩作以「夸飾」、「倒裝」、「譬喻」修辭交錯使用，「豪

<hr>

〔註68〕（清）沈德潛：《說詩晬語》（上海：上海古籍，2002 年），頁 1。

〔註69〕（日）祇園南海著；田中峸崿輯錄；葛城蠢庵校閱：《南海先生文集》卷 4（江戶：須原茂兵衛，1795 年）慶應義塾大學圖書館藏刊本，頁 22。

〔註70〕（清）馬位：《秋窗隨筆》，收入丁福保編：《清詩話》（臺北：藝文印書館，1965 年），頁 10。

奇」而「不悖理」，詩意不即「愁」又不離「愁」，此皆與中國詩話
評李白〈秋浦歌〉相類。然而，特別之處是虎關以「天地不能容之
者有矣」來解「愁」有「三千丈」實爲「短」也，展現獨到見解與
新意。是故，虎關較之嚴有翼的評論更爲貼合詩歌創作論，亦能合
理地肯定李白〈秋蒲歌〉中「白髮三千丈，緣愁似箇長」爲「句豪
不畔理」。

（二）有法無法，勿參死句

　　虎關從「活法」的創作概念來解唐代杜甫〈登岳陽樓〉，兼論唐
代王維的〈漢江臨泛〉之詩，虎關說：

> 杜詩：「吳楚東南坼，乾坤日夜浮。」註者云：「洞庭在乾
> 坤之內，其水日夜浮也。」予謂此箋非也。蓋言洞庭之闊，
> 好浮乾坤也。如註意此句「不活」。客曰：「萬境皆天地內
> 物也，洞庭若浮天地，湖在何處？」曰：「不然，詩人造語，
> 此類不鮮。王維〈漢江〉詩曰：『江流天地外，山色有無中。』
> 如子言，漢江出天地外，流何所邪？」客不對。〔註71〕

虎關假借與「客」之對話，以杜甫〈登岳陽樓〉詩曰：「吳楚東南坼，
乾坤日夜浮」爲例，將註者云：「洞庭在乾坤之內，其水日夜浮也」
的說法給予「此句不活」之批評。

　　關於虎關所引箋註者的版本，孫立嘗於〈〈濟北詩話〉與宋前文
學〉中「論杜甫」之章節提出疑問，其言：「虎關所引箋語未知何本？」
〔註72〕根據日本太田亨於〈日本禪林における中國の杜詩注釋書受容
——《集千家註分類杜工部詩》《集千家註批點杜工部詩集》〉一文提
及，日本關於杜詩的考證，盛行於「五山禪僧」，初期（鎌倉末——
南北朝末）主要採用南宋徐居仁編，南宋黃希、黃鶴父子補注的《集
千家注分類杜工部詩》（簡稱「分類本」），以「虎關師鍊」和「中巖

〔註71〕　（日）虎關師鍊：《濟北集》卷 11〈濟北詩話〉。
〔註72〕　孫立：《日本詩話中的中國古代詩學研究・〈濟北詩話〉與宋前文學》
　　　　　（北京：北京大學出版社，2012 年），頁 71。

圓月」爲代表；而中期（南北朝末期——應仁之亂）與後期（應仁之亂——室町時代末期）則爲元代高楚芳編，南宋劉辰翁評點：《集千家註批點杜工部詩集》（簡稱「批點本」）。依太田亨考證，虎關《濟北集》中〈詩話〉所引的「註者」，即爲「分類本」。〔註73〕

　　虎關在《集千家注分類杜工部詩》中引「趙注」之說，而「趙注」指的是北宋「趙次公」〔註74〕。虎關文中所謂「此箋非也」，指的並非「吳楚東南坼，乾坤日夜浮」二句之箋註，而是僅指「乾坤日夜浮」一句。〔註75〕

　　本節循此脈絡，先賞評杜甫〈登岳陽樓〉之詩意內涵，同時將虎關對趙注作後設批評之內容與中國詩話相較，究其以爲杜詩箋註者所評之意「不活」之說，是否得宜？進而以「活法」之理論呼應虎關說「詩人造語，此類不鮮」之藝術手法，兼論王維〈漢江臨泛〉之「江流天地外，山色有無中」。以下分述之。

1.　「吳楚東南坼，乾坤日夜浮」箋註「不活」之辨

　　此先援引原詩賞評詩之意境，進而將虎關與中國詩話之品評交錯而論，以見虎關此評之合理性？詩云：

　　　　昔聞洞庭水，今上岳陽樓。吳楚東南坼，乾坤日夜浮。

　　　　親朋無一字，老病有孤舟。戎馬關山北，憑軒涕泗流。

　　　　〔註76〕

此詩爲五言律詩，詩作於唐代宗大曆三年（西元 768）冬，在夔州岳

〔註73〕　（日）太田亨：〈日本禪林における中國の杜詩注釋書受容——《集千家註分類杜工部詩》《集千家註批點杜工部詩集》〉《日本中國學會報》，第五十五集，2003 年 10 月，頁 240～256。

〔註74〕　（宋）趙次公作《杜詩先後解》，南宋中葉以後逐漸亡佚，後林繼中輯校：《杜詩趙次公先後解輯校》（全三冊）（上海：上海古籍出版社，1994 年）。

〔註75〕　（唐）杜甫撰；（宋）徐居仁編；（宋）黃鶴補註：《集千家注分類杜工部詩》卷 14〈登岳陽樓〉（臺北：大通，1974 年）。

〔註76〕　（唐）杜甫撰；（宋）徐居仁編；（宋）黃鶴補註：《集千家注分類杜工部詩》（臺北：大通，1974 年）。

陽，時年 57 歲。〔註77〕杜甫（西元 712～769）此際登臨岳陽樓（湖南岳陽城），憑軒遠眺，俯仰古今，以今昔之懷，面對遼闊無垠的洞庭湖，思人渺於天地之一粟，加之杜甫晚年飄泊無定，國家衰敗，曾有「致君堯舜」、「筆頭萬千」之雄心，如今「白頭搔更短」，自不免心生慨嘆。

首聯，先「昔」而「今」，時間之推移，《瀛奎律髓彙評》載馮舒語：「因登樓而望洞庭，乃云『昔聞洞庭水，今上岳陽樓』，是倒入法。」〔註78〕其以時間之對比，再呈顯「觀古今於須臾，撫四海於一瞬」之時空的聯繫，昔聞而有待，今登已憑弔，昔與今的流轉，該是喜或悲？杜甫以「今上岳陽樓」爲詩作點題，然其不寫「洞庭湖」而以「洞庭水」，亦爲頷聯著力寫「水」作鋪陳。

接續頷聯「吳楚東南坼，乾坤日夜浮」爲詩評家時常引述、賞評之句，虎關〈濟北詩話〉亦摘錄此以批評之。虎關以爲趙次公箋註云：「洞庭在乾坤之內，其水日夜浮也。」評其箋註之非，若以此解詩，則此意「不活」。然何以「不活」？

虎關以爲二句詩意應爲「言洞庭之闊，好浮乾坤也」，易言之，杜甫藉由天地乾坤皆浮於洞庭之中，目的爲狀洞庭之闊。緣此，虎關以爲箋註者言「洞庭在乾坤之內，其水日夜浮也。」僅著眼於事相表面，囿於規矩，未能理解詩人奇想，故所註「不活」。然若虎關之評與中國詩話之說法是否相類或相異？

南宋胡仔《苕溪漁隱叢話》引北宋唐庚於《唐子西文錄》中言：「過岳陽樓，觀子美詩不過四十字耳，氣象閎放，涵蓄深遠，殆與洞庭爭雄。」〔註79〕而《西清詩話》亦云：「洞庭天下壯觀，自昔騷人墨客題之者眾矣……『吳楚東南坼，乾坤日夜浮』，不知少陵胸中

〔註77〕 李辰冬：《杜甫作品繫年》（臺北：東大圖書，1977 年），頁 243～244。

〔註78〕 （元）方回選評；李慶甲集評校點：《瀛奎律髓彙評》上（上海：上海古籍，2005 年）卷 1〈登覽類·登岳陽樓〉，頁 6。

〔註79〕 （宋）胡仔：《苕溪漁隱叢話前集》（臺北：世界書局，2009 年）卷 9〈杜少陵四〉，頁 58。

吞幾雲夢也。」〔註80〕是以，唐庚語「氣象閎放」和胡仔言「不知少陵胸中吞幾雲夢」之說，皆示杜甫胸襟之闊，氣象之大，當如明代胡應麟《詩藪》有云：「杜（甫）『吳楚東南坼，乾坤日夜浮』，氣象過之。」〔註81〕

要之，「氣象過之」必有第一等胸襟，清代葉燮《原詩》言：「詩之基，其人之胸襟是也，有胸襟，然後能載其性情、智慧、聰明才辨以出，隨遇發生，隨生即盛，千古詩人推杜甫，其詩隨所遇之人、之境、之事、之物，無處不發其思君王憂禍亂悲時日念友朋弔古人懷遠道，凡歡愉幽愁離合今昔之感」〔註82〕，又說：「大凡人無才則心思不出，無膽則筆墨畏縮，無識則不能取舍，無力則不能自成一家。」〔註83〕因此，杜甫能有此豪格氣魄之胸襟，同時有才、膽、識、力之心理，方有詩作「吳楚東南坼，乾坤日夜浮」之氣勢。誠然，虎關之看法與中國詩話相類，皆言洞庭之闊，詩人造語之渾，惟中國詩論明言兼及杜甫其人、其才、其胸襟之展現。

頸聯詩云：「親朋無一字，老病有孤舟。」一轉而為抒情。杜甫此番登樓，已為日薄西山之年，長年漂泊之生涯，親朋故舊未嘗關懷，孤老零落於一葉孤舟。清代沈德潛《杜詩評鈔》中云：「三、四雄跨古今，五、六寫情黯淡。著此一聯，方不板滯。」〔註84〕而清代黃生《杜詩說》言：「寫景如此闊大，轉落五、六，身事如此落寞，詩境闊狹頓異。」〔註85〕清代浦起龍則云：「不闊則狹處不苦，能狹則闊

〔註80〕（宋）蔡絛：《西清詩話》，收入《宋詩話輯佚》卷上（臺北：哈佛燕京學社，1972 年）〈洞庭詩〉，頁 328。

〔註81〕（明）胡應麟：《詩藪》（臺北：廣文書局，1973 年）內編〈近體上〉，頁 227。

〔註82〕（清）葉燮：《原詩》，收入丁福保編：《清詩話》（臺北：藝文印書館，1965 年）內編，頁 16～17。

〔註83〕（清）葉燮：《原詩》，收入丁福保編：《清詩話》（臺北：藝文印書館，1965 年）內編，頁 6。

〔註84〕（清）沈德潛：《杜詩評鈔》（臺北：廣文書局，1976 年），頁 214。

〔註85〕（清）黃生：《杜詩說》卷 5〈登岳陽樓〉，收入《黃生全集》第二冊

境愈空。然玩三、四，亦已暗逗遼遠漂流之象。」〔註86〕

　　是以，詩於頷聯以湖水浮乾坤之豪筆，寫景之大開，「力量氣魄已無可加」〔註87〕，至頸聯卻別開一境，情致綿邈，寫情之大合，「以索寞幽渺之情，攝歸至小」〔註88〕，景物浩然在目前，卻讓情致愈發迭宕，雖立「一」與「孤」字，亦使其皆具渾氣。清代施補華《峴傭說詩》有云：「用剛筆則見魄力，用柔筆則出神韻。柔而含蓄之爲神韻，柔而搖曳之爲風致。」〔註89〕若見頷聯、頸聯，則可見其剛柔並濟，情景相宣，渾成一片。誠如清代王夫之於《薑齋詩話》言及「吳楚」一聯「乍讀之若雄豪，然而適與『親朋無一定，老病有孤舟』相爲融浹」〔註90〕，若「融浹」則以寫景之心言情，以言情之心寫景，方得居間之妙。

　　尾聯詩云：「戎馬關山北，憑軒涕泗流。」則「七句申明五、六傷感之故，亦倒點法。八句扣住登樓，總收上文。」〔註91〕是以「戎馬關山北」指出關山以北之戰事未停歇，隨著大唐國勢逐漸轉衰，戰事依舊不斷，壯心之志已無力可施，因而抒發感慨，自然而生起「親朋無一字，老病有孤舟」之感懷。末句「憑軒涕泗流」收攏全文，以登樓遙望胸懷家國之闊，加之抒發身世而涕淚交流。

　　清代王士禛之評，大抵可爲詩作一總論，其云：「元氣渾淪，不

　　　　（合肥：安徽大學出版社，2009 年），頁 190。
〔註86〕　（唐）杜甫著；（清）浦起龍：《讀杜心解》（臺北：鼎文出版社，1979
　　　　年）卷 3 之 6，頁 583。
〔註87〕　（清）梁章鉅《浪跡叢談》（臺北：漢京，1984 年）卷 10〈徐筠亭
　　　　說唐詩〉，頁 184。
〔註88〕　（清）梁章鉅《浪跡叢談》（臺北：漢京，1984 年）卷 10〈徐筠亭
　　　　說唐詩〉，頁 184。
〔註89〕　（清）施補華《峴傭說詩》，收入丁福保編：《清詩話》（臺北：藝文
　　　　印書館，1965 年），頁 15。
〔註90〕　（清）王夫之：《薑齋詩話》〈詩譯〉，收入《船山全書》（長沙：嶽
　　　　麓書社出版，1988～1996），頁 814。
〔註91〕　（元）方回選評：李慶甲集評校點：《瀛奎律髓彙評》上（上海：上
　　　　海古籍，2005 年）卷 1〈登覽類・登岳陽樓〉，頁 7。

可湊泊，高立雲宵，縱懷身世，寫洞庭只兩句，雄跨今古。」〔註92〕王氏自〈登岳陽樓〉所表現「詩之境闊」〔註93〕的意蘊，呈現杜甫胸襟視野之高立與身世感懷之綿邈，將寫景之闊，造語奇想，以融情感為一，雖傷感、落寞，卻吞吐自然，渾成一片。

　　揆此而論，虎關以為箋註者評「吳楚東南坼，乾坤日夜浮」二句之「不活」，便在於未能明詩人造語之雄渾，意境之深遠，亦囿於詩句字面之釋義，無法得詩人之旨趣。事實上，此二句根據《集千家註分類杜工部詩》所載：「吳楚東南坼」句，（趙曰）「吳與楚地相接此，實道洞庭闊遠之狀」；而「乾坤日夜浮」句，（趙曰）「言在乾坤之內，其水日夜浮也。語既高妙有力，而言洞庭之光大過於此」〔註94〕。承北宋趙次公箋註之詩句，並非不知杜甫欲表「洞庭闊遠之狀」，亦非不知杜詩用語「高妙有力，而言洞庭之光大過於此」，惟趙次公註解「言在乾坤之內，其水日夜浮也」，的確未能確切地詮釋出杜甫「出新意於法度之中，寄妙理於豪放之外」〔註95〕之深蘊，故虎關評其「不活」，當有其是，但是虎關〈濟北詩話〉中僅斷章取「言在乾坤之內，其水日夜浮也」二句，又未能窺見箋註者之全貌。

　　要之，詩評者摘錄詩句，或作後設批評，大抵容易囿於視野之片斷，如若能綜觀全文，以見詩人章法鋪陳之用意及情感之變化，便能使文氣一脈而展現更細緻的眼界。

2. 活法：有定法而無定法，無定法而有定法

　　虎關以為「詩人造語，此類不鮮」，然而，何謂「此類」？虎關

〔註92〕　（唐）杜甫著；（清）楊倫箋注：《杜詩鏡銓》下（臺北：華正書局，2003 年）卷 19〈登岳陽樓〉，頁 952。

〔註93〕　王國維著，徐調孚校注：《校注人間詞話・刪稿十二》（臺北：頂淵文化事業，2007 年），頁 43。

〔註94〕　（唐）杜甫撰；（宋）徐居仁編；（宋）黃鶴補註：《集千家註分類杜工部詩》（臺北：大通，1974 年）卷 14，頁 896～897。

〔註95〕　（宋）蘇軾著，孔凡禮點校：《蘇軾文集》（北京：中華書局，1986 年）卷 70〈書吳道子畫後〉，頁 2210～2211。

依「客問」云：「萬境皆天地內物也，洞庭若浮天地，湖在何處？」客之問，即爲虎關欲凸顯文學造語之特色，故其以王維〈漢江臨泛〉詩爲例，曰：「江流天地外，山色有無中」，若依客之問，那麼「漢江出天地外，流何所邪？」承上而論，「此類」意指無論是杜詩「吳楚東南坼，乾坤日夜浮」或王維詩「江流天地外，山色有無中」都在造語上表現夸張卻又合於情理，使詩句畫面生動不板滯，若以虎關言趙次公評之「不活」而論，虎關則是肯定詩句必須要「活」，若能講「活法」，便可見「詩人造語，此類不鮮」之用意。

（1）與心徘徊，使詩句句欲活

關於「活法」一詞，南宋曾季貍《艇齋詩話》謂北宋呂本中論詩「說活法」〔註96〕。而南宋劉克莊於〈江西詩派〉中亦引呂本中作〈夏均父集序〉云：

> 學詩當識活法。所謂活法者，規矩備具，而能出于規矩之外；變化不測，而亦不背於規矩也，是道也。蓋有定法而無定法，無定法而有定法，知是者，則可與語活法矣。謝元暉有言：「好詩轉圓美如彈丸」，此眞活法也。〔註97〕

呂氏以爲學詩若能按照作詩之規矩，卻不拘泥於此規矩，既不囿於陳規，又能表現奇想之處，即可謂「活法」。呂本中進一步引謝玄暉之言，以爲「眞活法」應「流轉圓美如彈丸」爲佳。

然而，何謂「活法」？何謂「流轉圓美如彈丸」？「活法」蓋如南宋陳起《前賢小集拾遺》載北宋曾幾〈讀呂居仁舊詩有懷其人作詩寄之〉詩中有云：「學詩如參禪，愼勿參死句。縱橫無不可，乃在歡喜處。」〔註98〕此說「學詩如參禪，愼勿參死句」意即參禪來自於生活體驗，以心覺知萬事萬物，當有所悟，自能行於生活之中，因此，

〔註96〕　（宋）曾季貍：《艇齋詩話》（臺北：廣文書局，1971 年），頁 34。
〔註97〕　（宋）劉克莊：《後村先生大全集》（臺北：商務出版社，1979 年）卷 95〈江西詩派小序・呂紫微〉，頁 824。
〔註98〕　（宋）陳起：《前賢小集拾遺》卷 4，收入於《南宋羣賢小集》三 0（臺北：藝文印書館，1972 年），頁 2。

詩人學詩亦如是，心有感觸而行之文字，便能避免受限於既有之窠
臼，當詩句出於「歡喜處」，能在感知生活，覺知心意之際，發之於
奇想，便能「縱橫無不可」，意即「出新意於法度之中，寄妙理於豪
放之外。」〔註99〕然若「流轉圓美如彈丸」之意，周振甫說：

> 不單是聲律上的最高境界，還包括情思的曲折，吐辭的婉
> 轉，風格的柔美。〔註100〕

周振甫從聲律、情思、吐辭與風格詮釋「流轉圓美如彈丸」之內涵，
大抵合於詞意之概說，然而，「風格的柔美」或可兼及「豪放」風格，
乃因詩既源於生活感觸，便勿參死句，隨著詩人之性情詩意而發，那
麼當如北宋曾幾之言「縱橫無不可」。

　　杜甫對於創作亦有自己之看法，其云：「為人性僻耽佳句，語不
驚人死不休。」（〈江上值水如海勢聊短述〉）意即欲以詩歌不能落入
窠臼，必須使語言、文意有所創新，而此「創新」如童慶炳於《中國
古代心理詩學與美學》中所言：

> 離不開對自然的精細體察和生動描摹。因此詩人必須貼近
> 自然，才可能在描摹自然中創意造言，令詩句「拔地倚天，
> 句句欲活。」……一個詩人若能忠實於生活，精細入微地
> 體察自然，那麼從他筆端流出來的語言，就自然而然是清
> 新驚人。〔註101〕

若承童慶炳令詩句「拔地倚天，句句欲活」之看法而言，詩人必須忠
實於生活，立基於對自然的體察，方能在描摹自然中，創造語言之清
新驚人。如是而論，杜詩「吳楚東南坼，乾坤日夜浮」或王維詩「江
流天地外，山色有無中」，都是取材、取境於自然之中，以詩人細膩

〔註99〕 （宋）蘇軾著，孔凡禮點校：《蘇軾文集》（北京：中華書局，1986
　　　　年）卷70〈書吳道子畫後〉，頁2210～2211。

〔註100〕 周振甫：《詩詞例話全編》下編（重慶：重慶大學，2010年），頁
　　　　417。

〔註101〕 童慶炳：《中國古代心理詩學與美學》（臺北：萬卷樓，1994年），
　　　　頁94～95。

之體察，融入詩人情感與懷抱其胸襟，於詩句中實景、虛境相兼而生，使詩境畫面氣韻生動，「句句欲活」，便能「規矩備具，而能出於規矩之外；變化不測，而亦不背於規矩也」〔註102〕。

　　然而，如何取材於自然，造境於詩意，使語句鮮活？南朝梁劉勰〈神思〉云：「寂然凝慮，思接千載；悄焉動容，視通萬里。」〔註103〕在此，劉勰以爲寂然虛靜之狀態與精神之凝聚，方能將思緒與境界在時間的長河裡相互交流，亦能透過靜觀外物之生機，而使心神通達千萬里，使創作主體之心靈得到充分自由。陳子昂〈登幽州台〉慨嘆：「念天地之悠悠，獨愴然而涕下。」〔註104〕即爲詩人的感知與情感流露，訴諸於無限遼闊的天地與川流不息的時間中，藉由時間的連續與空間的延展，使人愈顯渺小，而時空交融亦不可截然二分。

　　而童慶炳則把《文心雕龍・物色》之內容，摘取「隨物以宛轉」和「與心而徘徊」二句，從心理學角度和詩人之關係作解釋，亦能與上述內容理論相呼應。童慶炳認爲「隨物以宛轉」之「物」爲「物理境」，即指詩人之生活，詩人持謙恭之態度，長久悉心地在「物理境」中體察，進而「宛轉」，使詩人之「心」完全服從「物」的支配，要求詩人按物之原來的形體狀貌如實地去體察和了解。然而，外物必須轉變爲心中之物，故要「與心而徘徊」，才能產生詩情，此創作歷程要從「物理境」轉爲「心理場」。〔註105〕此即爲鍾嶸《詩品序》所說「氣之動物，物之感人，故搖蕩性情，形諸舞詠。」〔註106〕大抵都作爲詩人必須感物後，不滯留於物貌，方能以情接物，使身歷、目到

〔註102〕　（宋）劉克莊：《後村先生大全集》（臺北：商務出版社，1979年）卷95〈江西詩派・呂紫微〉，頁824。

〔註103〕　（梁）劉勰：《文心雕龍》（臺北：臺灣商務，1979年）卷6〈神思〉，頁18。

〔註104〕　孫通海、王海燕編：《全唐詩》卷八十三（北京：中華書局，1999年），頁902。

〔註105〕　童慶炳：《中國古代心理詩學與美學》（臺北：萬卷樓，1994年），頁5～6。

〔註106〕　（宋）鍾嶸：《詩品》（臺北：臺灣商務，1965年）卷上，頁1。

之印象，加入詩人情感，轉化爲心理場。

　　緣此，「吳楚東南坼，乾坤日夜浮」和「江流天地外，山色有無中」二詩，即是詩人透過虛靜之狀態與精神之凝聚，貼近自然，又能「思接千載」，「視通萬里」。

　　杜甫創作「吳楚東南坼，乾坤日夜浮」之際，先體察「物理境」，凝神遠眺洞庭湖水之浩渺，吳越兩地被浩瀚湖水分割之景，進而，將身歷、目到的客觀之境，「與心而徘徊」，轉爲心中之物，因此，感受到乾坤彷若浮於湖上，日夜不停波動，時間的川流與空間延展，以狀洞庭之闊，使畫面鮮活。

　　至若王維「江流天地外，山色有無中」二句，則在王維靜觀遠望漢江滔滔，體察「江水」與「山色」之「物理境」，經過詩人「與心而徘徊」後，將山水幻化出縹緲新奇之感，使漢江之水，不斷湧流至天地外，而重重青山之景，則於蒼茫之間，若隱若現，烘托出江漢氣勢之波瀾壯闊。明代王世貞評此二句：「詩家極俊語，却入畫三昧。」〔註107〕作爲王維「詩中有畫」之品評，王維以淡墨描繪出迷濛之景，靜中有動，使畫面無限延展，靈動鮮活。

　　是故，「吳楚東南坼，乾坤日夜浮」與「江流天地外，山色有無中」，在凝神靜觀自然之後，寓情於景，展現動態壯闊之貌，日夜浮動與奔流，使詩句句欲活，故能「流轉圓美如彈丸」。

（2）反常而合道

　　若承前所謂「有定法而無定法，無定法而有定法」，能使詩有奇趣，看似在規範之中，卻又不拘泥於規範，或可作爲「反常合道」之說。「反常合道」爲蘇軾提出之概念，北宋惠洪引蘇軾之評論說道：

> 柳子厚詩曰：「漁翁夜傍西巖宿，曉汲清湘燃楚竹。煙銷日出不見人，欸乃一聲山水綠。回看天際下中流，巖上無心雲相逐。」東坡云：「詩以奇趣爲宗，反常合道爲趣。熟味

〔註107〕 （明）王世貞：《弇州山人四部稿》第十二冊（臺北：偉文出版社，1976 年）〈又黃大癡江山勝覽圖〉，頁 6329。

此詩有奇趣，然其尾兩句，雖不必亦可。」〔註108〕

蘇軾以爲柳詩中「煙銷」二句的情與景，有著「奇趣」之特質。蓋因「煙銷日出」本應將景物和人看得更爲清楚，卻又於詩後言「不見人」，而「欸乃一聲」自聽覺而來，詩後所接卻是從視覺取景的「山水綠」。就常理判斷搖櫓聲與山水綠似乎無直接相關，然詩人如此鋪排，乃係藉由日出之光線，予人明亮之感，而能劃破長夜之寂靜，使聲音能傳導得更遠，使萬物甦醒，使山水更綠，更將聽覺轉爲視覺，予人驚喜之感。不僅如此，「還可從這種以動表靜的情景裡，感悟到一種人生的境界，體味到一種味外之味」〔註109〕。故「煙銷日出不見人」與「欸乃一聲山水綠」二句於邏輯似爲有礙，但又可作合理之解是爲「反常合道」。

因此，蘇軾以爲詩歌追求的是一種「奇趣」，雖然表面看似違反常理，但卻符合情感邏輯便「合道」，此乃爲詩家筆法運用的藝術性。若依童慶炳對「反常合道」之解，其云：

> 「反常」係指情景的反常、超常組合，如把黑與白、大與小、悲與歡等相異相反的情景組合在一起稱之：而「合道」則爲這種反常超常的藝術組合，卻出人意料合乎了感知和情感的邏輯，從而產生一種象外之象、景外之景、味外之味稱之。〔註110〕

「反常合道」爲藝術創作手法，若組合得宜，便能出人意料，合乎感知和情感的邏輯。那麼「吳楚東南坼，乾坤日夜浮」和「江流天地外，山色有無中」皆以誇張之力度，讓「乾坤日夜浮」，又使「江流天地外」，展現「咫尺應須論萬里」〔註111〕之審美原則，故能產生奇趣，

〔註108〕（宋）惠洪：《冷齋夜話》（北京：中華書局，1985 年）卷 5，頁 24。

〔註109〕童慶炳：《中國古代心理詩學與美學》（臺北：萬卷樓，1994 年），頁 116。

〔註110〕童慶炳：《中國古代心理詩學與美學》（臺北：萬卷樓，1994 年），頁 116。

〔註111〕孫通海、王海燕編：《全唐詩》卷二百一十九〈戲題畫山水圖歌〉（北

產生象外之象，景外之景，味外之味的境界。

　　要而約之，虎關以「客問」引出「萬境皆天地內物也，洞庭若浮天地，湖在何處」的不合理性，進而再以王維〈漢江〉詩「江流天地外，山色有無中」，反問客云：「漢江出天地外，流何所邪？」於此可知，「客問」所謂「萬境皆天地內物」之說法，正是造成詩意衝突與不合理之處。

　　然而，在藝術創作之歷程中，此「境」可造，蓋如王國維所謂大詩人能「造境」與「寫境」〔註112〕，而蘇珊玉《人間詞話之審美觀》則進一步結合王國維與錢鍾書談藝術創作之文藝觀，其謂：

　　　　王氏所謂「造境」，即錢氏「潤飾自然，功奪造化」；所謂
　　　　「寫境」，即「師法造化，模寫自然為主」。前者著眼於創
　　　　作取法自然，並順作者之時代理想擴充、刪削，前終有筆
　　　　補造化之功。……後者強調創作從自然加以選擇。〔註113〕

若從蘇珊玉對文藝觀之評論而言，正可概說虎關之意。易言之，「洞庭水」、「江流」、「山色」皆為詩人從自然中選擇之題材，作為師法、模寫自然之對象，故為「寫境」；當詩人取材於自然，亦順隨詩人對自然之感悟，「潤飾自然」，透過內蘊之胸襟與視野，本有之才氣與性情，最後筆力運轉，而能「功奪造化」，此即為「造境」。因此，「吳楚東南坼，乾坤日夜浮」與「江流天地外，山色有無中」皆為詩人選擇、取材自然之後，所造之渾雄與浩渺之境，能有巧奪造化之妙。

　　是故，虎關即以為，若欲使詩句靈活鮮明，詩人必須造此境，因此，虎關便以「湖在何處？」與「漢江流何所邪？」之問答，凸顯出「反常」組合之意味，以明白揭示，詩人造境乃為賦予詩意雄渾而開闊之畫面，以靜景表現動態，進而形塑出磅礡水勢，使其「合道」。

　　　　京：中華書局，1999年），頁2305。
〔註112〕王國維著，徐調孚校注：《校注人間詞話・二》（臺北：頂淵文化事
　　　　業，2007年），頁1。
〔註113〕蘇珊玉：《人間詞話之審美觀》（臺北：里仁書局，2009年），頁183
　　　　～184。

故而，此即虎關所謂「詩人造語，此類不鮮」之意。

（三）小結

　　綜上所述，虎關評論李白「白髮三千丈」為白髮生愁裏，故李詩「句豪不畔理」，反而「措意極其妙」，此與中國詩話之評論相類，惟虎關另闢新意，即為「天地不能容之者有矣。若許緣愁三千丈，猶為短焉。」則是從佛家之視角言「愁」不限於「三千丈」，而是人身有苦便有愁，豈天地能容之。

　　至若虎關評杜詩「吳楚東南坼，乾坤日夜浮。」則從註者之評為「不活」，以見虎關以為詩句應「活」，故本節此處，便以「活法」為開展，靜觀自然，思接千載，視通萬里，隨物宛轉而能與心徘徊，「規矩備具，而能出於規矩之外」，在「有定法而無定法，無定法而有定法」之際，使詩具有「反常合道」之奇趣，便能使詩句鮮活。因此，本節與第三章虎關詩學主張「適理」之意有所呼應。在創作手法方面，當是觸感於外物，符合自然規律，而就藝術情感而觀，則性情純正，當為詩人胸襟之闊，便能直抒情感以表現詩情與詩意。

　　總之，虎關引李白、杜甫之詩句，在夸飾修辭的運用下，能「夸而有節，飾而不誣」，使詩在有法無法之際，體現自然，故能高妙，句句欲活，又能剛柔並濟。清代施補華《峴傭說詩》以為「少陵、退之、東坡三大家，皆不能作五絕，蓋才太大，筆太剛，施之二十字，反喫力不討好。」〔註114〕又「太白才逸，筆在剛柔之間，故亦能作五、七絕。」〔註115〕若自施補華說詩而言，五絕乃重凝鍊與興象，故少陵、退之、東坡因才高，反難駕馭詩意；惟李白才逸，方能遊刃於剛柔之間，使絕句自得興象。誠然，杜詩「吳楚東南坼，乾坤日夜浮」為五律，而李白「白髮三千丈」為五絕，當有其巧妙之處。

〔註114〕　（清）施補華《峴傭說詩》，收入丁福保編：《清詩話》（臺北：藝文印書館，1965 年），頁 16。

〔註115〕　（清）施補華《峴傭說詩》，收入丁福保編：《清詩話》（臺北：藝文印書館，1965 年），頁 16。

二、盡美盡善：形似句好，實事句卑

　　虎關在詩話中，提出對品藻詩歌的看法，他說：

> 咸平間，林和靖臥孤山，有〈梅花〉八詠。歐陽文忠公，
> 稱賞其「疎影橫斜水清淺，暗香浮動月黃昏」之句。山谷
> 云：「雪後園林纔半樹，水邊籬落忽橫枝」似勝前句。不知
> 文忠公何緣棄此而賞彼？文章大槩亦如女色，好惡繫於
> 人。予謂二聯美則美矣，不能無疵。客云：「何也？」曰：
> 「橫斜之疎影，實清水之所寫也。浮動之暗香，寧昏月之
> 所關乎？又雪後半樹者，形似也，水邊橫枝者，實事也。
> 二聯上下二句皆不純矣！」客云：「諸家詩多如此，何責之
> 者深耶？」曰：「諸家皆放過一著者也。二公採林詩爲絕唱，
> 我只以其盡美矣，未盡善矣言之耳。」《古今詩話》曰：「梅
> 聖俞愛『王維』〔註116〕詩有云：『柳塘春水慢，花塢夕陽遲。』
> 善矣！夕陽遲則繫花，而春水慢不繫柳也。如杜甫詩云：「深
> 山催短景，喬木易高風。」此了無瑕纇，如是詩評，爲盡
> 美盡善也。客曰：「雪後半樹，亦可爲實事。」曰：「爾，
> 形似句好，實事句卑，讀者詳之。」〔註117〕

虎關在詩話中，以爲「文章大槩亦如女色，好惡繫於人」，而虎關亦
闡明其對前人詩歌品評之意見，大抵以歐陽脩評「疎影」〔註118〕二

〔註116〕此爲虎關引《古今詩話》之說。然查閱《古今詩話》原作「嚴維」，
　　　　非「王維」。（宋）李頎：《古今詩話》，收入《宋詩話輯佚》卷上（臺
　　　　北：華正書局，1981年）〈杜甫詩勝嚴維〉，頁151。虎關誤植，有
　　　　可能是因爲「嚴維」與「王維」音近之外，大抵因爲詩風相似，王
　　　　維詩具「詩中有畫，畫中有詩」之意境，而「柳塘春水慢，花塢夕
　　　　陽遲」風格與之相類。虎關讀之，或許聯想到「王維」而自然植入
　　　　詩話中。

〔註117〕（日）虎關師鍊：《濟北集》卷11〈濟北詩話〉。

〔註118〕關於「疎」、「疎」、「疏」三字意義相同，惟其之使用方面：虎關用
　　　　「疎」字，乃爲日本用字之習慣，如（宋）林逋著；近藤元粹編：
　　　　《林和靖詩集》（大阪：青木嵩山堂，1897年）卷2，頁12。日本
　　　　除了用「疎」字，同時兼用「疎」字，易言之，「疎」、「疎」兩者

句和黃庭堅評「雪後」二句爲例，以爲「盡美未盡善」；又以梅聖俞評「柳塘」二句爲「盡善未盡美」，至若杜甫「深山」二句，則是「盡美盡善」，承此詩評而提出論點爲「形似句好，實事句卑」，最後以「讀者詳之」呼應「好惡繫於人」，卻仍應審愼辨析。以下自「盡美未盡善」、「盡善未盡美」、「盡美盡善」三方面來探究之。

（一）盡美未盡善

虎關對於歐陽文忠公稱賞「疎影」二句與黃山谷偏好「雪後」二句之看法，乃源自於中國詩話，此先引述〈濟北詩話〉之內容，再與中國詩話相互比較，其載：

> 咸平間，林和靖臥孤山，有〈梅花〉八詠。歐陽文忠公，稱賞其「疎影橫斜水清淺，暗香浮動月黃昏」〔註119〕之句。山谷云：「雪後園林纔半樹，水邊籬落忽橫枝」〔註120〕似勝前句。不知文忠公何緣棄此而賞彼？文章大槩亦如女色，好惡繫於人。

虎關摘錄之內容，蓋承北宋黃庭堅《山谷集》卷二十六「書林和靖詩」而來，山谷云：

> 歐陽文忠公極賞林和靖「疎影橫斜水清淺，暗香浮動月黃昏」之句，而不知林和靖別有〈詠梅〉一聯云「雪後園林纔半樹，水邊籬落忽橫枝」，似勝前句。不知文忠公何緣棄此而賞彼？文章大概亦如女色，好惡止繫於人。〔註121〕

同時存在。若依中國所載林逋詩集中的用字，則爲「疎」字，如（宋）林逋：《林和靖詩集》（臺北：廣文書局，1982年）卷2，頁6。誠然，中國與日本都有使用「疎」，因此，本節除了在虎關〈濟北詩話〉中的「方塊引文」用「疎」字之外，其餘統一使用「疎」字。

〔註119〕 （宋）林逋：《林和靖詩集》（臺北：廣文書局，1982年）卷2〈山園小梅〉其一，頁6。

〔註120〕 （宋）林逋：《林和靖詩集》（臺北：廣文書局，1982年）卷2〈梅花三首〉其一，頁6。

〔註121〕 （宋）黃庭堅：《山谷集》，收入《景印文淵閣四庫全書》（臺北：臺灣商務，1983年）卷26〈書林和靖詩〉，頁277。

至南宋胡仔《苕溪漁隱叢話》前集卷二十七「林和靖」條，又對山谷之說進行後設批評，其言：

> 山谷云：「歐陽文忠公極賞林和靖『疎影橫斜水清淺，暗香浮動月黃昏』之句，而不知和靖別有詠梅一聯云：『雪後園林纔半樹，水邊籬落忽橫枝』，似勝前句。不知文忠何緣棄此而賞彼？文章大概亦如女色，好惡止繫於人。」《苕溪漁隱》曰：「王直方又愛和靖『池水倒窺疎影動，屋簾（按：簷）斜入一枝低』〔註122〕，以謂此句，於前所稱，真可處伯仲之間。余觀此句，略無佳處，直方何為喜之？真所謂一解不如一解也。」〔註123〕

要之，虎關引山谷之語，加以胡仔之賞評，皆自林和靖詠梅詩而發。林和靖（西元 967～1028），名逋，字君復，北宋詩人，隱於西湖孤山。

承上，林逋梅花八詠中，賞評者分別取「疎影橫斜水清淺，暗香浮動月黃昏」、「雪後園林纔半樹，水邊籬落忽橫枝」，以及「池水倒窺疎影動，屋簾斜入一枝低」三聯，此三聯中歐陽脩、黃山谷、王直方、胡仔各有好惡，惟其四人在賞梅詩句時，未能詳述好惡之因，僅以「極賞」、「似勝前句」、「處伯仲之間」、「略無佳處」之詞來簡明其好惡，最後歸結為「不知文忠何緣棄此而賞彼」、「直方何為喜之？真所謂一解不如一解也。」

而清代紀昀於《紀批瀛奎律髓》評林逋「梅花七律八首」，取〈梅花三首〉其一，以「雪後園林才半樹，水邊籬落忽橫枝」二句評賞為「實好」；而〈山園小梅〉中以「疎影橫斜水清淺，暗香浮動月黃昏」亦評為「名句」。〔註124〕紀昀分別將歐陽脩及黃山谷之評概括而成，

〔註122〕　（宋）林逋：《林和靖詩集》（臺北：廣文書局，1982 年）卷 2〈梅花三首〉其三，頁 7。

〔註123〕　（宋）胡仔：《苕溪漁隱叢話前集》（臺北：世界書局，2009 年）〈林和靖〉，頁 186。

〔註124〕　（元）方虛谷原選；（清）紀曉嵐批點：《紀批瀛奎律髓》第三冊（臺

如是，正因文章如女色，品藻甚難。

　　誠然，中國詩話未進一步說明自身品賞各聯之故，以致難一窺堂奧，虎關則不然，其自山谷之說，再做後設批評，虎關云：

> 予謂二聯美則美矣，不能無疵。客云：「何也？」曰：「橫斜之疎影，實清水之所寫也。浮動之暗香，寧昏月之所關乎？又雪後半樹者，形似也，水邊橫枝者，實事也。二聯上下二句皆不純矣！」客云：「諸家詩多如此，何責之者深耶？」曰：「諸家皆放過一著者也。二公採林詩爲絕唱，我只以其盡美矣，未盡善矣言之耳。」〔註125〕

虎關此謂「二聯」，指的是「疎影橫斜水清淺，暗香浮動月黃昏」、「雪後園林纔半樹，水邊籬落忽橫枝」。虎關並不認同歐陽脩和山谷以爲此二聯爲「絕唱」之說，反而批評「以其盡美，未盡善」。然而，虎關何以認爲此二聯「不能無疵」，而且「二聯上下二句皆不純」？以下即自虎關提出之賞評觀點與中國詩話互相參看。

1.「橫斜之疎影，實清水之所寫。浮動之暗香，寧昏月之所關」辨

　　北宋林逋〈山園小梅〉詩云：「疎影橫斜水清淺，暗香浮動月黃昏」一聯，仿擬自五代江爲之詩。根據明代李日華《紫桃軒雜綴》所言：

> 江爲詩：「竹影橫斜水清淺，桂香浮動月黃昏。」林君復改二字爲「疎影」、「暗香」以詠梅，遂成千古絕調。〔註126〕

易言之，林逋「疎影」一聯，改江爲詩之「竹影」、「桂香」爲「疎影」、「暗香」，詩作表現梅之形象，「遂成千古絕調」。北宋司馬光於《溫公續詩話》中稱此聯「曲盡梅之體態」〔註127〕，正是取梅樹枝節的

　　　　　北：佩文書社，1950 年）卷 20〈梅花類〉，頁 696。

〔註125〕　（日）虎關師鍊：《濟北集》卷 11〈濟北詩話〉。

〔註126〕　（明）李日華：《紫桃軒雜綴》，收入《四庫全書存目叢書》（臺南：莊嚴文化，1997 年）卷 4，頁 67。

〔註127〕　（宋）司馬光：《溫公續詩話》，收入（清）何文煥編：《歷代詩話》

形態美。事實上，此聯上句寫梅枝，下句寫花香，而傳意韻。

　　虎關以爲「疏影橫斜水清淺」乃「橫斜之疏影，實清水之所寫也」；又以「暗香浮動月黃昏」作「浮動之暗香，寧昏月之所關乎？」以此懸而未答之問。是以，「疏影」一聯，是否如虎關之賞評？若與中國詩話相較，又當爲何？以下分別論述之。

（1）欲離欲近，如水中月──釋「橫斜之疏影，實清水之所寫也」

　　虎關將「疏影橫斜水清淺」釋意爲「橫斜之疏影，實清水之所寫也」，明確指出「影」與「水」之關係，以水妙寫梅之疏影。易言之，「橫斜疏影」之形象，爲清水中之倒影，既爲倒影，欲傳達之意境又爲何？

　　唐代釋僧肇《釋寶藏論‧離微體淨品》說：「譬如明鏡，光映萬象，然彼明鏡，不與影合，亦不與體離」〔註128〕，透澈有餘卻可望不可即；若南宋嚴羽《滄浪詩話‧詩辯》則言：「盛唐詩人，惟在興趣；羚羊掛角，無跡可求，故其妙處，透徹玲瓏，不可湊泊，如空中之音，相中之色，水中之月，鏡中之象」〔註129〕嚴羽之說與南宋劉辰翁言：「詩欲離欲近；夫欲離欲近，如水中月，如鏡中花」〔註130〕相類。以上三則皆爲以禪喻詩，強調詩歌藝術應如明鏡、如水中月、如鏡中象，妙於「透徹玲瓏」，使形象貼切靈活而「不可湊泊」，既不離物亦不粘於物，又如空中音、水中色般深遠飄逸，而能「不與影合，

　　　　（臺北：漢京文化事業，1983 年），頁 275。

〔註128〕　（唐）釋僧肇：《寶藏論》（北京：中華書局，1985 年）第二〈離微體淨品〉，頁 7。

〔註129〕　（宋）嚴羽；（明）鄧原岳校：《滄浪詩話‧詩辯》，柳田泉舊藏，早稻田大學圖書館藏和刻，頁 4。

〔註130〕　「天下文章莫難於詩，劉會孟（劉辰翁）嘗序余族兄以直詩其言曰：詩欲離欲近，夫欲離欲近，如水中月，如鏡中花，謂之眞不可謂之非眞，亦不可謂之眞，即不可索，謂之非眞，無復眞者。」詳參（元）傅若金：《傅與礪詩集‧原序》，收入《傅與礪詩文集》第一冊，（臺北：臺灣商務，1972 年），頁 2。

亦不與體離」，產生似隱如顯之境界。然而，欲達此境界，詩人依憑之條件爲何？

　　若以詩人爲審美主體，以物爲審美對象，彼此的關係既如鏡中之萬象，水中之月，那麼，審美主體與對象之間必須保有一定距離，因此，「心理距離」即爲審美之條件。所謂「心理距離」，童慶炳以爲時間距離具有美化、詩化之作用，其言及：

> 通過自己的心理調整，能夠將事物擺到一定的距離加以觀
> 照和品味的緣故。……心不爲事物的功利慾望所牽累，能
> 夠把事物擺到一定的距離之外去觀照，因而能夠發現事物
> 的美。〔註131〕

據此，若審美主體之心，能摒棄功利慾望，將事物透過一定距離之觀照與品味，美的形象自然而生。

　　然而，審美體驗之過程會產生「距離的內在矛盾」，意即若欣賞藝術作品距離太近時，雖然可使審美主體產生深刻共鳴，然另一方面，卻又會生發「移情作用」，因此，必須把審美主體與對象「距離最大限度的縮小，而又不至於使其消失的境界。」〔註132〕簡言之，以「不即不離」作爲「距離的內在矛盾」之呼應。

　　據此，「疏影橫斜水清淺」既寫清水中橫斜而疏落之倒影，是故，林逋與梅枝的關係便因心理距離而能產生「不即不離」，亦顯玲瓏透徹，又深遠飄逸之境界，若一畫境如在目前。誠如北宋韓拙在《韓氏山水純全集》提及：「畫者，筆也，斯乃心運也。索之於未狀之前，得之於儀則之後，默契造化與道同機，握筦而潛萬象，揮毫而掃千

〔註131〕「心理距離」作爲一種美學原理提出來的是英國美學家，心理學家愛德華‧布洛（Edward Bullough）在西元 1912 年發表題爲〈作爲藝術中的因素和一種美學原理的心理距離〉的長篇論文中提出來理論學說。詳參童慶炳：《中國古代心理詩學與美學》（臺北：萬卷樓，1994 年），頁 160～163。
〔註132〕童慶炳：《中國古代心理詩學與美學》（臺北：萬卷樓，1994 年），頁 166。

里。」〔註133〕韓拙於此即取意在筆先，方能心與神契，以造萬象，氣運自能飄然，方顯神韻。若「疏影橫斜水清淺」取倒影之景，因為非直目梅的枝幹，而能得倒影中呈顯之韻外旨趣，亦如唐代竇庠詩云：「有時倒影沈江底，萬狀分明光似洗」（〈金山行〉）便是描繪倒影呈顯萬象之光彩明淨之韻。

又，倒影之境，似天地相連，使物象以另一種形象出現，如元代楊敬德詩云：「魚在山中泳，花從天上開」（〈臨湖亭〉）此即讓「魚」、「花」以生動奇異之景而生，「疏影」句亦然，使橫斜之疏影，涵融於天地之間，妙於「透徹玲瓏」〔註134〕。明代謝榛之《詩家直說》有云：「凡作詩不宜逼眞，如朝行遠望青山，佳色隱然可愛，……妙在含糊，方見作手。」〔註135〕而明代董其昌〈書旨〉亦說：「攤燭作畫，正如隔簾看月，隔水看花，意在遠近之間，亦文章法也。」〔註136〕二者皆有「羚羊掛角，無跡可求」〔註137〕之境界。

揆此立意，「疏影橫斜水清淺」因林逋對梅枝體物窮形，方能刻畫細緻。然而，林逋何以能對梅有如此深刻的體察與體悟？《宋史·隱逸傳》言及：「（林逋）結廬西湖之孤山，二十年足不及城市。……不娶無子」〔註138〕；而宋代沈括於《夢溪筆談》中則云：「林逋隱居杭州孤山，常畜兩鶴，縱之則飛入雲霄，盤旋久之，復入籠中」〔註139〕；

〔註133〕（宋）韓拙：《韓氏山水純全集》（北京：中華書局，1985年）〈論用筆墨格法氣韻病〉，頁8。

〔註134〕（宋）嚴羽；（明）鄧原岳校：《滄浪詩話·詩辯》，柳田泉舊藏，早稻田大學圖書館藏和刻本，頁4。

〔註135〕（明）謝榛：《四溟山人全集》下（臺北：偉文，1976年）卷23《詩家直說》，頁1235～1236。

〔註136〕（明）董其昌：《容臺別集》卷4〈書旨〉，收入《四庫禁燬書叢刊》（北京：北京出版社出版發行，2000年），頁509。

〔註137〕（宋）嚴羽；（明）鄧原岳校：《滄浪詩話·詩辯》，柳田泉舊藏，早稻田大學圖書館藏和刻本，頁4。

〔註138〕（元）脫脫：《宋史》（臺北：藝文印書館，1972年）卷457〈隱逸傳·林逋〉，頁5532。

〔註139〕（宋）沈括：《夢溪筆談》（臺北：臺灣商務，1968年）卷10〈林

又《御定淵鑑類函》亦載：「林逋隱居孤山，徵辟不就，構巢居閣，繞梅花吟詠，自適徜徉湖上或連宵不返。」〔註140〕至若《廣羣芳譜》中則提及「（林逋）不娶無子，多植梅畜鶴，因謂妻梅子鶴。」〔註141〕又載「孤山『放鶴亭』林逋隱此，蓄二鶴，每泛舟湖中，客至，童子縱鶴飛報即歸。後人題句云：種梅花處伴林逋。……植梅數百本於山，構梅亭于其下。」〔註142〕要之，林逋於〈山閣偶書〉自言「餘生多病期怡養，聊此棲遲一避喧」〔註143〕，其以西湖孤山澄心閑靜之境，種梅養鶴以自娛，故有「妻梅子鶴」之說，後世以「逋仙」稱譽，以其品格高潔、超逸之隱者，而所居地不但幽靜且栽植梅樹。虎關嘗於〈三友軒軸序〉中提及：「林孤山之于梅也」〔註144〕又於〈瓶梅和〉中云：「盛取孤山安幾上，喚醒處士結交情。」〔註145〕虎關對於林逋之記載，不離史書與類書之說。

北宋陳堯佐與林逋有詩相酬答，互有交往，其於〈林處士水亭〉中載：

> 城外逋翁宅，亭開野水寒。冷光浮荇葉，靜影浸漁竿。
>
> 吠犬時迎客，饑禽忽上闌。疎籬僧舍近，嘉樹鶴庭寬。

〔註146〕

此寫林逋之居所，其以「野水寒」、「冷光」、「靜影」，凸顯園林清寂

逋〉，頁 70。
〔註140〕（清）張英；（清）王士禎等奉敕纂：《御定淵鑑類函》（臺北：臺灣商務，1983 年）卷 400，頁 725。
〔註141〕（清）汪灝等撰：《廣羣芳譜》（臺北：臺灣商務，1968 年）卷 22〈梅花一〉，頁 515～516。
〔註142〕（清）汪灝等撰：《廣羣芳譜》（臺北：臺灣商務，1968 年）卷 22〈梅花一〉，頁 521。
〔註143〕（宋）林逋：《林和靖詩集》（臺北：廣文書局，1982 年）卷 2〈山閣偶書〉，頁 4。
〔註144〕《濟北集》卷 8〈三友軒軸序〉。
〔註145〕《濟北集》卷 4〈瓶黃梅〉。
〔註146〕（宋）林逋：《林和靖詩集》（臺北：廣文書局，1982 年）附錄詩話〈林處士水亭〉，頁 6。

幽絕；以「漁竿」、「吠犬」、「疏籬」、「嘉樹」則描繪出園林開致怡然之境，其中詩之「野水」，意指不經人工開鑿的自然流水，流經「逋翁宅」，取其天然之妙。而其宅邊捲簾可賞梅枝：「要捲珠簾清賞」〔註147〕，林邊可見「一枝深影竹叢寒」〔註148〕，小園柴扉則有「孤根何事在柴荊」〔註149〕之梅景。

要而言之，就詩意而言，從林逋居處環境，其「疏影橫斜水清淺」可作實寫，惟林逋將此景化爲倒影，以「心理距離」觀照梅景，詩情自有韻致於其間，其亦有「湖水倒窺疏影動」〔註150〕之句，皆以疏落橫斜之倒影交錯，水波蕩漾，萬象似洗而明淨，展現生動之形象，展現疏影橫斜、重重疊疊搖曳畫面，似眞似幻，靜中有動，藉由「欲離欲近」的審美距離，使倒影中梅枝疏秀清瘦之形象，產生「澹然無極而眾美從之」〔註151〕的美感。

誠然，詩取自然實景爲輪廓，而以「詩人之眼，則通古今而觀之」〔註152〕，營造虛境以描繪，加之詩人情感之想像，或能憑添詩意，北宋蔡啓於《蔡寬夫詩話》云：「林和靖梅花詩：『疏影橫斜水清淺，暗香浮動月黃昏』，誠爲警絕」〔註153〕，蔡啓的「警絕」一詞，蓋爲「疏影」一聯有「奇句」、「警句」又能高絕極妙之意，此爲「詩家好

〔註147〕 （宋）林逋：《林和靖詩集》（臺北：廣文書局，1982年）拾遺〈題梅〉，頁12。

〔註148〕 （宋）林逋：《林和靖詩集》（臺北：廣文書局，1982年）拾遺〈梅花二首〉其一，頁11。

〔註149〕 （宋）林逋：《林和靖詩集》（臺北：廣文書局，1982年）拾遺〈梅花二首〉其二，頁11。

〔註150〕 （宋）林逋：《林和靖詩集》（臺北：廣文書局，1982年）卷2〈梅花三首〉其三，頁7。

〔註151〕 （周）莊周撰：（晉）郭象注：《莊子》（臺北：藝文印書館，1968年）卷6〈刻意〉，頁305。

〔註152〕 王國維著，徐調孚校注：《校注人間詞話·刪稿三七》（臺北：頂淵文化事業，2007年），頁58。

〔註153〕 （宋）蔡啓：《蔡寬夫詩話》，收入《宋詩話輯佚》卷下（臺北：華正書局，1981年），頁405。

作奇句警語，必千錘百鍊而後能成」〔註154〕，最後臻於「平淡閑雅」
之境。若以「疏影」與「暗香」相參，攝映疏落梅枝的清水，僅爲水
中之倒影，然又何以得香？其正於味中得其味，故以「暗」字拈出
「香」，除取實境於夜晚，爲突出嗅覺之敏銳，亦擬虛境使清香暗合
於倒影之美。此蓋如南宋姜夔〈白石道人詩說〉云：「語貴含蓄……
句中有餘味，篇中有餘意，善之善者也。」〔註155〕

　　再就梅之性格而論，「疏影橫斜」表現梅枝疏放不羈之特質，蕭
散閑致之態度，「水清淺」則有高雅澄淨之境。南宋范成大《范村梅
譜》後序有云：「梅，以韻勝，以格高，故以橫斜疏瘦與老枝怪奇者
爲貴。」是以，「疏影橫斜水清淺」〔註156〕爲概括梅之恬淡堅貞的風
骨，誠如蘇軾在〈書林逋詩後〉說：「先生可是絕俗人，神清骨冷無
由俗。」〔註157〕亦是託梅之神清無塵俗，比附於人，乃爲詩如其人，
易言之，梅格、梅韻皆作爲林逋人格之化身。

　　因此，虎關以爲「橫斜之疏影，實清水之所寫也」之說，即取自
然之境，目之所到、情之所至而發言爲詩，以倒影設幻境，如水中月，
鏡中花。承此，虎關之評與中國詩話之說相類，惟中國詩話進一步觀
照梅之特性而細究，那麼，梅枝之風骨與倒影涵攝萬象之境，情景相
生，亦可爲人格、品性之表徵。

　　（2）通感之覺，心凝形釋——釋「浮動之暗香，寧昏月之所
　　　　關乎？」

　　「暗香浮動月黃昏」以梅之花香寫意。《廣羣芳譜》〈梅花一〉：「梅
花早而白，杏花晚而紅，乃知天下之美有不得兼者，梅花優於香，桃

〔註154〕　（清）趙翼：《甌北詩話》（臺北：廣文書局，1971 年）卷 1〈李青
　　　　　蓮詩〉，頁 2。
〔註155〕　（宋）姜夔：《白石道人詩集》（臺北：臺灣商務，1967 年），頁 38。
〔註156〕　（宋）范成大：《范村梅譜・後序》，皇清嘉慶十四年張海鵬較梓，
　　　　　頁 537。
〔註157〕　（宋）蘇軾著：（清）王文誥輯註：《蘇軾詩集》（北京：中華書局，
　　　　　1992 年）卷 25〈書林逋詩後〉，頁 1344。

花優於色。」此以梅之美爲香。若南宋劉辰翁在《簡齋詩集序》云：「詩道如花，論高品則色不如香」〔註158〕，劉氏將詩道與花香相媲而論，則以「香」能傳達「高品」之韻味，此「高品」於人則有品格高尚之意。因此，梅之花香爲美之重要條件。然而，虎關則以爲林逋詩中「暗香浮動月黃昏」不盡合理，乃因「浮動之暗香」與「昏月之所關乎」？

　　緣此，「暗香浮動」之「香」爲抽象的形象，雖可以嗅覺感知，卻看不到、摸不著，此時透過「浮動」之動態表述，則能凸顯梅幽淡之清香，似有若無，縹緲無定，彌漫而飄浮流動於靜謐夜晚，既已是夜，又加之以「暗」形容「香」，使嗅覺更爲靈敏，然何以如此？蓋因「暗香」一詞採用「通感」〔註159〕手法。「通感」又稱「移覺」，其試圖將聽覺、視覺、嗅覺、味覺與觸覺等溝通起來，以產生出藝術效果。《列子·黃帝篇》中有：「眼如耳，耳如鼻，鼻如口，無不同也，心凝形釋。」〔註160〕此說可見人感官系統之相互轉換，錢鍾書云：

> 在日常經驗裡，視覺、聽覺、觸覺、嗅覺、味覺往往可以
> 彼此打動或交通，眼、耳、舌、鼻、身各個官能的領域可
> 以不分界限。顏色似乎會有溫度，聲音似乎會有形象，冷
> 暖似乎會有重量，氣味似乎會有體質。〔註161〕

要之，通感係爲將各種感官彼此交錯相通的心理經驗，透過閱聽者理解言語之歷程，而產生對言語的聯想與想像。是以，「暗」爲視覺，「香」是嗅覺，以嗅覺通於視覺，如是，能使花香更加明顯。

　　是以，「暗香浮動」以「通感」突出花香之淡雅，又以「浮動」寄予花香若隱若現，飄忽漫佈之情態，而「月黃昏」再將情境上推一

〔註158〕（宋）劉辰翁著，段大林校點：《劉辰翁集》（南昌：江西人民出版社，1987 年），頁 440。
〔註159〕錢鍾書：《管錐篇》（北京：中華書局，1979 年），頁 1073。
〔註160〕（周）列禦寇撰；（晉）張湛注：《列子·黃帝篇》，北京：中華書局，1985 年，頁 18。
〔註161〕錢鍾書：《管錐篇》（北京：中華書局，1979 年），頁 1073。

層。於此，先作「黃昏」意之辨，林逋雖言「黃昏」，然筆者以爲其意在鋪陳「昏黃」之氛圍，惟爲符合詩歌平仄押韻與對仗原則，故取「黃昏」爲是。若此，方能呈顯昏黃月色灑落下之朦朧美，依稀可見清秀小花枝頭掛，使暗香與月色所營造氳氲迷茫之視境相生相融，點出香氣浮動，似有若無，縹緲無定，以寫意筆法，喚起細膩之感官經驗。緣此，「暗香浮動月黃昏」亦作「通感」手法，乃因「暗香浮動」作嗅覺，「月黃昏」則以視覺，使嗅覺與視覺互通，以便烘托出花香在昏黃之夜流淌，無所不在。故此句表面摹梅香，實則摹梅意，勾勒出梅花枝幹上的小花形，散發悠遊自然之香，加之月之迷霧，表現沖和淡遠高潔之神韻。

誠然，虎關批評「浮動之暗香，寧昏月之所關乎？」之說，實未能明白詩歌可以透過「通感」手法，使感官經驗彼此交流之靈動美，此句即透過視覺與嗅覺之互感互通，在畫面營造下，亦能「含不盡之意，見於言外」。

綜合而論，「疏影橫斜水清淺，暗香浮動月黃昏」一聯，文脈一氣而下。蕭麗華從王昌齡《詩格》中以「境思」之轉變以見作詩之歷程，其言：

> 境思的轉變正是透過直觀的藝術審美歷程，將外在現實的世界轉化爲心靈眞實感受的世界，透過這樣的歷程，讓心與物互相映照形成了「境」，而心靈穿透境照，「凝心天海之外」，彷彿進入另外一層意識，如同感受到神思，當詩意由黯淡轉爲光亮清晰，應加以「照境」，才立意作詩。
> 〔註162〕

要之，「境思」透過「直觀」，即林逋對梅花長期觀察及情感之深厚，故而將「讓心與物互相映照形成了『境』」，方能情景相生，感受心靈與外境之靜與澄，悠然自得，用淡筆體梅賦梅，正因深入體察，亦能

〔註162〕蕭麗華：《「文字禪」詩學發展的軌跡》（臺北：新文豐，2012 年），頁 51。

生動的描繪。南宋費袞於《梁溪漫志》載：「予嘗踏月水邊，見梅影在地，疎瘦清絕，熟味此詩，眞能與梅傳神也。」〔註163〕

關於「疎影」二聯，歷來多有評價。南宋王十朋〈臘月與守約賞梅西湖〉中稱其：「暗香和月入佳句，壓盡古今無詩才。」〔註164〕而南宋許顗《許彥周詩話》亦言：「林和靖梅詩云：『疎影橫斜水清淺，暗香浮動月黃昏』，大爲歐陽文忠公稱賞。大凡《和靖集》中，梅詩最好，梅花詩中此兩句尤奇麗。」〔註165〕又，元代韋居安則云：「梅格高韻勝，詩人見之吟詠多矣。自和靖『香』、『影』一聯爲古今絕唱，詩家多推尊之。」〔註166〕至若明代李東陽言：「惟林君復『暗香』、『疎影』之句爲絕倡，亦未見過之者」〔註167〕。於此可見，林逋「疎影」一聯之影響，自宋而明，詩評者皆以此聯爲前無古人，後無來者之絕唱，揚之甚高。

然而，南宋周紫芝於此提出不同見解，其云：「林和靖賦〈梅花〉詩有『疎影橫斜水清淺，暗香浮動月黃昏』之語，膾炙天下殆二百年。東坡晚年在惠州作〈梅花〉詩云：『紛紛初疑月掛樹，耿耿獨與參橫昏』。此語一出，和靖之氣遂索然矣。」〔註168〕事實上，周紫芝並非否定和靖詩，因其詩風倡導自然、平淡，而和靖〈梅花〉詩亦有此特質，惟周氏極賞蘇軾，其於《竹坡老人詩話》中屢論蘇軾皆給予肯定。〔註169〕是以，「和靖之氣」與「東坡之氣」在周紫芝之賞評中，自分高下。

〔註163〕　（宋）費袞：《梁溪漫志》（上海：古書流通處，1921年）卷7〈陳輔之論林和靖梅詩〉，頁8。

〔註164〕　（宋）王十朋：《王十朋全集》（上海：上海古籍出版，1998年）卷8〈臘日與守約同舍賞梅西湖〉，頁123。

〔註165〕　（宋）許顗：《許彥周詩話》（北京：中華書局，1985年），頁11。

〔註166〕　（元）韋居安：《梅澗詩話》卷下，收入（清）顧修輯《讀畫齋叢書・戊集第33冊》，嘉慶刊，國立國會圖書館藏，頁7。

〔註167〕　（明）李東陽：《麓堂詩話》（北京：中華書局，1985年），頁18。

〔註168〕　（宋）周紫芝：《竹坡老人詩話》（臺北：藝文印書館，1965年）卷2，頁3。

〔註169〕　（宋）周紫芝：《竹坡老人詩話》（臺北：藝文印書館，1965年）。

揆而度之，「疎影橫斜水清淺，暗香浮動月黃昏」一聯，虎關以「疎影」句爲「實清水之所寫」，即以花苞初開，零落掛枝，水中倒影，爲具心理距離之實寫，評之合於情理，惟其未將梅花高雅玉潔之品格與人格相類，寄予堅貞且高雅之特質，如同《四庫全書總目提要》云：「其詩澄澹高逸，如其爲人。」〔註170〕另外，虎關對於「暗香」句，則不解林逋爲何將「暗香」與「昏月」兩者無關聯之意象連綴起來，事實上，此正是詩人巧妙以「通感」之才，烘托花香，將月下細緻之景，反映詩人安靜閑適之心，另一方面又賦予詩歌靈動之美，虎關「暗香」句之評，與中國詩話相異。

另則，林逋「疎影」一聯上下句各以「水」、「月」爲意象，營造詩意氛圍。若佛教對「水月」意象之運用，則如唐代錢起詩云：「水月通禪寂，魚龍聽梵聲」（〈送僧歸日本〉）而唐釋皎然之「水月無痕，緣生則有」（〈座右偈〉）皆以「水月」傳達禪家般若妙意無實理，故「水中之月也，以譬諸法之無實體。」此與虎關取「橫斜之疎影，實清水之所寫」，言明林逋以倒影寫境，如水中月，鏡中花，欲離欲近，不即不離之心理距離所呈顯之境界。

2.「雪後半樹者，形似也，水邊橫枝者，實事也」辨

林逋〈梅花〉詩云：「雪後園林纔半樹，水邊籬落忽橫枝」一聯，虎關將「雪後園林纔半樹」評爲「形似」，將「水邊籬落忽橫枝」說爲「實事」，又以「形似句好，實事句卑」爲審美之精神。然而，何謂「形似」？何謂「實事」？若「雪後」一聯，虎關之批評與中國詩話相較，應當爲何？以下加以探究之。

（1）體物爲妙，功在密附——釋「雪後半樹者，形似也」

虎關以爲「雪後半樹者，形似也」，然何謂「形似」？最早將「形似」視爲批評描述之語者爲南朝沈約，其以「巧爲形似之言」描述司

〔註170〕（清）永瑢等編：《四庫全書總目提要》（臺北：臺灣商務，1965 年）卷 152《和靖詩集》，頁 3188～3189。

馬相如之辭賦。再則南朝劉勰《文心雕龍·物色》則對於「近代以來，文貴形似，窺情風景之上，鑽貌草木之中」〔註171〕提出晉、宋後借用自然物象表現詩歌，又能「體物爲妙，功在密附」，因體察物之狀貌神態，方能窮物之似而得其妙，同時必須「善於適要，則雖舊彌新」，能抓住物之特色要點，終能「因革以爲功，物色盡而情有餘」〔註172〕，對於文學創作能沿襲前人加以革新，使有限之景，情味無窮。

另外，南朝鍾嶸《詩品》中亦以「形似」概念品評歷代詩人之重要依據，其使用批評語句如「巧構形似之言」、「尚巧似」〔註173〕，易言之，透過語言文字，使自然景物之情貌，巧構組織而化爲藝術形象。

至若蘇軾嘗於〈書鄢陵王主簿所畫折枝〉二首中云：「論畫以形似，見與兒童鄰。賦詩必此詩，定非知詩人。」〔註174〕在此說明詩畫創作的自我表現，不應固著於形式的要求。然此語易使人以爲蘇軾揚棄形式觀點，而引起一些爭論。〔註175〕若總觀後人評蘇軾此語者，

〔註171〕 （梁）劉勰：《文心雕龍》（臺北：臺灣商務，1979 年）卷 10〈物色〉，頁 62。

〔註172〕 （梁）劉勰：《文心雕龍》（臺北：臺灣商務，1979 年）卷 10〈物色〉，頁 62。

〔註173〕 （宋）鍾嶸：《詩品》（臺北：臺灣商務，1965 年）卷上，頁 5、10〜11。如：卷上〈晉黃門郎張協詩〉、〈宋臨川太守謝靈運詩〉；卷中〈宋光祿大夫顏延之詩〉、〈宋參軍鮑照詩〉。

〔註174〕 （宋）蘇軾著；（清）王文誥輯註：《蘇軾詩集》（北京：中華書局，1992 年）卷 29〈書鄢陵王主簿所畫折枝〉，頁 1525。

〔註175〕 李贄曾將楊升庵、晁以道對蘇軾此語的評論作一總結，其云：「東坡先生曰：『論畫以形似，見與兒童鄰；作詩必此詩，定非知詩人』。升庵曰：『此言畫貴神，詩貴韻也。然其言偏，未是至者。晁以道和之云：「畫寫物外形，要物形不改；詩傳畫外意，貴有畫中態」』。其論始定。卓吾子謂改形不成畫，得意非畫外。因復和之曰：『畫不徒寫形，正要形神在；詩不在畫外，正與畫中態』」，卓吾此論，甚爲中肯。(《焚書·詩畫》卷五) 而王若虛《滹南詩話》亦云：「東坡云：『論畫以形似，見與兒童鄰。賦詩必此詩，定非知詩人。』……曰：『論妙于形似之外，而非遺其形似，不窘于題，而要不失其題，如是而已耳。』」((金) 王若虛：《滹南詩話》（北京：中華書局，

最終仍肯定其不僅寫形亦寫神，元代程鉅夫〈姜清叟畫格〉除了肯定形、神兼備外，亦認爲繪畫若無其形，何以爲畫？但畫者又不應著於形，而應能「以意求之」，故云：

> 論畫以形似，見與兒童隣，固也。然畫而不似，何以畫爲？蓋能以意求之者鮮，而以形索之者多。然則形意並盡，柒出橫生。畫者以意而形其形，觀者以形而意其意，畫之善者也。〔註176〕

此雖爲程氏的畫論，但若用在詩論上亦然。蘇軾論畫雖求「形」、「神」兼備，但二者之間仍有輕重之別，作畫若只得「形似」而無法「傳神」，僅能言其爲「畫工」，而若能「以形傳神」，方爲上乘之作。蘇軾嘗云：「丹青久衰工不藝，人物尤難到今世，每摹市井作公卿，畫手懸知是徒隸」〔註177〕即表達市井小民與朝廷公卿的神氣各異，徒隸所畫得的只是相貌衣冠，但對於神情卻無法呈現；另〈又跋漢傑畫山〉詩云：「觀士人畫，如閱天下馬，取其意氣所到。乃若畫工，往往只取鞭策、皮毛、槽櫪、芻秣，無一點俊發。」〔註178〕因此，蘇軾特別標舉文人畫以別於一般的畫工之意在此。

　　誠然，「形似」一詞爲六朝詩歌表現之重要風氣而影響後世。虎關以「形似」之言賞評「雪後園林纔半樹」，大抵是接受六朝文學批評或北宋蘇軾文學理論中對「形似」一詞使用之影響。

　　是故，林逋詩「雪後園林纔半樹」，即因其「體物」，以見潔白雪花紛紛灑落之後，點染園林之梅樹，或細密，或鬆散，或成塊，加之天寒猶有傲雙枝，故園林梅花亦於雪中傲然開放。

1985 年）卷 2，頁 8～9。）

〔註176〕（元）程鉅夫：《程雪樓文集》（臺北：國立中央圖書館，1970 年）下冊，頁 965～966。

〔註177〕（宋）蘇軾著；（清）王文誥輯註：《蘇軾詩集》（北京：中華書局，1986 年）卷 37〈子由新修汝州龍興寺吳畫壁〉，頁 2027。

〔註178〕（宋）蘇軾著，孔凡禮點校：《蘇軾文集》（北京：中華書局，1986 年）卷 70〈又跋漢傑畫山〉其二，頁 2216。

　　林逋以「形似」之言，寫潔淨幽韻而疏秀傲然之梅景，眞實呈顯「雪後園林」之貌爲「纔半樹」，又以疏落雪花與梅花交錯點染之情態，暗寫冷香芳質之餘韻，使詠梅能「功在密附」且「善於適要」，又能傳達「梅格」孤高清瘦、傲視霜雪之本質，比附於人則同具傲骨，反映堅貞孤高之情懷，故「雪後」一句，可謂「以形寫神」〔註179〕，方得「物色盡而情有餘」〔註180〕，既取其形又可傳其意，若得「詩中有畫，畫中有詩」。然而，「以形寫神」如何能作爲藝術想像力？蘇珊玉於《盛唐邊塞詩的審美特質》中說：

　　　　這種藝術想像力，是一種不役於物，能感通天地，映照萬物的審美超越，故能突破有限的形體，通往妙不可言的審美境界，從而取得悅志悅神的審美自足與自由。〔註181〕

因此，「以形寫神」能不役於物，卻能感通天地、映照萬物之審美超越，既是不囿於形體，自然能取其神韻之美感。《廣群芳譜》載南宋楊東山《梅花說》，以「雪後」二句爲「傳神」之呼應，其云：

　　　　事事物物莫不皆有形體性情，林和靖詠梅「疏影橫斜水清淺」二句，此爲梅寫眞之句也，梅之形體也；「雪後園林纔半樹」二句，此爲梅傳神之句也，梅之性情也，寫梅形體是謂寫眞，傳梅性情是爲傳神。〔註182〕

據此，楊氏即從「形似」與「神似」之觀點，言事物皆有形體性情，

〔註179〕顧愷之爲最早提出「以形寫神」理論者，顧愷之，字長康，晉陵無錫人，生於東晉成帝咸康七年（西元341年），卒於晉安帝元興元年（西元402年）。其嘗於〈魏晉勝流畫贊〉云：「人有長短，今既定遠近以矚其對，則不可改易闊促，錯置高下也。凡生人亡有手揖眼視而前亡所對者，以形寫神而空其實對，荃生之用乖，傳神之趨失矣。」詳參許杏林：《顧愷之》（天津：新蕾出版社，1993年），頁97。

〔註180〕（梁）劉勰：《文心雕龍》（臺北：臺灣商務，1979年）卷10〈物色〉，頁62。

〔註181〕蘇珊玉：《盛唐邊塞詩的審美特質》（臺北：文津，2000年），頁428。

〔註182〕（清）汪灝等撰：《廣羣芳譜》（臺北：臺灣商務，1968年）卷22〈梅花一〉，頁525。

其言「疏影」二句寫梅之眞，主形體；而「雪後」二句寫性情，主傳神。楊氏之言，蓋能得「雪後園林纔半樹」二句之旨趣。

　　承此而論，虎關賞評「雪後半樹者，形似也」之說，大抵能符合「體物爲妙，功在密附」之詠物特色，其與中國詩話之看法相類，惟未知虎關使用「形似」一詞時，是否亦明於「形似」之外亦有「傳神」方爲高妙？

　　（2）即景會心，無意於佳乃佳——釋「水邊橫枝者，實事也」

　　虎關批評「水邊籬落忽橫枝」時，以爲「水邊橫枝者，實事也」，又說「形似句好，實事句卑」，誠然，虎關不喜歡此句，要之，虎關以「實事」評之是否合宜？又何謂「實事」？至於中國詩話對此句有何看法？以下探究之。

　　所謂「實事」，蓋指目之所見如實呈現，乏於意興與情致，如是，或許能以錢鍾書《談藝錄》以爲「寫實盡俗」且「巧製不變則刻板」〔註183〕之語以概括。是故，虎關既以爲「水邊籬落忽橫枝」爲「實事」，或許因其直取「水邊籬落」，「籬落」即籬笆一景，復見籬笆邊有「橫枝」，此又一景，如是忠實呈現眼前之見，未得詩句興致或意韻之餘味，故爲「實事」，語言與詩意自然卑弱。

　　然若承前之「雪後園林纔半樹」引南宋楊東山《梅花說》之評，以爲：「『雪後園林纔半樹』二句，此爲梅傳神之句也，梅之性情也」，如是詩評，實與虎關品藻大異其趣，究竟何者爲佳？以下從詩意、用字探討之。

甲. 就詩意而言

　　「水邊籬落忽橫枝」經由「雪後園林纔半樹」所呈顯出傲立風雪後的堅貞與綻放，那麼，承此詩情文脈而下，忽於「水邊籬落」見「橫枝」，自然以清拔而傲霜雪的「橫枝」，再次強調梅格之孤高與風骨。

　　若承歐陽文忠公稱賞「疏影」一聯與黃山谷偏好「雪後」一聯之

〔註183〕錢鍾書：《談藝錄》（臺北：書林出版有限公司，1988年），頁184。

見，元代方回在《瀛奎律髓》云：「蓋山谷專論格，歐公專取意味精神耳。」〔註184〕而清代紀昀則批評：「此論平允，然終當以山谷爲然。」〔註185〕此二首皆作詠梅，「雪後」二句寫「梅格」，「疏影」二句寫「神韻」，方回持平而論，紀昀則偏好山谷之說，然而，無論品藻爲何，楊東山、方回、紀昀皆肯定「雪後園林纔半樹，水邊籬落忽橫枝」具有神韻、精神，不若虎關之言爲「實事」爲卑的看法。

要之，以「橫枝」作爲梅之本色者，《雪浪齋日記》以爲林逋參賞南朝何遜詩而得其妙，其曰：「月觀橫枝之語，乃何遜之妙處也。自林和靖一參之後，參之者甚多。」〔註186〕意即何遜〈詠早梅詩〉云：「枝橫卻月觀，花繞凌風台。」詩句凸顯「枝橫」之美感，同時與「月」境，以及「花」貌並舉。然何遜影響力不及林逋，至林逋詩「一參」「梅枝形象」後，「參之者甚多」。清代梁章鉅《退庵隨筆》亦載：「詠梅有『橫枝却月觀』句，和靖化爲『水邊籬落忽橫橫（按：枝）』、『疏影橫斜水清淺』，皆得其句中味也。」〔註187〕是故，林逋以何遜詠「梅枝」，作「枝橫」之妙後，詠梅便不專於「色」與「香」，而加以「橫斜」的梅枝形態與「暗香」之暗飄清雅的特質。元代方回評陸游〈梅〉即云：「和靖八梅未出，猶爲易題。疏影、暗香，一經此老之後，人難措手矣。」〔註188〕

晚於林逋之梅堯臣，其作〈梅花〉詩「薄薄遠香來幽谷，疏疏寒影近房櫳」，其「薄香」與「疏影」則似林逋「疏影」二聯。梅氏於林逋詩集序中有言：「其順物玩情，爲之詩則平澹邃美，詠之令人忘

〔註184〕　（元）方回：《瀛奎律髓》卷 20〈梅花類〉（臺北：臺灣商務，1978 年），頁 30。

〔註185〕　（元）方盧谷原選；（清）紀曉嵐批點：《紀批瀛奎律髓》第三冊（臺北：佩文書社，1950 年）卷 20〈梅花類〉，頁 696。

〔註186〕　（宋）胡仔：《苕溪漁隱叢話前集》（臺北：世界書局，2009 年）〈林和靖〉，頁 186。

〔註187〕　（清）梁章鉅：《退庵隨筆》（臺北：文海，1969 年）卷 21，頁 1141。

〔註188〕　（元）方回：《瀛奎律髓》（臺北：臺灣商務，1978 年）卷 20〈梅〉，頁 51。

百事也。其辭主乎靜正，不主乎刺譏，然後知其趣尙博遠，寄適於詩爾。」〔註189〕可知梅堯臣賞林逋詠梅詩之平淡靜正而邃美，又能趣尙博遠，此與梅氏審美尙「平淡」不無關係。

另外，北宋蘇軾〈紅梅〉詩云：「乞與徐熙畫新樣，竹間璀璨出斜枝」〔註190〕與〈和秦太虛梅花〉詩曰：「江頭千樹春欲闇，竹外一枝斜更好」〔註191〕以「斜枝」與「一枝」，表現梅花幽獨閑雅與梅枝清拔娟秀之美，以少總多之貌。王偁於《匡山叢談》卷四云：「（竹外一枝斜更好）雖平易語，然頗得梅之幽獨閒靜之趣。凡詩詠物，平淡巧麗固不同，要能以隨意造語爲工。」〔註192〕據此，若詠物能「隨意造語爲工」即得其趣。而清代吳雷發《說詩菅蒯》中亦言：

> 古人詠物詩，體物工細，摹其形容，兼能寫其性情，而未嘗旁及他意，將以其不寓意而棄之耶？彼其以此繩人者，蓋爲見人有好句，以此抹煞之耳。〔註193〕

吳氏言及詠物詩，若能體物細膩，予以摹寫，兼能抒發眞性情，不必然要寄情寓意。若以詩中涵攝寓意與否作爲準則者，反而容易失了清新自然之好句。是以，林逋詩「屋檐斜入一枝低」相類於「水邊籬落忽橫枝」之意境，其皆以直鋪其事而爲之，自然成句，與虎關言之「實事」則爲相異。

乙. 就用字而言

「水邊籬落忽橫枝」先描「水邊籬落」之景，再現「橫枝」之貌，

〔註189〕（宋）梅堯臣：《林和靖先生詩集・序》（臺北：臺灣商務，1967 年），頁 1。

〔註190〕（宋）蘇軾著；（清）王文誥輯註：《蘇軾詩集》（北京：中華書局，1992 年）卷 21〈紅梅三首〉其三，頁 1108。

〔註191〕（宋）蘇軾著；（清）王文誥輯註：《蘇軾詩集》（北京：中華書局，1992 年）卷 22〈和秦太虛梅花〉，頁 1185。

〔註192〕曾棗莊、曾濤編：《蘇詩彙評》（臺北：文史哲，1998 年）卷 22〈和秦太虛梅花〉，頁 987。

〔註193〕（清）吳雷發：《說詩菅蒯》，收入丁福保編：《清詩話》（臺北：藝文印書館，1971 年），頁 4。

而兩詞之間以副詞「忽」作連結，在句中表動作、行為、狀態之程度，易言之，「『忽』橫枝」表示詩人在創作之際，未刻意觀察「橫枝」出現的行為與動作，而是不經意的看見。是以，「忽」字乃有「直尋」之美感，未經人工雕塑的自然美。南朝鍾嶸於《詩品》中言及：

> 吟詠情性，亦何貴於用事？「思君如流水」，既是即目；「高臺多悲風」，亦唯所見；「清晨登隴首」，羌無故實；「明月照積雪」，詎出經史？觀古今勝語，多非補假，皆由直尋。
> 〔註194〕

是故，所謂「直尋」即是「不貴用事」，「詎出經史」，即目所見，「以自然之眼觀物」〔註195〕，進而以「詩人之眼」〔註196〕對一草一木「有忠實之意」〔註197〕的呈現，便能「語語都在目前」〔註198〕。至若日本遍照金剛《文鏡祕府論》中亦有：

> 凡高手言物及意皆不相倚傍，如……「池塘生春草，園柳變鳴禽」。詩有天然物色，以五彩比之而不及。由是言之，
> 假物不如真象，假色不如天然，如此之例，皆為高手〔註199〕

遍照金剛以「詩有天然物色」而言「假物不如真象，假色不如天然」，如能以此為詩，乃為高手。其以謝靈運〈登池上樓〉之「池塘生春草，園柳變鳴禽」為例，即以其體察自然之景細膩，雖用語平易，卻能一片熱鬧，春意橫生。誠如北宋葉夢得於《石林詩話》中云：「世多不解此語為工，蓋欲以奇求之耳，此語之工，正在無所用意，猝然與景

〔註194〕（宋）鍾嶸：《詩品》（臺北：臺灣商務，1965年）卷中，頁7。

〔註195〕王國維著，徐調孚校注：《校注人間詞話·六〇》（臺北：頂淵文化事業，2007年），頁35。

〔註196〕王國維著，徐調孚校注：《校注人間詞話·刪稿三七》（臺北：頂淵文化事業，2007年），頁58。

〔註197〕王國維著，徐調孚校注：《校注人間詞話·刪稿四四》（臺北：頂淵文化事業，2007年），頁62。

〔註198〕王國維著，徐調孚校注：《校注人間詞話·四〇》（臺北：頂淵文化事業，2007年），頁24。

〔註199〕（日）遍照金剛：《文鏡祕府論》第二冊，柳田泉舊藏，早稻田大學圖書館藏和刻本，南卷〈論文意〉，頁6～7。

相遇，借以成章，不假繩削，故非常情所能到。」〔註200〕因此，若依「直尋」，「不假繩削」，而「猝然與景相遇」，自能有天然物色。

綜合言之，「水邊籬落忽橫枝」就詩意而言，展現其梅格之傲骨與高潔，與「雪後園林纔半樹」文氣相承而具「神韻」；就用字而言，則以「忽」字未經雕琢而自得體現梅花之形態美。蓋如宗白華說：「所繪出的是心靈所直接領悟的物態天趣，造化和心靈的凝合。」〔註201〕

總之，「水邊籬落忽橫枝」於中國詩話當中，雖有品藻不同之意見，卻又能見其神韻、精神，表現即景會心，無意於佳乃佳，而非如虎關之評，僅作為「實事」而乏生氣與情興，反言其卑。事實上，虎關並非不知「直尋」而「即景會心」之意，因其於〈濟北詩話〉提出「夫物不必相待而為配」〔註202〕即與此說相類，惟在品賞「水邊籬落忽橫枝」之審美觀或有不同罷！

3. 小結

虎關以為「疏影橫斜水清淺，暗香浮動月黃昏」、「雪後園林纔半樹，水邊籬落忽橫枝」二聯，其「上下二句皆不純」，僅「盡美，未盡善」，因此「不能無疵」。

根據周武忠於《中國花卉文化》論及花卉之美，概括為「色」、「香」、「姿」、「韻」。〔註203〕若承上述內容，虎關以為林逋梅花詩，能寫出梅色、梅香、梅姿與梅韻，詩句皆「盡美」。然卻以「上下二句皆不純」而說「未盡善」，蓋因虎關說「浮動之暗香，寧昏月之所關乎？」則視「暗香浮動月黃昏」句，未符合現實生活之經驗；若「水邊橫枝者，實事也」即批評其過於白描「水邊籬落」忽見「橫枝」之景，未得生動餘韻之情態，故以此二句為「未盡善」，意即詩意不妙。

〔註200〕　（宋）葉夢得：《石林詩話》（臺北：藝文印書館，1965年）卷中，頁10。

〔註201〕　宗白華：《美學散步》（上海：人民出版社，1981年），頁69。

〔註202〕　（日）虎關師鍊：《濟北集》卷11〈濟北詩話〉。

〔註203〕　周武忠：《中國花卉文化》（廣州：花成出版社，1992年），頁6。

　　綜合而論，虎關評「疎影橫斜水清淺」以水清見疎影，使倒影涵攝萬象之境，如水中月之禪意；「雪後園林纔半樹」則以形似之手法，呈顯「雪後園林」之貌爲「纔半樹」，點染出梅花與雪花之潔淨冷香之貌，大抵與中國詩話之評相表裏。

　　然而，虎關評「暗香浮動月黃昏」則未見詩人用「通感」之手法，使感官經驗彼此相通，目的是爲凸顯梅之清香；至若「水邊籬落忽橫枝」則未見此句必須透過「雪後園林纔半樹」之情境，以突出雪後能展現傲霜雪的「橫枝」，目的是強調梅格之孤高與堅貞，又以「忽」字引出詩人非刻意練字而成詩，純以「直尋」寫梅枝，自能無意於佳乃佳，而非如虎關僅作「實事」語，以其毫無意境與生氣批評之。

　　誠然，「疎影橫斜水清淺，暗香浮動月黃昏」和「雪後園林纔半樹，水邊籬落忽橫枝」二聯在中國詩話而言，儘管各有賞評者，然大抵皆以其爲「盡美盡善」。若以蘇珊玉結合王國維《人間詞話》與童慶炳《中國古代心理詩學與美學》對於情語、景語之表現，其從現實與理想的內在矛盾，或能爲二聯「詠梅」之作，從「心理距離」之審美眼光作一折衷，其言：

> 「心理距離」包含兩個相矛盾的含義：一方面是「切身的」，一方面又是「有距離的」。因爲「切身」，寫情貼切，體物深刻，所以容易體會，引起共鳴；因爲「有距離」，是「詩人之眼，則通古今而觀之」的藝術眼光所營造，故不用具體的「一人一事」之限制，不受特定的利害關係之束縛，因而審美感受概括性強，普遍性大，恒久與常新的價值並存，予讀者極大的審美自由。〔註204〕

蘇珊玉以「有距離」而言，反映於「疎影橫斜水清淺」和「暗香浮動月黃昏」，以心理距離審視客觀現象，產生於詠梅能不即不離，形神兼具，又以水月之禪意，傳達詩境無實理之境界。若「切身」來說，

〔註204〕蘇珊玉：《人間詞話之審美觀》（臺北：里仁書局，2009年），頁258。

則以「雪後園林纔半樹」和「水邊籬落忽橫枝」體現詩人即景會心，
寫情自能貼切，引起共鳴，然於即目之時，必須以「詩人之眼」方能
得佳句。除此之外，二聯於詠梅之際，梅格與人格共同彰顯。

　　虎關於「形似句好，實事句卑」之評語，筆者以爲所言得宜，因
形似能得其意，自能展現事物情態，然若逐一寫目之所見經驗，未經
詩人之眼而爲，則爲「實事」便語卑。惟虎關若以「形似」與「實事」
爲品賞詩歌之審美條件，難免會產生「文章大槩亦如女色，好惡繫於
人」，正如虎關嘗言「詩之品藻甚難矣」。

（二）盡善未盡美

　　虎關將「盡善未盡美」之評，以嚴維〈酬劉員外見寄〉詩爲例，
其言：

> 《古今詩話》曰：「梅聖俞愛王維詩有云：『柳塘春水慢，
> 花塢夕陽遲。』」善矣！夕陽遲則繫花，而春水慢不繫柳也。
> 〔註205〕

要之，虎關之看法雖然是引中國詩話之評論，但卻表示虎關認同此
說，惟此詩評是否合宜？下文析探之。

　　虎關引用《古今詩話》作後設批評，事實上，《古今詩話》載〈杜
甫詩勝嚴維〉一則，乃出於《中山詩話》。〔註206〕北宋時劉攽《中山
詩話》有云：

> 梅聖俞愛嚴維詩曰：「柳塘春水漫，花塢夕陽遲。」固善矣，
> 細較之，夕陽遲則繫花，春水漫何須柳也？〔註207〕

因之，對於批評之語，非出自《古今詩話》，而是取自《中山詩話》，
惟其不同者爲《古今詩話》作「春水『慢』」，而《中山詩話》則爲「春

〔註205〕　（日）虎關師鍊：《濟北集》卷11〈濟北詩話〉。

〔註206〕　《古今詩話》後載此語出自《中山話話》。參見（宋）李頎：《古今
　　　　　詩話》，收入《宋詩話輯佚》卷上（臺北：華正書局，1981年），頁
　　　　　151。

〔註207〕　（宋）劉攽：《中山詩話》，收入（清）何文煥編：《歷代詩話》（臺
　　　　　北：漢京文化事業，1983年），頁285。

水『漫』」。然而，依引用版本不同而有所差異，惟究竟是「慢」能表情達意？還是「漫」能與詩意相融？根據《紀批瀛奎律髓》記載：

> 「漫」乃春融而水漲之貌。俗本訛爲「慢」字，非惟合掌，亦令全句少味。然宋人詩話已作「慢」字，則其訛久矣。〔註208〕

清代紀昀以爲「慢」爲「漫」之訛字，因宋人詩話作「慢」，故「訛久矣」。紀昀在此考其辨，以爲若作「慢」字，即犯了對仗中之「合掌」，「合掌」是對仗中的大忌，明代胡應麟《詩藪》即言：「作詩最忌合掌，近體尤忌」〔註209〕。然何謂「合掌」？《文心雕龍・練字》中言明：「重出者，同字相犯者也。」〔註210〕

據此，申忠信於《詩詞格律新講》中指出「上下聯用表示相同事物的同義詞來表達同一內容的對仗就是合掌」〔註211〕，若「柳塘春水慢，花塢夕陽遲」一聯，「慢」與「遲」爲同義詞，如此便犯了「合掌」，會使全句少味，亦使詩味如同嚼蠟；但若作「漫」與「遲」，則二義不同，方能符合對仗之規則，亦能與「春水」意象相融，使「漫」作爲「春融而水漲之貌」，美感自見。

本節以虎關引《古今詩話》之內容，取唐代嚴維〈酬劉員外見寄〉之詩，詩云：「柳塘春水慢，花塢夕陽遲」，然紀昀考其爲「漫」字，因此，於詩意、詩境探究中，以「漫」字爲主，兼論「慢」字，或許亦能見虎關評嚴維此詩之用意，是否因用字不同，方有此評？

元代方回於《瀛奎律髓》中云：「五、六全於『漫』字上，『遲』字上用工」〔註212〕，若《瀛奎律髓彙評》則引查愼行說：「五、六全

〔註208〕（元）方虛谷原選；（清）紀曉嵐批點：《紀批瀛奎律髓》第一冊（臺北：佩文書社，1950年）卷10〈春日類〉，頁272。

〔註209〕（明）胡應麟：《詩藪》（臺北：廣文書局，1973年）內編〈近體上〉，頁204。

〔註210〕（梁）劉勰：《文心雕龍》（臺北：臺灣商務，1979年）卷8〈練字〉，頁43。

〔註211〕申忠信：《詩詞格律新講》（北京：中國文史，2013年），頁51。

〔註212〕（元）方回：《瀛奎律髓》（臺北：臺灣商務，1978年）卷10〈酬

於第五字用意」〔註213〕二者之評皆以「漫」、「遲」為工，乃句中之眼，傳神之字。《文心雕龍・鍊字》中云：「善為文者，富於萬篇，貧於一字。」〔註214〕即強調詩眼具畫龍點睛之妙。關於此妙，王國維則以「境界全出」評之，其於《人間詞話》說：

> 「紅杏枝頭春意鬧」，著一「鬧」字，而境界全出。「雲破
> 月來花弄影」，著一「弄」字，而境界全出矣。〔註215〕

「紅杏枝頭春意鬧」語出北宋宋祁的〈玉樓春〉，寫春景；「雲破月來花弄影」則出自北宋張先的〈天仙子〉，寫夜景。王國維以「鬧」與「弄」為句眼，寫活了春意與月夜。紅杏與春意彷若有知覺，賦予擬人之動作，一「鬧」字便體現春意蓬勃之生意；而月下花前之靜景，卻因雲「破」，使月光愈發明亮，突出表現花與影於風中搖曳之情貌。是故，王國維以為「鬧」、「弄」二字，使詩句鮮活，境界全出。然而，傳神之字該如何為之？

清代劉熙載於《藝概》中載北宋潘邠之說：「五言詩第三字要響」，而「七言詩第五字要響」〔註216〕，所謂「響者」，即詩句之致力處。誠如宋代何溪汶《竹莊詩話》中提及：「古人鍊字，只於句眼上鍊。」其言「五字詩以第三字為句眼，七字詩以第五字為句眼」〔註217〕，此與潘大臨相同。然若不限定句眼位置者，蓋為南宋呂本中，其以為「每句中須有一兩字響，響字乃妙指」，此又與潘氏與何氏相異。然而，用字若能於詩意、詩情、詩境上合於理，呈其美，鍊字之位置，

劉員外見寄〉，頁8。

〔註213〕 （元）方回選評；李慶甲集評校點：《瀛奎律髓彙評》上（上海：上海古籍，2005年）卷10〈春日類〉，頁332。

〔註214〕 （梁）劉勰：《文心雕龍》（臺北：臺灣商務，1979年）卷8〈鍊字〉，頁43。

〔註215〕 王國維著，徐調孚校注：《校注人間詞話》（臺北：頂淵文化事業，2007年），頁3。

〔註216〕 （清）劉熙載：《藝概》（臺北：廣文書局，1964年）卷2〈詩概〉，頁12。

〔註217〕 （宋）何溪汶：《竹莊詩話》（上海：商務書局，1935年）卷1〈講論〉，頁12。

是否需要字字講究？

　　要之，嚴維〈酬劉員外見寄〉詩：「柳塘春水漫，花塢夕陽遲」為五言律詩，其五、六句「全於第五字用意」，於「漫」與「遲」字上用工即為此聯。誠然，若以「五字詩以第三字為句眼」、「五言詩第三字要響」才能得其妙，那麼，嚴維此詩句眼非第三字而為第五字，是否因此使詩意無味？

　　若以宋人何溪汶《竹莊詩話》中云：「古人練字，只於句眼上練。」那麼，五言詩之句眼，當落在第三字，故將嚴維「柳塘春水漫，花塢夕陽遲」，整句還原為「柳塘漫春水，花塢遲夕陽」。若此，在結構上，符合主詞加動詞加賓語；在語意上，亦能解釋春景與黃昏之意象，惟語境反顯平鋪直述，無法凸顯如「紅杏枝頭春意鬧」之生氣，一「鬧」字，使「紅杏枝頭」、「春意」之靜景，因動詞置於後，以構成生動的視域想像。

　　既然「柳塘漫春水，花塢遲夕陽」之「漫」與「遲」響在句眼上，何以無法展現生動之情態？又為何詩人刻意改變動詞位置以「柳塘春水漫，花塢夕陽遲」倒裝為之？除了符合格律要求之外，實則欲增強詩境的表現力。

　　因此，若從敘述結構而言，詩人取「柳塘」「春水」、「花塢」、「夕陽」之個別景物並列組合，透過攝影中分鏡手法，加之排比、倒裝之修辭運用，以主體情感的想像，使畫面分接後能呈現整體性，此為「格式塔心理學」所謂「整體大於部份之和」〔註218〕之意。然若語用目的來說，「運用『語不接而意接』的修辭藝術，通過實詞並置，意象並列，省略其間的連接詞和轉折詞，呈現若即若離的指義活動，使描寫更具鏡頭感，有類電影『蒙太奇』之法。」〔註219〕

　　誠然，「柳塘春水漫，花塢夕陽遲」經由詩人選擇自然景物，使

〔註218〕童慶炳：《中國古代心理詩學與美學》（臺北：萬卷樓，1994年），頁107。

〔註219〕蘇珊玉：《人間詞話之審美觀》（臺北：里仁書局，2009年），頁332。

意象並列，以剪接手法，讓看似斷裂之語脈，因視覺焦點之轉移，光線自然之變化，再將鏡頭定格於「漫」與「遲」之動作，方能從「柳塘春水」和「花塢夕陽」之靜態畫面，轉而為動態的時空，引發讀者心緒情感之聯繫，使柔嫩之柳條，搖曳於綠波上，夕陽灑落於百花爭妍之花塢中，構成一幅生動美麗的春景圖，如是以「格式塔」與「蒙太奇」之藝術方式，即為嚴維以「漫」與「遲」置於第五字欲傳達生機動態之意。清代賀裳《載酒園詩話》之說，便能傳達夕陽春水相映照，柳塘花塢相爭妍之境，其云：「夕陽春水，雖則無限，花柳映之，豈不更為增妍！」〔註220〕

　　另一方面，就詩意而言，「柳塘春水漫，花塢夕陽遲」，詩人以「漫」字，寫「春水」漸漲彌漫；以「遲」字，使「夕陽」若有情，不忍離去，既寫夕陽，又為傳達詩人之情感。《唐詩摘鈔》即云：「五、六作二景語，見己之對景相懷也。」〔註221〕要之，詩題為〈酬劉員外見寄〉，此「乃酬長卿之作，偶爾寄興於夕陽春水。」〔註222〕嚴維是大曆時期之詩人，與劉長卿友好，此為回覆劉長卿之酬答詩。是以，劉長卿作〈對酒寄嚴維〉，抒發遭貶睦州司馬之心聲，又盼友人一聚。因此，嚴維則於酬答時，對景相懷，寓情於景，其中尾聯便傳達出「欲識懷君意，明朝訪楫師」，表述其亦思友心切之情感。

　　要之，此聯欲以春水彌漫，柳絲輕舞，水波蕩漾，彼此相互成映；加之夕陽之「遲」，時間緩慢推移，鏡頭之轉換，使光影、雲彩與花塢三者，相互成輝。《詩人玉屑》於卷三「綺麗」條中，將「柳塘春水慢，花塢夕陽遲」列於其中〔註223〕，大抵能傳其意。

〔註220〕（清）賀裳：《載酒園詩話》卷1〈宋人議論拘執〉，收入郭紹虞編：《清詩話續編》（上海：上海古籍出版社，1983年），頁252。

〔註221〕（清）黃生：《唐詩摘鈔》卷1〈酬劉員外見寄〉，收入《黃生全集》第三冊（合肥：安徽大學出版社，2009年），頁84。

〔註222〕（清）賀裳：《載酒園詩話》卷1〈宋人議論拘執〉，收入郭紹虞編：《清詩話續編》（上海：上海古籍出版社，1983年），頁252。

〔註223〕（宋）魏慶之：《詩人玉屑》（臺北：世界書局，1970年）卷3，頁

　　綜合論之，「漫」與「遲」雖未於句眼上練字，卻因名詞並列，止於動態，使句眼響於第五字，如是，看似跳脫之語境，反因蒙太奇手法之拼接運用，使靜態之春景，蘊含時間、空間與心境之變化，瞬時生機勃發，使景色生動有致，不覺無味。清代吳喬《圍爐詩話》中云：

> 夫詩以情爲主，景爲賓。景物無自生，惟情所化。情哀則景哀，情樂則景樂。唐詩能融景入情，寄情于景。……嚴維之「柳塘春水漫，花塢夕陽遲」……景中哀樂之情宛然。
> 〔註224〕

吳喬以「柳塘」二句爲例，即肯定嚴維能「融景入情，寄情於景」，若景物能隨情所化，那麼，無關乎句中響字置於何處，自能「情哀則景哀，情樂則景樂。」承此，北宋梅聖俞即譽「柳塘」二句若「天容時態，融和駘蕩，豈不如在目前」〔註225〕，此即因嚴維能生動地將形象描繪，如在目前。誠如清代賀裳《載酒園詩話》說：

> 讀元和以前詩，大抵如空山獨行，忽聞蘭氣，餘則寒柯荒阜而已。如嚴維「柳塘春水漫，花塢夕陽遲」，誠爲佳句。
> 〔註226〕

賀裳對元和以前之詩，若合「空山獨行」之「蘭氣」者，僅「忽聞」而已，多爲「寒柯荒草」不成氣候之作，然於此對應嚴維「柳塘」二句，則有如「芝蘭生於深林，不以無人而不芳」之佳評。

　　揆諸吳喬、梅聖俞、賀裳對於嚴維「柳塘春水漫，花塢夕陽遲」一聯，給予自然情態、情景交融與蘭香自芳之美譽。

　　至若虎關以爲「夕陽遲則繫花」乃爲情理之間，情景相生，「而

　　　　63。
〔註224〕（清）吳喬《圍爐詩話》卷1，收入郭紹虞編：《清詩話續編》（上海：上海古籍出版社，1983年），頁478。
〔註225〕（宋）歐陽脩：《六一詩話》，收入（明）毛晉輯：《津逮秘書》第五集（崇禎中刊）國立國會圖書館藏，頁7。
〔註226〕（清）賀裳：《載酒園詩話・又編》〈嚴維〉，收入郭紹虞編：《清詩話續編》（上海：上海古籍出版社，1983年），頁338。

春水慢不繫柳」則非妙句，若以「慢」字與「春水」之間，使靜景更靜，無法得見如「漫」字所呈現生趣盎然貌。因此，虎關或許以爲「春水慢」所展現之情致與柳條之間無聯繫性，不若「春水漫」，在彌漫春水中與搖曳之柳條展現情態自然美，予人舒緩怡悅貌。然而，虎關若見「漫」字，大抵不見此詩評。

　　總之，虎關因「夕陽遲則繫花，而春水慢不繫柳」評之爲「盡善未盡美」。然若依前文於品賞此聯時，除見以「漫」、「遲」爲詩眼之響詞外，對於語境畫面之整體性，則是充滿生機與自然情態，透過柳青、花塢繽紛、昏黃夕陽及其落日時光彩之變化，皆能見詩中之美；況且，《詩人玉屑》又將二句列於「綺麗」條中。是故，嚴維詩「柳塘春水漫，花塢夕陽遲」有「盡美」之實。

　　然若「暗香浮動月黃昏」，虎關以爲「浮動之暗香，寧昏月之所關乎」，此說似與虎關評「春水慢不繫柳」相類，指詩句不合理，那麼，何以「暗香」句爲「盡美不盡善」，而「柳塘」句則「盡善不盡美」？

（三）盡美盡善

　　虎關引《古今詩話》評杜甫〈向夕〉詩，而稱賞爲「盡美盡善」，他說：

> 杜甫詩云：「深山催短景，喬木易高風。」此了無瑕纇，如是詩評，爲盡美盡善也。〔註227〕

北宋李頎《古今詩話》曰：

> 杜甫詩云：「深山催短景，喬木易高風」，此了無瑕纇。……
> 如此等句，含蓄深矣，殆不可模仿。〔註228〕

南宋阮閱《詩話總龜》前集卷五所引《古今詩話》，其云：

> 杜甫詩「深山催短景，喬木易高風」，此了無瑕纇。……如

〔註227〕　（日）虎關師鍊：《濟北集》卷11〈濟北詩話〉。
〔註228〕　（宋）李頎：《古今詩話》，收入《宋詩話輯佚》卷上（臺北：華正書局，1981年）〈杜甫詩勝嚴維〉，頁151。

此等句，含蓄深矣，殆不可模倣。〔註229〕

誠然，虎關、阮閱皆引《古今詩話》載〈向夕〉「深山催短景，喬木易高風」之批評。惟虎關止於「了無瑕纇」，進而以爲此評「盡美盡善」，如是，除了認同詩評者，亦肯定杜詩。然李頎與阮閱則以「含蓄深矣，殆不可模仿」之評作結。是故，以下即將虎關評「深山催短景，喬木易高風」爲「盡美盡善」與中國詩話評「了無瑕纇」、「含蓄深矣」相互參看。

1. 不落言筌，情景相生

「含蓄」作爲詩歌美學形態之一，表現言有盡而意無窮，透過形象表情達意。南朝梁劉勰《文心雕龍・隱秀》中提及「隱」爲：「隱也者，文外之重旨者也」〔註230〕，即以文學欲傳達之情感，不能直露，必須於文字之外得其意。

唐代釋皎然於《詩式》中亦有與含蓄相類之概念，其云：「但見情性，不覩文字」〔註231〕，此說可與晚唐司空圖《二十四詩品》中列「含蓄」一詞之內容相看，蓋爲「不著一字，盡得風流」〔註232〕。易言之，論詩必須「得意而忘言」〔註233〕，不執著於文字表面之意，若能將含蓄之旨寓於言外，便能盡得風流。至若北宋梅聖俞以爲「含不盡之意，見於言外」之說，皆明「含蓄」之旨。錢鍾書以中國山水畫爲例，其言：「以無筆墨處與點染處互相發揮烘托，豈『無字天書』或圓光之白紙哉！」〔註234〕其以畫之留白與筆墨處相襯，目的爲能

〔註229〕 （宋）阮閱：《詩話總龜》（臺北：廣文書局，1973年），第1冊《前集》卷5，頁135。

〔註230〕 （梁）劉勰：《文心雕龍》（臺北：臺灣商務，1979年）卷8〈隱秀〉，頁45。

〔註231〕 （唐）皎然：《詩式》（北京：中華書局，1985年）卷1〈重意詩例〉，頁5。

〔註232〕 （唐）司空圖：《二十四詩品》（北京：中華書局，1985年），頁6。

〔註233〕 （周）莊周撰；（晉）郭象注：《莊子》（臺北：藝文印書館，1968年）卷9〈外物〉，頁495。

〔註234〕 錢鍾書：《談藝錄》（臺北：書林出版有限公司，1988年），頁415。

增加想像空間，使餘韻無窮。

　　然而，如何在詩歌之中表現「含蓄」之意？即可透過「情景相兼」。清代王夫之云：「情景名爲二，而實不可離。」〔註235〕又說：「雜用景物入情，總不使所思者一見端緒，故知其思深也。」〔註236〕於此，若欲思深，不淺露，則雜景入情可爲之。另，清代沈雄《古今詞話》言之甚詳，其云：

　　　　宋徵壁曰：「情景者，文章之輔車也。」故情以景幽，卓情
　　　　則露；景以情妍，獨景則滯，今人景少情多，當是寫及月
　　　　露，慮鮮眞意。然善述情者，多寓諸景。〔註237〕

沈雄以爲情景作爲文章之輔車，當能「情以景幽」、「景以情妍」爲佳，然善述情者，則多寓於諸景之中，惟應避免「卓情」、「獨景」之顯露，意在「含蓄」。朱光潛即言：「情景相生而且相契合無間，情恰能稱景，景也恰能傳情，這便是詩的境界。」〔註238〕若情景交融能相得益彰，方能「言情也必沁人心脾，寫景也必豁人耳目。」〔註239〕然而，情與景之間如何生發？

　　王國維將外界客觀景物和人的主觀情感，二者交涉之程度，分爲「有我之境」和「無我之境」，其於《人間詞話》提及：

　　　　有有我之境，有無我之境。「淚眼問花花不語，亂紅飛過鞦
　　　　韆去」「可堪孤館閉春寒，杜鵑聲裡斜陽暮」，有我之境也。
　　　　「采菊東籬下，悠然見南山」、「寒波澹澹起，白鳥悠悠下」，
　　　　無我之境也。有我之境，以我觀物，故物皆著我之色彩。

〔註235〕（清）王夫之：《薑齋詩話》〈夕堂永日緒論內編〉，收入《船山全書》（長沙：嶽麓書社出版，1988～1996年），頁824。
〔註236〕（清）王夫之：《古詩評選》卷1〈傷歌行〉，收入《船山全書》（長沙：嶽麓書社出版，1988～1996年），頁492。
〔註237〕（清）沈雄著；（清）沈偶僧、江丹崖編：《古今詞話・詞品》卷下，寶翰樓梓行，清康熙己巳，頁1。
〔註238〕朱光潛：《詩論》（臺北：國文天地雜誌社，1980年），頁67。
〔註239〕王國維著，徐調孚校注：《校注人間詞話・五六》（臺北：頂淵文化事業，2007年），頁34。

　　無我之境，以物觀物，故不知何者爲我，何者爲物。〔註240〕

「有我之境」呈顯作者激越興發的情感，於客觀景物，著上主觀情感。落花飛舞，杜鵑啼叫，本爲自然界之現象，然透過騷人墨客於創作中，將主觀情感投射至客觀景物，心生對自然物無情與凄苦之感受，是故，「有我之境」便是創作者喜、怒、哀、樂情感之投射，外顯於形象意念。黃生評〈向夕〉詩即言及：「荒寂難堪」〔註241〕，「其意皆寓寫景中故也。三、四衰疾之悲。」〔註242〕若三、四句，乃針對「深山」二句而發，以其緣情寫景，「情寓景中」，卻懷「衰疾之悲」，如是，因物皆著我之色彩，故爲「有我之境」。要之，童慶炳以爲：

　　　對詩而言，並沒有天生自在的純客觀的景，在眞正的詩裡，

　　　一片自然風景就是一種心情，從一定意義上來說，景是詩

　　　人的情感返照。情感不同則相應景物也不同。〔註243〕

據此，「深山催短景，喬木易高風」便將杜甫客居寥落之悲情，寄寓寒冬之景，表現其激越興發的情感。至若「無我之境」則具有沖淡、虛靜的審美觀照，能擺脫塵世中所生的一切欲念，將自身與萬物融爲一體，內隱而爲物我合一之境界。

　　詩歌創作必須包含「審美客體本質的存在，亦必須包含審美主體對客體的感知與品評」〔註244〕，那麼，「詩歌意象、意境的創造以及詩情的蘊藉動人，都有賴於情景交融。外在客觀的『景』，被作家的思想情感注入之後，成爲藝術的『景』，便形成藝術形象。」〔註245〕

〔註240〕王國維著，徐調孚校注：《校注人間詞話‧三》（臺北：頂淵文化事業，2007年），頁1～2。

〔註241〕（清）黃生：《杜詩説》卷7〈向夕〉，收入《黃生全集》第二冊（合肥：安徽大學出版社，2009年），頁279。

〔註242〕（清）黃生：《杜詩説》卷7〈向夕〉，收入《黃生全集》第二冊（合肥：安徽大學出版社，2009年），頁279。

〔註243〕童慶炳：《中國古代心理詩學與美學》（臺北：萬卷樓，1994年），頁62。

〔註244〕李元洛：《詩美學》（臺北：東大圖書，2007年），頁582。

〔註245〕蘇珊玉：《人間詞話之審美觀》（臺北：里仁書局，2009年），頁332。

誠然，虎關肯定杜甫〈向夕〉之「深山催短景，喬木易高風」二句為「了無瑕纇」之作，有「盡美盡善」之譽，而中國詩話又有「含蓄深矣」之盛讚。那麼杜甫如何透過「情景相生」表現「含蓄深矣」之境？進而臻於「盡美盡善」？「了無瑕纇」？

要之，杜甫作為審美主體，其對外在客觀之景的感知與品評，必須注入思想情感，因此，杜甫對景物之揀選、運用與情感發微之感受，方能使情、景相互生發。

緣此，〈向夕〉為五言律詩，作於大曆二年（西元 767）冬，杜甫在夔州瀼西，時年 56 歲。〔註246〕此時杜甫自言「病身終不動，搖落任江潭」〔註247〕，其因長年流浪飄泊，而今「如依依之柳，任其搖落江潭而已」〔註248〕。

是故，杜甫客居異地（夔州），又正值寒冬，便取深山、喬木之景，注入「客路衰遲，孤居岑寂之感」〔註249〕，加之「冬日苦短」、「歲寒多風」〔註250〕，方得「深山催短景，喬木易高風」一聯。詩題作〈向夕〉，意在「夕陽無限好，只是近黃昏」（〈登樂遊園〉）。然以「催」、「易」為句眼，其情景之間如何深刻？杜甫又如何感之？如何寫之？

若以「光線亮度與彩度」而言，「黃昏」作為自明而暗之過渡，餘暉爛漫乃至殘陽隱沒；空間變化由「面」至「線」至「點」終而消失；時間變化則隨著天空亮度轉暗，彩度轉淡之際，瞬間冥暗一片。因此，杜甫以「深山」而感「短景」，透過黃昏意象以明亮、彩度、

〔註246〕 李辰冬：《杜甫作品繫年》（臺北：東大圖書，1980 年），頁 219。

〔註247〕 〈朝二首〉其一，作於大曆二年，冬。參見李辰冬：《杜甫作品繫年》（臺北：東大圖書，1980 年），頁 219～220。

〔註248〕 （明）王嗣奭：《杜臆》（臺北：臺灣中華，1960 年）卷 8〈朝二首〉其一，頁 283。

〔註249〕 （唐）杜甫著；（清）浦起龍：《讀杜心解》（臺北：鼎文出版社，1979 年）卷 3 之 6，頁 562。

〔註250〕 （明）王嗣奭；曹樹銘增校：《杜臆增校》（臺北：藝文印書館，1971 年）卷 9〈向夕〉，頁 552。

空間、時間之變化，美景瞬時復歸於闃黑，使「山」的「幽深」愈加凸顯冬季日影短，強化心裡感受。於空間之景，寓寄深遠不可測之憂懼；於時間之感，則思「萬里悲秋常作客，百年多病獨登臺」〔註251〕、「繫舟身萬里」〔註252〕之哀情，面對常年飄泊，客居他鄉，老病一身，杜甫再以「催」字，凝練地表現遲暮之年，去日無多之感，以此呼應「向夕」於光彩瞬間轉變，時間急促催人老，以深刻地形象表現「深山催短景」之意境。

　　另於「感官知覺」，表現「黃昏」之熱度由強而弱，此時正值寒冬，風起則寒意加劇，觸覺敏銳性更強，加之身弱，使寒意再推一層，不僅身寒，心更寒，過去不可得，未來又將何往？正是「艱難苦恨繁霜鬢」〔註253〕。此時高大的「喬木」因風呼嘯期間，又在黃昏光影之變化下，整體密度顯得愈高，隨著光線逐漸昏暗，視覺不再敏銳，此時，以「通感」修辭，強化了聲音之悲切，情感愈孤冷。而「喬木」與「高風」之間，則以「易」為之，以樹高而招風，此為必然之結果，人生亦然；另一方面，「易」字同樣呼應「向夕」，因「喬木」高以招致「高風」，體現「無邊落木蕭蕭下」落葉飄零壯闊之貌，同時藉由樹高、樹大，「易」又作為主動性之情況下，有感於人生無從選擇，而生命卻有限性，再次催化韶光易逝之感懷。誠然，杜甫以「催」與「易」緊密〈向夕〉之題，再借由「心理時空」之觀照而憑添「來日促而暮途危」〔註254〕之感受。所謂「心理時空」意指「在不同的心態之中，時間的長短和空間的幅度可以變化。」〔註255〕因此，方得

〔註251〕〈登高〉作於大曆二年，秋。參李辰冬：《杜甫作品繫年》（臺北：東大圖書，1980年），頁209。

〔註252〕〈九日〉作於大曆二年，秋。參李辰冬：《杜甫作品繫年》（臺北：東大圖書，1980年），頁209。

〔註253〕〈登高〉作於大曆二年，秋。參李辰冬：《杜甫作品繫年》（臺北：東大圖書，1980年），頁209。

〔註254〕（唐）杜甫著；（清）浦起龍：《讀杜心解》（臺北：鼎文出版社，1979年）卷3之6，頁562。

〔註255〕李元洛：《詩美學》（臺北：東大圖書，2007年），頁311。

「冬日苦短，深山蔽之，其晷更促；歲寒多風，喬木惹之，其聲益悲」
〔註256〕之評論。

　　易言之，因冬日苦短，故使山更深幽，又因多風而喬木高矗，以
致聲音愈發蕭瑟蓼戾，故聲益悲，加之歲寒凄冷，對於「來日促而暮
途危」之感受更推一層。如是，誠如清代紀昀所言：「山深則障日，
樹高則招風。眼前景寫來精切。」〔註257〕要之，杜甫描寫景色眞切，
寓情於景，將悲痛沈鬱之感，「含蓄」地以「深山催短景，喬木易高
風」抒發，正是「情景相觸而莫分也」〔註258〕之佳作。

2. 含蓄深遠，不可模倣

北宋劉攽於《中山詩話》中提及：

> 人多取佳句爲句圖，特小巧美麗可喜，皆指詠風景，影似
> 百物者爾。……工部詩云：「深山催短景，喬木易高風。」
> 此可無瑕纇。……若此等句，其含蓄深遠，殆不可模倣。
>
> 〔註259〕

劉攽以爲「人多取佳句爲句圖，特小巧美麗可喜」，雖詠風景，往往
「影似百物」，然而，看似小巧簡單，若欲使其「含蓄深遠」則「不
可模倣」。換言之，劉攽肯定杜甫「深山催短景，喬木易高風」，蓋能
如司空圖所謂「不著一字，盡得風流」，而能「含不盡之意，見於言
外」，非他人得以仿倣。然而，何以「含蓄深遠」之情，「不可模倣」？
清代袁枚於《隨園詩話》中提及：

> 作詩寫景易，言情難，何也？景從外來，目之所觸，留心
> 便得；情從心出，非有一種芬芳悱惻之懷，便不能哀感頑

〔註256〕（明）王嗣奭；曹樹銘增校：《杜臆增校》（臺北：藝文印書館，1971
　　　　年）卷9〈向夕〉，頁552。

〔註257〕（元）方虛谷原選；（清）紀曉嵐批點：《紀批瀛奎律髓》第三冊（臺
　　　　北：佩文書社，1950年）卷15〈暮夜類〉，頁448。

〔註258〕（宋）范晞文：《對牀夜語》（北京：中華書局，1985年）卷2，頁11。

〔註259〕（宋）劉攽：《中山詩話》，收入（清）何文煥編：《歷代詩話》（臺
　　　　北：漢京文化事業，1983年），頁284。

艷。〔註260〕

袁枚在此指出，目之所觸之景，留心而能得，然情出肺腑，若無「芬芳悱惻之懷」，則不能筆調悽惻動人，措辭古拙而綺麗。清代方東樹《昭昧詹言》亦說：

> 作詩本乎情景，情景有異同，摹寫有難易。詩有二要，莫切於斯，觀則同於外，感則異於內。當力使內外如一，出入此心而無間也。景乃詩之媒，情乃詩之胚，合而爲詩，以數言而統萬形，元氣渾成。愚謂景有深淺，摹寫有工拙，措語有雅俗。〔註261〕

方氏指出作詩本乎情、景，然而，「景」爲詩之媒介，得於目之所觸，客觀之景不變；然「情」則爲詩之胚胎，內蘊於心，悱惻之情各異，因此，詩中景爲情化而爲之，情若變則景隨之而變。是故，若能使情景交融，便能「出入此心而無間」，誠如王國維以爲「詩人對宇宙人生，須入乎其內，又須出乎其外」若「入乎其內，故有生氣；出乎其外，故有高致。」〔註262〕

　　然而，方東樹何以認爲「景有深淺，摹寫有工拙，措語有雅俗」？此因源於詩人之「力」，若能「以數言而統萬形」，便能「元氣渾成」，情景相合而有高致，情深而辭雅。那麼，如何「以數言而統萬形」？即爲「格式塔心理學派所講的『簡化』和『簡化性』」〔註263〕意即「一個詩人只要是把他的天性或內在需要發揮到極致，最終他的作品都要歸於『含蓄美』或『簡化性』」〔註264〕陸時雍《詩鏡總論》提及：

〔註260〕（清）袁枚：《隨園詩話》（臺北：廣文書局，1971年）卷6，頁5。
〔註261〕（清）方東樹：《昭昧詹言》，收入《續修四庫全書》（上海：上海古籍，2002年），頁590。
〔註262〕王國維著，徐調孚校注：《校注人間詞話》（臺北：頂淵文化事業，2007年），頁35。
〔註263〕童慶炳：《中國古代心理詩學與美學》（臺北：萬卷樓，1994年），頁107。
〔註264〕童慶炳：《中國古代心理詩學與美學》（臺北：萬卷樓，1994年），頁107。

善言情者，吞吐深淺，欲露還藏，便覺此中無限。善道景
者，絕去形容，略加點綴，即眞相顯相，生韻亦流動矣。
承陸氏之言，無論是「言情」或「道景」，於吞吐之際，以簡馭繁，
欲露還藏，含蓄情景，便能如「良工繪事，有布置而實無布置，無布
置而實有布置。象之所有，不必意意之所有，不必象理，不離於異。」
〔註265〕使興象在有意無意之間，自然生發情景交融，使「生韻流動」。

　　然則，若欲「以數言而統萬形」，必有「詩人之力使內外如一」。
除了詩人「秉性才氣」與「芬芳悱惻之懷」各爲本然之外，應對客觀
之景「成竹於胸中」〔註266〕，方能「眞積力久，學化於才，熟而能
巧」〔註267〕

　　綜合上述，虎關、劉攽、李頎、阮閱同時肯定杜甫「深山催短景，
喬木易高風」二句「了無瑕類」。蓋因杜甫能「取佳句爲句圖」，又能
「情以景幽」、「景以情妍」，進而「以數言統萬形」，表達「含蓄深遠」
之旨意。誠如清代劉熙載《藝概》言詩：「或寓義於情而義愈至，或
寓情於景而情愈深。」〔註268〕然若純以「撐開說景者，必無景也。」
〔註269〕是故，虎關稱賞「深山催短景，喬木易高風」乃爲「盡美盡
善」，自非溢美之辭。

　　如若杜甫「含蓄深遠」而「不可模倣」之才，正可呼應本論文第
三章虎關以爲杜甫具有「情眞」、「詞正」、「才高」之特質。事實上，
杜詩佳句往往是緣情而發，寓情於景，南宋范晞文《對床夜語》卷二

〔註265〕（明）沈顥：《畫塵・命題》據《歷代論畫名著彙編》（臺北：世界
　　　　書局，2010 年），頁 238。

〔註266〕（宋）蘇軾著，孔凡禮點校：《蘇軾文集》（北京：中華書局，1986
　　　　年）卷 11〈文與可畫篔簹谷偃竹記〉，頁 365。

〔註267〕周振甫、冀勤：《《談藝錄》導讀》（臺北：洪葉文化，1995 年），頁
　　　　175。

〔註268〕（清）劉熙載：《藝概》（臺北：廣文書局，1964 年）卷 2〈詩概〉，
　　　　頁 11。

〔註269〕（清）王夫之：《明詩評選》卷 5〈渡峽江〉，收入《船山全書》（長
　　　　沙：嶽麓書社出版，1988～1996 年），頁 1434。

中即以杜甫「情景相生」之數詩爲例，而言「景無情不發，情無景不生。」〔註270〕

（四）小結

綜上所論，虎關以歐陽脩稱賞「疎影橫斜水清淺，暗香浮動月黃昏」和黃庭堅偏好「雪後園林纔半樹，水邊籬落忽橫枝」之說，提出不同看法，其以爲二聯「不能無疵」，蓋因「二聯上下二句皆不純」故評之「盡美未盡善」。然而，虎關以爲「浮動之暗香，寧昏月之所關乎？」和「水邊橫枝者，實事也。」二句皆不純。若承前之論，「暗香」與「昏月」，詩人以「通感」修辭，從視覺轉爲嗅覺，目的欲凸顯梅幽幽清香；而「水邊橫枝者，實事也」的評論，虎關即未將上下意脈相連，突出雪後「橫枝」之景，得見孤傲堅貞之梅格，又以「忽」字作爲不經意之情，以詩人之眼「直尋」寫梅枝，自能無意於佳乃佳。

要之，於中國詩話之品賞中，縱然對於二聯有不同意見者，然而，藉由詩話理論相參之後，與虎關評「二聯上下二句皆不純」之說相異，大抵可謂爲「盡美盡善」，尤以中國詩話於詠梅之際，將梅格與人格同時彰顯。

其次，虎關賞評嚴維「柳塘春水慢，花塢夕陽遲」爲「盡善未盡美」。蓋因虎關認同《古今詩話》之說，以爲「春水慢不繫柳也」，故以其爲不合情理，然紀昀考證宋代詩話以「漫」訛誤爲「慢」，詩意自有不同。本論文評賞時，依「漫」字爲之，若將其他詩話理論相參，可見詩意之善與美。然而，詩人特別以「漫」、「遲」爲句眼放在第五字，乃因符合格律外，亦運用「格式塔心理學」概念與「蒙太奇手法」，以「漫」、「遲」動態收束，使詩句生氣盎然；又因《詩人玉屑》將二句列於「綺麗」條中，故「柳塘春水漫，花塢夕陽遲」亦能「盡美盡

〔註270〕 （宋）范晞文：《對牀夜語》（北京：中華書局，1985年）卷2，頁11。

善」。

惟虎關若以「浮動之暗香，寧昏月之所關乎」不合情理而評其「非盡美」，那麼「春水慢不繫柳」亦不合理，何以又評爲「盡美未盡善」？大抵虎關於此承《古今詩話》之評，意在強調下文中，以杜甫爲「盡美盡善」之譽。

最後，虎關肯定《古今詩話》賞評杜甫「深山催短景，喬木易高風」爲「了無瑕纇」之說，進而讚賞「深山」一聯爲「盡美盡善」，而「催」、「易」則呼應詩題〈向夕〉，將薄暮黃昏之景與自身如草木任其搖落之情彼此交融，透過心理時空感受，使光線亮度、彩度、觸覺、視覺瞬間變化，強化心境感受之悲切，加深杜甫寥落、孤寂之感，情景相生，哀婉感人，自能「了無瑕纇」、「盡美盡善」。然而，中國詩話在「了無瑕纇」之後，更肯定杜甫透過情景交融，表達「含蓄深遠」之情，然「含蓄深遠」卻「不可模倣」，正如本論文第三章之論，虎關肯定杜甫「情眞」、「詞正」、「才高」之特質。

然若虎關以「形似句好，實事句卑，讀者詳之」的評語，蓋可呼應虎關引黃山谷所謂「文章大槩亦如女色，好惡繫於人」，亦如虎關自言「詩之品藻甚難矣」之看法。揆此度之，無論是虎關或是中國詩話，對於詩歌的評賞本各有所好，不必然論其對錯，評論者若依各自品賞之觀點，言之成理，便能體現「詩無達詁」〔註271〕之說。

〔註271〕「詩無達詁」初見於董仲舒《春秋繁露・卷三・精華二篇》云：「所聞詩無達詁、易無達占、春秋無達辭。從變從義，而一以奉人。」其作爲審美議題乃指鑑賞詩時，應考慮詩語、事典的變遷，理解其在歷史座標的定位，從而因時制宜，使之合於文本的旨義。詳參蘇珊玉：《盛唐邊塞詩的審美特質》（臺北：文津，2000年），頁5。